HISTOIRE

DE

MANON LESCAUT

ET DU

CHEVALIER DES GRIEUX

Précédée d'une Préface

PAR

ALEXANDRE DUMAS FILS

de l'Académie Française

Texte revu par Anatole de Montaiglon

LONDRES

LOUYS GLADY, ÉDITEUR

128, WARWICK STREET, PIMLICO, S.W.

M.DCCC.LXXVIII

A MONSIEUR

ALEXANDRE DUMAS FILS

De l'Académie Française

CETTE ÉDITION EST DÉDIÉE

LOUYS GLADY

ÉDITEUR

AVIS DE L'EDITEUR.

VANT d'entrer en matière, je ne puis résister au plaisir de citer la fin de la lettre de Monsieur Alexandre Dumas, en réponse à celle que j'avais l'honneur de lui écrire deux jours auparavant :

.... J'accepte avec très-grand plaisir la dédicace de votre nouvelle édition de Manon, et je lui souhaite les bonnes chances de sa sœur aînée. Mille bons et affectueux souvenirs.

A. DUMAS FILS.

Impossible, n'est-ce pas, d'être plus aimable !
Je dois avouer, en toute sincérité, que si je n'étais pas sans inquiétudes au sujet du sort réservé à cette nouvelle édition, malgré tout ce qui milite en sa faveur, elles sont dès à présent entièrement

a

dissipées : Alexandre Dumas! n'a-t-il pas le don d'animer tout ce qu'il touche ?

Comme ce n'est pas un mince mérite, à notre époque, de faire du nouveau, qu'il me soit permis de faire ressortir ici, malgré son peu d'importance apparente, toute l'originalité de cette nouvelle édition du chef-d'œuvre Prévost-Dumas.

Depuis l'invention de l'imprimerie, depuis qu'on fait des livres, en un mot, manuscrits ou imprimés, celui-ci est le premier *édité de cette façon vraiment nouvelle.* On peut fouiller les bibliothèques du monde entier, on ne trouvera nulle part, nusquam gentium, *un volume, quel qu'il soit, pareil à celui que j'aie l'honneur d'offrir aujourd'hui à la curiosité des bibliophiles.*

Ce qui fait de cette édition un livre unique en son genre, c'est le filet rouge. *C'est, en effet, ce simple filet rouge, en apparence si modeste et pourtant si vivant! qui constitue à lui seul toute l'originalité de l'édition : originalité aussi parfaite qu'heureuse, et d'autant plus heureuse qu'elle est incritiquable ; je parle de l'idée. Quant à l'exécution, je m'efforcerai de la rendre de plus en plus parfaite, la passion que j'aie pour mon art, et......j'espère aussi ......un peu le public, m'y aideront.*

Comment se fait-il qu'une chose aussi simple et aussi naturelle que ce filet rouge ne soit jamais

venue à l'idée d'aucun éditeur ou imprimeur?
N'y a-t-on jamais songé? C'est possible. Ou bien
faut-il attribuer ce manque d'initiative à la rou-
tine? Ou plutôt encore à ceci : le simple filet rouge
coûtant tout aussi cher que l'encadrement, ce dernier, quoique critiquable à plus d'un point de vue,
aura toujours eu la préférence, la quantité, même
en matière d'art, hélas! primant trop souvent la
qualité? Tout le monde, en effet, n'aime pas, et
avec juste raison, les encadrements, même rouges!
mais tout le monde, sans exception, approuvera
et applaudira in petto, sinon ouvertement, le filet
rouge, à la fois nouveau, curieux, typique, et, pourquoi ne pas le dire, d'un goût exquis. A elle seule!
cette attraction devrait faire le succès de l'édition :
la nouveauté! n'est-elle pas toujours irrésistible?

On ne peut invoquer davantage la dépense
qu'occasionne un double tirage, puisqu'il existe
notamment des livres anciens entièrement par-
semés de majuscules et de passages tirés en rouge?
Je ne sais! C'était sans doute trop simple, voilà
pourquoi personne n'y a jamais pensé. Quoiqu'il
en soit, cette heureuse innovation ne reste plus
à faire, et je me félicite de l'avoir, le premier, mise
à exécution.

Je ne parle pas des lettres ornées, des fleurons et
des parties du texte imprimés en rouge, parce que,
si ce luxe-là n'a jamais fait partie de la parure

typographique de Manon Lescaut, *on l'a prodigué pour d'autres ouvrages, principalement pour une infinité de livres liturgiques. Mais le chef-d'œuvre de l'abbé Prévost! n'est-il pas, comme l'a baptisé* l'Auteur de la Dame aux Camélias! "le paroissien des courtisanes!" *et en cette qualité ne méritait-il pas les mêmes faveurs typographiques?*

Je n'ai pas besoin d'ailleurs de faire remarquer combien ces tirages rouges contribuent à l'élégance du texte; tout le monde s'en apercevra, et s'en réjouira.

Voici maintenant un point sur lequel j'appelle toute l'attention des bibliophiles:

CETTE EDITION

n'est tirée en tout *qu'à* 333 *exemplaires, tous numérotés à la presse et paraphés par nous.*

Ce tirage est ainsi composé:

2 *ex. sur*	Parchemin	. . .	*Nos.*	1	*à*	2
15 „ „	Japon	. . . .	„	3	*à*	17
15 „ „	Whatman	. . .	„	18	*à*	32
25 „ „	Chine	. . . .	„	33	*à*	57
25 „ „	Van Gelder	. .	„	58	*à*	82
250 „ „	Turkey-Mill	. .	„	83	*à*	332
1 „ „	Peau de Vélin	. .	„	——		333

333 *exemplaires.*

Tout exemplaire, non revêtu de notre signature, non porteur de son No. d'ordre tiré à la presse (*de* 1 *à* 333), *ou dont le numéro se trouverait répété, toutes choses, on le comprendra aisément, absolument impossibles, doit être considéré comme défectueux, pour ne pas dire plus.*

L'impression de cet ouvrage a été confiée à l'un des meilleurs imprimeurs de Londres, Charles Whittingham! J'aime à penser qu'elle satisfera les plus difficiles.

Les amateurs remarqueront que cette nouvelle édition est imprimée sur notre merveilleux papier Turkey-Mill! qui contribua si puissamment au succès de la première.

Inutile d'ajouter que cette édition ne sera jamais réimprimée, ce qui, vu son extrême petit nombre d'exemplaires, 333 seulement! ne peut manquer d'en faire bientôt une véritable rareté.

D'ordinaire, la production dépasse de beaucoup la consommation; il est impossible que pour cette édition-ci, malgré ses prix relativement élevés, et pourtant si justes! pour peu qu'on veuille s'en rendre compte, ce ne soit pas tout le contraire.

Notre première édition était à la fois et trop lourde et d'un format trop grand pour des mains fines et délicates ; celle-ci est faite tout exprès pour parer à cet inconvénient. J'espère que j'y aurais réussi.

Je ne pouvais souhaiter pour ma première édition un meilleur et plus haut patronage que celui de Monsieur Alexandre Dumas, l'auteur même de la fameuse Préface ! Il ne me reste donc plus maintenant qu'à exprimer un vœu : que le public d'élite auquel s'adresse cette édition du chef-d'œuvre Prévost-Dumas lui rende rapidement justice, afin que je puisse avoir le plaisir de lui en donner de suite un autre, en tous points semblable, qui, j'en suis sûr, lui plaira tout autant, sinon davantage, vu sa nouveauté, sous ce format, dans une impression de luxe.

LOUYS GLADY.

MESSIEURS,

OUS croyez qu'il peut être intéressant pour le public de connaître l'opinion de l'auteur de la *Dame aux Camélias* sur *Manon Lescaut*, et vous me demandez de joindre une préface à une nouvelle et magnifique édition que vous préparez en ce moment du roman de l'abbé Prévost.

J'accepte avec plaisir l'honneur que vous me faites. On a toujours quelque chose à dire sur *Manon Lescaut*, et, en tête d'un pareil livre, on a, en plus, ce grand avantage de pouvoir dire tout ce qu'on pense. Ceux et celles qui le lisent savent ce qu'ils font, et ils peuvent tout entendre et tout lire.

Lorsque l'abbé Prévost a écrit cette histoire, peut-être en quelques jours, il ne se doutait probablement pas qu'il allait laisser un chef-d'œuvre. Il l'avait entrevue comme un épisode dans les péripéties d'un roman quelquefois amusant, souvent ennuyeux, toujours médiocre. C'est là que la postérité, semblable à la fille de Pharaon, a recueilli le nouveau-né tout nu, tout frais, tout souriant, ne demandant qu'à vivre, au milieu même du courant qui l'entraînait vers l'oubli. Il n'y a eu qu'à le dépouiller des herbes et du limon de son berceau flottant, à le tremper dans une eau nouvelle, et il s'est mis à courir à l'immortalité, en dansant et en chantant comme un véritable enfant de l'amour qu'il était. Depuis lors, ce fut à qui lui ferait fête, à qui lui donnerait un vêtement, une parure pour aider à son éternelle jeunesse.

Les préfaces, les notices, les illustrations, les beaux caractères, les belles reliures, rien ne lui a manqué ; et si j'en crois les détails que vous m'avez donnés, messieurs, voilà que vous lui promettez la plus belle robe qu'il aura jamais eue. Soyez tranquilles, il la portera bien et il l'usera vite. Vous pouvez, dès à présent, lui en commander une autre ; c'est un gaillard qui a de la vie.

Et puis, jamais moment ne fut plus opportun pour une pareille publication. Dans une époque où l'on élève des monuments à tout ce qui a fait la gloire de la France, on doit bien ce tribut à Manon, qu'en voyant les mœurs actuelles, nous pouvons appeler le chef de l'école française. Cette jolie fille est morte dans la misère et dans la solitude, comme presque tous les inventeurs, comme Papin et Niepce de Saint-Victor ; mais, heureusement, on a repris son idée, on l'a remaniée un peu, et, grâces à ces quelques perfectionnements indispensables, elle fonctionne maintenant comme la vapeur et la photographie. Les héritières et les descendantes de Manon manqueraient donc aux devoirs les plus élémentaires de la reconnaissance et de la tradition, si elles n'achetaient pas l'histoire de la fondatrice de l'œuvre. Ce petit livre leur est indispensable ; il fait partie du culte ; c'est le paroissien des courtisanes.

Mais, bien que cette clientèle particulière soit assez nombreuse pour épuiser plusieurs éditions, ce livre ne s'adresse pas à elle seule. Il y a d'autres amateurs d'une origine plus récente encore et qui donnent à notre époque un caractère nouveau que je ne puis m'empêcher de consigner ici.

Notre époque est profondément ignorante. Ce qu'elle saurait le mieux, si elle était capable de savoir quelque chose, ce serait qu'elle ne sait rien. A cette ignorance, elle ajoute, pour plus de sûreté, une ferme résolution de ne vouloir rien apprendre. A part quelques artistes, quelques écrivains, quelques gens du monde, quelques critiques et quelques curieux, personne ne connaît ce dont chacun parle comme s'il en était rebattu.

Jamais les bons livres n'ont été à la fois plus dédaignés et plus recherchés. Je m'explique. Un observateur superficiel, parcourant les quais ou les librairies qui avoisinent l'Odéon, et voyant à quel bas prix sont tombées les meilleures éditions modernes des chefs-d'œuvre du passé, un observateur superficiel resterait convaincu que chaque Français possède plusieurs exemplaires de ces chefs-d'œuvre, et que personne n'a plus besoin de les acheter, tant ils sont répandus et connus.

Cet observateur se tromperait ; mais si, de là, il se rendait au passage des Panoramas, chez Caen ou chez Fontaine, il verrait que les éditions originales de ces mêmes livres, on se les dispute à des prix fabuleux. Ainsi les deux petits volumes de la première édition de *Manon Lescaut* se vendaient, il y a six mois, huit cents francs ; ils se vendent, sans doute, mille aujourd'hui !

Quelle contradiction ! Un exemplaire qui coûtait deux écus il y a cent ans vaut mille francs aujourd'hui, et le même livre qui coûtait trois francs il y a dix ans ne vaut plus maintenant que un franc vingt-cinq et tout relié encore ! C'est pourtant le même ouvrage. Comment cela se fait-il ?

Un esprit superficiel s'étonne facilement ; notre observateur profiterait donc de cette occasion de s'étonner ! C'est pourtant bien simple. Ces livres ne devant pas plus être lus dans une édition que dans une autre, on n'achète naturellement que les exemplaires qui sont passés à l'état de rareté, de curiosité, de bonne affaire. On achète les vieilles éditions parce qu'elles coûtent cher, et les nouvelles sont bon marché parce qu'on ne les achète pas ; et on ne les achète pas parce que ce serait une folie insigne de donner vingt sous d'un livre qu'on ne compte pas lire, tandis que c'est un trait de génie de donner mille francs du même livre qu'on ne lira pas davantage, mais dont on pourra faire montre et tirer vanité en attendant qu'on le revende le double, ce qui ne saurait tarder. Voilà tout le secret.

En effet, aujourd'hui, les beaux livres, comme les beaux meubles et toutes les autres curiosités, sont arrivés à faire partie des dépenses et du luxe d'un homme riche. Autrefois, il n'y a pas longtemps encore, on pouvait prouver que l'on était riche en se commandant un mobilier chez Monbro, en achetant ses voitures chez Clochez ou chez Ehrler, en se fournissant de chevaux chez Crémieux ou chez Tony, en se faisant habiller chez Humann ou chez Alfred, en tirant son argenterie de chez Morel ou de chez Odiot, en habitant sur le boulevard des Italiens ou rue de la Paix, en ayant un bon cuisinier, en donnant des bals, en entretenant une danseuse; aujourd'hui cela ne suffit plus.

Si, après avoir montré ses meubles, ses voitures, ses attelages, ses habits, son hôtel, son argenterie, sa cuisine, ses salons, sa maîtresse, le millionnaire ne montre pas des porcelaines de Sèvres et de Saxe, des faïences, des émaux, des ivoires du *seizième*, des meubles, des bonbonnières ayant appartenu (dit le marchand) à Marie-Antoinette ou à madame de Pompadour; s'il ne montre pas des armures, des épées, des tableaux de maîtres anciens ou modernes (avec réflecteurs), des éditions *princeps* avec reliures du temps; s'il ne montre pas enfin une collection quelconque, le millionnaire d'aujourd'hui ne sera pas un vrai millionnaire, ce ne sera qu'un enrichi. La noblesse de l'argent ne commence plus qu'à la collection; c'est le parchemin du parvenu.

Mais, comme il y a maintenant une quantité innombrable de millionnaires et qu'il n'y a pas la même quantité de chefs-d'œuvre en circulation, certains musées nationaux, certaines grandes familles et certains vrais amateurs les ayant accaparés depuis longtemps, il a fallu faire con-

currence au passé avec la production contemporaine, et à mesure qu'un artiste de talent meurt,
quelquefois dans la misère, il se trouve un entre-
preneur qui le découvre et le fait passer à l'état
de maître. On se jette alors sur ses tableaux ou
sur ses statues, et l'on voit vendre soixante,
quatre-vingts, cent, deux cent mille francs des
toiles ou des marbres dont personne ne voulait,
quelques années auparavant, pour le prix modeste
que l'auteur en demandait.

Et voilà qu'il n'est déjà plus même indispensable à l'artiste d'être mort. Il peut être vivant ;
il peut même être tout jeune. La consommation
est si grande, que c'est à qui inventera un génie
nouveau. Dès qu'on l'a trouvé, en France ou à
l'étranger, on l'afferme, c'est bien heureux qu'on
ne l'enferme pas, et, à chaque production nouvelle, les entrepreneurs se réunissent, s'extasient
en déclarant que Rembrandt, Titien et les autres
n'étaient que de simples barbouilleurs.

Il faut donc que l'observateur superficiel et
toujours de plus en plus étonné se résigne, là où
il croyait pouvoir constater un développement
du goût, à reconnaître tout bonnement une forme
nouvelle du luxe, spéculation chez ceux-ci, vanité
chez ceux-là !

Cette spéculation et cette vanité nouvelles se
sont étendues très-rapidement à toutes les formes

de l'art, et c'est ainsi que des libraires intelli-
gents, voyant que cette France moderne, si
artiste et si littéraire, ne voulait absolument pas
lire et laissait le vent seul feuilleter les chefs-
d'œuvre sur les quais, ont eu l'idée de réim-
primer ces chefs-d'œuvre avec le plus grand luxe
possible et de les vendre vingt-cinq, cinquante,
cent, deux cents francs le volume. Les Mame,
les Hachette, les Jouaust, les Lemerre, les Perrin
de Lyon, ont offert aux amateurs des éditions
merveilleuses avec grandes marges, caractères
archaïques, culs-de-lampe, eaux-fortes, majuscules ornées, et dont ils font encore un tirage à
part, à très-petit nombre d'exemplaires numérotés, sur papier de Hollande et sur papier de
Chine pour les gourmets et les collectionneurs.
On se précipite dessus ; on s'inscrit d'avance ;
on ne lit pas davantage les chefs-d'œuvre en
question, mais on les fait relier ; on les offre aux
jolies femmes, qui les coupent avec un joli couteau, et qui, après les avoir feuilletés de leurs
jolis doigts, les déposent sur une jolie table ; on
les donne, comme étrennes, aux collégiens, qui
en regardent les images, et qui les laissent là
avec la marque de leurs mains sur les pages
satinées ; mais enfin ces chefs-d'œuvre n'en ont
pas moins reçu l'hommage qu'ils méritent, et ils
peuvent paraître devant la postérité dans le cos-

tume qui convient à leur origine, à leur réputation et à leur mérite. Tant pis pour ceux qui ne veulent pas les lire.

A votre tour, messieurs, vous entrez dans la lutte, et, parmi tant de chefs-d'œuvre, vous choisissez pour vos débuts l'histoire de *Manon Lescaut et du chevalier des Grieux.* C'est hardi de votre part. Vous savez, n'est-ce pas, à quoi vous vous exposez. Bazile et Prud'homme vont vous dire qu'ils espéraient qu'on en avait fini avec ces apologies du vice et du libertinage, qui n'ont que trop porté leurs fruits, et auxquelles on doit cette peinture des mœurs interlopes qui infecte la littérature contemporaine et dont l'auteur de la *Dame aux Camélias,* ici présent, est le premier coupable. Ils sont, en effet, de ceux qui croient ou feignent de croire que c'est la peinture des vices et des passions qui fait naître ou propage les passions et les vices ; tandis que, tout au contraire, c'est parce qu'il y a des vices et des passions, qu'il se trouve des écrivains pour les peindre. Constater une chose n'est pas la glorifier. Le médecin qui voit un malade et qui constate qu'il est phthisique ne fait pas pour cela l'éloge de la phthisie. Il fait même tout ce qu'il peut pour la combattre.

Peut-on, en bonne conscience, accuser le livre

de l'abbé Prévost d'avoir aidé à démoraliser le
XVIIIe siècle? Ce serait absurde. Or, puisque
vous avez tant fait, cher collectionneur, que
d'acheter cette nouvelle édition et que vous par-
courez cette préface, lisez le livre, pendant que
vous y êtes, et vous reconnaîtrez bien vite qu'il
a été, en littérature, un des symptômes naturels
et logiques de la décomposition morale et sociale
du siècle où il a vu le jour. Il en est né comme
ces animalcules aux mille couleurs que le micro-
scope découvre aujourd'hui dans les cadavres,
et qui sont la génération spontanée de la pourri-
ture, la vie de la mort.

Un livre de l'ordre et de la valeur de celui-ci
n'a pas seulement ses incidents, ses passions, ses
caractères, sa forme, il a aussi son atmosphère
propre dans laquelle se meuvent et sans laquelle
ne pourraient vivre ses personnages. Cette atmosphère se compose de l'époque et des mœurs par-
ticulières dont l'auteur subit la pression, le plus
souvent à son insu. Transportez le roman de
Manon Lescaut, tel qu'il est, dans un autre temps
et dans d'autres mœurs, il n'a plus sa raison d'être.
Les sentiments qu'il peint, et qui font partie du
cœur humain, c'est-à-dire de ce qui est le même
éternellement, resteront vrais, mais les faits vous
choqueront à chaque moment par leur invrai-
semblance. C'est nous qui sommes forcés de

nous transporter en esprit dans l'époque et dans les habitudes où ce livre a paru pour le bien sentir et le bien juger. Mais, en nous y transportant, il nous est permis, il nous est même commandé pour peu que nous ayons de dispositions à nous rendre compte des effets et des causes, il nous est permis d'examiner cette époque et ces habitudes, et de rechercher comment ce qui était alors a produit, en mourant, ce qui est aujourd'hui.

L'abbé Prévost a donc écrit ce livre avec toute la *candeur* d'un écrivain du XVIIIᵉ siècle. Il n'a songé ni à faire de l'immoralité, ni à faire de la morale, quoi qu'il en ait dit ; il n'a pas cru corriger, pas plus qu'il n'a voulu corrompre. Il a écrit une histoire dont la plupart des faits se sont certainement passés comme il le raconte, histoire qui l'a charmé, qui l'a ému, dont il a peut-être été le héros, dans certaines parties, et qui nous charme et nous émeut, à notre tour, quelques-uns du moins, depuis un siècle. Il a peint ce qu'il a vu, ce qu'il a éprouvé. C'était comme ça, il a dit : c'est comme ça ; et il a fait un chef-d'œuvre. C'est le meilleur moyen, du reste ; il est vrai que c'est le plus difficile.

Or ce qu'il voit et peint si naïvement est monstrueux. Il eût mieux fait de le taire alors, dira le censeur. Pourquoi ? cela aurait-il empêché que cela fût? C'était à cette société d'être autrement, l'écrivain eût dit autre chose. L'abbé Prévost a été à la fois poëte et historien; il était dans son droit et il a fait son devoir. Quiconque a reçu du ciel la faculté de bien voir et de bien dire doit dire ce qu'il voit, et rien ne l'en empêchera; c'est plus fort que les autres, c'est plus fort que lui. Ceux que cela gêne sont des drôles; ceux que cela choque sont des sots. Il n'y a de livres malsains que les livres mal faits. Un chef-d'œuvre n'est jamais dangereux et il est toujours utile. Le tout c'est de savoir le lire.

"Et ma fille, me direz-vous, si ce livre lui tombe dans les mains?"

Ce sera votre faute, cher monsieur; c'est à vous de surveiller votre fille pour laquelle ce livre n'a pas été écrit. Mais, cependant, si cela arrive malgré vous, tirez le bien du mal, tâchez de lui expliquer la vie à cette enfant, en cas que vous y compreniez quelque chose, ce dont me fait douter ce que vous venez de me dire. Profitez alors de l'occasion pour vous renseigner dans ces livres que vous déclarez dangereux sans les connaître, et qui traitent de la seule chose qui intéresse la femme : l'amour. Or votre fille est femme, et elle est contenue dans ces livres, aussi bien dans *Manon Lescaut* que dans les autres.

"Ma fille n'est pas Manon et elle ne le sera jamais, monsieur !" — Qu'en sais-tu, brave homme ?

Fils d'un homme de robe et tour à tour homme d'Eglise, homme d'épée, homme de cour, homme de lettres, l'abbé Prévost a touché à tous les mondes. Ce qu'il nous raconte est donc le résumé des mœurs diverses qu'il a observées et dont il ne fait ni l'apologie ni la satire, mais la peinture fidèle et colorée, d'où il résulte que, de son temps, les mœurs étaient partout également corrompues. Mais il est tellement habitué au blanc, au rouge, aux mouches et à la poudre dont cette société se couvre, que rien ne le choque et qu'il prend tout ce badigeonnage pour les couleurs mêmes de la nature. S'il eût trempé une éponge dans l'eau, et qu'il eût débarbouillé ses modèles, il eût reculé épouvanté en reconnaissant qu'ils étaient morts et en putréfaction depuis longtemps. C'était un peu trop fort pour lui, et ce n'était pas cela qu'il avait à faire. Ce n'était pas un scalpel qu'il enfonçait dans cette société, c'était un miroir qu'il lui présentait. Aussi déclare-t-il que son livre est un " traité de morale agréablement réduit en exercices " et, dans son *Avis au lecteur*, il appelle son héros " un mélange de vertus et de vices." Où prenait-il les

vertus dans des Grieux? Mais, à cette époque,
le mot *vertu* n'avait pas sa signification origi-
nelle et définitive. Qui était ému redevenait déjà
vertueux, et le vague besoin que les esprits supé-
rieurs avaient de retourner au vrai transformait
en vertueux personnages ces malades que l'on
nommait Saint-Preux, ou des Grieux. L'air étant
généralement empesté, tout ce qui n'était pas
miasme semblait parfum. Ces livres, que n'au-
raient jamais pu composer ni comprendre le XVIe
et le XVIIe siècle, sont ainsi conséquents avec la
seconde moitié du XVIIIe. Si abaissée que soit
une époque, il lui faut toujours un rayon d'idéal;
Manon Lescaut est l'idéal de cette décadence;
c'est l'idylle du mauvais lieu. Le vice a atteint,
durant cette période, une telle unanimité, une
telle perfection, qu'il en devient gracieux, émou-
vant, sentimental. Il a même une virginité. Et
le châtiment dont Manon est frappée, ce n'est
pas la morale qui le lui impose, c'est la loi, loi
arbitraire, injuste même, et qui avait perdu le
droit de la frapper dans une société de ce genre,
prête à glorifier en haut ce qu'elle condamnait
en bas; car, qu'est-ce, après tout, que Louis XV
et la Dubarry, si ce n'est des Grieux couronné
et Manon triomphante? Et qui sait si ce n'est
pas la même charrette qui a porté la maîtresse
du chevalier au Havre, et la maîtresse du roi à

l'échafaud? Ce qui est certain, c'est que l'abbé Prévost a vu passer une charrette.

Et, pendant ce temps, Rousseau rêve, Diderot creuse, Voltaire sape, Mirabeau grandit et Robespierre naît. Tout cela se tient, comme vous voyez.

Quant à toi, Manon, si ceux qui t'entourent, si ton frère, soldat escroc, voleur et proxénète, si M. de B. et son fils, camarades d'orgies, qui se passent leur maîtresse l'un à l'autre, et qui se réunissent ensuite pour invoquer la loi contre elle, si le père des Grieux, sermonneur et impuissant, si ces gentilshommes qui trichent et se font entretenir par des filles, si ce bon religieux qui se fait complice d'un meurtre pour ne pas se créer d'embarras, si Tiberge dont la morale est toujours vide et la bourse toujours pleine, si tous ces gens-là appartiennent bien spécialement à l'époque où l'abbé Prévost les place, tu es bien, toi, Manon, de tous les temps. Tu es la jeunesse, tu es la sensualité, tu es l'instinct, tu es le plaisir, l'éternelle tentation de l'homme. Tu as même aimé autant qu'une femme comme toi pouvait aimer, c'est-à-dire en ne voulant prendre de l'amour que ce qu'il a d'agréable et de fructueux. Dès qu'il fallait lui sacrifier quelque chose, tu t'esquivais. C'était, disais-tu, pour enrichir ton chevalier, mais celui-ci, tout en

bénéficiant de tes larcins, souffrait mille morts,
et c'est de cette éternelle souffrance qu'est faite
notre éternelle pitié. Quelle passion absurde et
criminelle, mais jeune, entraînante, humaine,
vraie, ingénue jusque dans les infamies qu'elle
fait commettre à celui qui en est possédé ! Quelle
source intarissable de sacrifices, de dévouemens,
de pardons ! Ce drôle est fils ingrat, ami déloyal,
il est escroc, il est assassin ! On oublie tout, il
aime. Au milieu de tous ces libertins, il est
véritablement amant. Il trahit tout le monde ;
il ne trahit pas une seule fois sa Manon ; il ne
cesse pas une seule minute de penser à elle. Il
n'a pas plus les vices que les vertus que l'auteur
lui prête, mais il a tous les charmes, toutes les
excuses, toutes les innocences, il a l'amour.
Cette étincelle divine est en lui, et c'est pour
cela qu'il finit par sortir, sinon intact, de toutes
ses souillures, du moins intéressant et acquitté.
Après avoir entendu le récit de ses infortunes, il
n'y a pas un honnête homme qui ne soit prêt à
lui tendre la main, qui ne l'envie peut-être. Car
qui ne t'a pas aimée, Manon, n'est pas allé jusqu'au fond de l'amour ; et c'est abominable à constater, mais qui n'aime pas comme des Grieux,
c'est-à-dire, le cas échéant, jusqu'au crime et jusqu'au déshonneur, ne peut pas dire qu'il aime.

Mais, tu sais que cet homme vaut mieux que

toi, n'est-ce pas, Manon, mille fois mieux ! Ce n'est que lorsque tu as tout perdu que tu commences à le connaître ; et tu es bien femme en cela. Mais lui, comme il te connaît, et comme il en souffre ! Quand il est si malheureux de tes abandons réitérés, ce n'est pas seulement parce qu'il perd avec toi la sensation dont il ne peut plus se passer, ce n'est pas seulement parce que tu vas la donner à un autre, c'est parce qu'il sait que, quel que soit ton complice, tu vas la partager. C'était ta philosophie à toi. Ce qu'il faut faire, autant le faire franchement et gaiement, n'est-il pas vrai ? C'est toujours ça de pris, et le plaisir cache la honte. Aussi, lorsque, fou de colère et de passion, des Grieux te ressaisissait, qu'il te regardait dans le blanc des yeux et qu'il te disait : "Avoue-moi tout ;" tu lui avouais tout avec un certain regard, en lui tendant les lèvres, et je t'entends d'ici lui dire : "Je te jure que j'ai pensé à toi tout le temps !" Ah ! Coquine ! Mais que c'est bon la jalousie, la menace, les aveux, le repentir, les larmes, quand le raccommodement est au bout ! Comme l'air est doux ! Comme le paysage est riant, comme les foins sont embaumés, provocants et commodes ! "Holà ! l'hôtelier, du lait, du vin, du gibier, du pain frais et des fruits ! Nous nous aimons de nouveau et nous mourons de faim."

Allons, Fragonard, Boucher, Moreau le Jeune, Schalle, Beaudoin, représentez-nous ces scènes charmantes. Voilà la Fornarine des Raphaëls de boudoirs ! Voyez ces grands yeux humides et à demi clos, ces joues à fossettes, ce nez mutin, ces petits pieds déchaussés, quelquefois plus haut que la tête, ces bras arrondis, ces mains potelées et mignonnes, ces seins fermes et blancs, étoilés d'un point rose semblable à un soleil qui se couche sur un pic de neige, cette bouche fraîche et brûlante à la fois, où les baisers s'engouffrent plus nombreux et plus pressés que les moutons qui rentrent dans la bergerie voisine !

Au fait, qu'allez-vous lui parler de pudeur, de morale, de remords, à cette belle fille ? Elle n'y comprend rien. Elle ne peut vivre que dans le plaisir, comme le poisson ne peut vivre que dans l'eau ; c'est son élément.

" Quoi ! jurer soumission et fidélité à un seul homme ; me reconnaître la servante d'un ouvrier ou d'un paysan laid, grossier et sale ; repriser son linge, lui faire sa soupe, en attendant, les pieds devant un pauvre tison, à la lueur d'une chandelle fumeuse, qu'il revienne de l'atelier, du champ ou du cabaret ; subir ses caresses et peut-être ses coups ; détruire mes formes, risquer ma vie pour mettre au monde les enfants qu'il plaira à cet imbécile de me faire ; élever et débarbouiller des marmots, travailler, penser, prévoir, grelotter, souffrir, passer des nuits d'angoisses près d'un berceau, pleurer, éternellement peut-être, sur une petite tombe flanquée d'une croix noire et d'un pot de fleurs, tout cela, parce que je suis née dans une mansarde ou dans un hôpital, et que je n'ai pas de dot pour acheter le nom d'un de vos fils ! Le grabat, le travail, la misère et le mépris, avec un ouvrier honnête ou non, sont assez bons pour moi ! Qui est-ce qui a dit ça ? Qui est-ce qui me le fera croire ? Comment pouvez-vous vous méprendre à ce point ? Est-ce que la nature n'a pas ses indications et ses arrêts irrévocables, à l'encontre de vos préjugés et de vos erreurs ? Est-ce que toute ma personne ne vous dit pas ce que je suis ? Ai-je l'air d'une bête de somme ou d'une bête de sang ?

"Mais regardez-moi donc ! je vous le demande : ces petites mains sont-elles propres au travail ? Ces pieds délicats sont-ils faits pour des sabots ? Cette peau fine peut-elle toucher autre chose que de la dentelle et de la soie ? Reconnaissez-moi donc et n'essayez pas de lutter contre moi ; je suis plus forte que vous. Vous n'êtes que pouvoirs momentanés ; je suis puissance éternelle ; vous n'êtes que de convention ; je suis de droit divin, tout comme la noblesse et le génie.

Que l'homme du peuple épouse la fille à grosses mains, que l'homme du monde épouse la fille à grosse dot, l'homme du peuple sera mon valet, l'homme du monde sera mon esclave ! On m'admire, on m'adore, on me chante, on m'encense, on m'immortalise en vers, en peinture, en marbre, parce que je contiens la plus grande ivresse que l'homme puisse connaître : la Volupté."

C'est vrai, Manon, mais pour qu'on t'adore qu'on te chante, qu'on t'encense et qu'on t'immortalise, il faut que tu meures jeune, en pleine beauté et en pleine passion, comme nous t'avons fait mourir, nous qui t'avons chantée. T'obstines-tu à vivre, tu deviens encombrante et ignoble. Si la puissance de la volupté est éternelle, l'empire de celle qui la donne est de courte durée. Cette morale que tu foules aux pieds, ces devoirs que tu méprises, ces lois que tu braves, reprennent tôt ou tard leurs droits, et, foulée aux pieds à ton tour, méprisée et honnie, tu viens te briser contre ce qui est éternel aussi : la famille, le travail, la pudeur et l'amour. On te pousse dans un tombereau, et tu t'en vas mourir dans un désert en te désespérant d'avoir méconnu la vérité? Ou bien quand l'âge arrive, quand ton front se plisse, quand tes joues se creusent, quand tes yeux s'enfoncent, quand tes cheveux

grisonnent, quand tes mains se sèchent, quand
tes dents jaunissent, quand tes seins se détendent,
quand le soleil s'est éteint dans la neige et que
la neige est devenue fange, l'homme se venge
enfin, autant peut-être du plaisir que tu lui as
donné que du mal que tu lui as fait. Il détourne
la tête quand tu passes ; il te raille et te renie.
Ce qui l'attirait en toi le repousse, ce qui l'eni-
vrait l'écœure, et il te refuse l'aumône que tu lui
demandes, quand il t'a payé la fillette que tu
lui procures, et qui est ta fille quelquefois ; enfin,
il te laisse crever à l'hôpital comme une men-
diante et pourrir à même la terre comme un
chien.

"Oui, oui, c'était ainsi, mon cher moraliste,
quand je m'appelais Manon, et que j'étais assez
sotte pour tenir à des Grieux, quand je m'appelais
Bernerette, et que j'étais assez folle pour pleurer
Frédéric, quand je m'appelais Marguerite Gau-
thier, et que j'étais assez malade pour aimer
Armand; mais les temps sont bien changés. Ce
ne serait pas la peine que le monde durât si longtemps, s'il devait être toujours le même. On apprend tous les jours quelque chose. L'homme moderne a fait sa révolution, sans penser d'ailleurs
ni à moi ni aux autres femmes. Que les autres
femmes s'arrangent comme elles voudront, moi

je me suis tirée d'affaire. J'ai suivi le mouvement de mon siècle : j'ai appliqué la science à l'industrie. Je n'ai pas tardé à comprendre que je faisais un métier de dupe en servant d'abord au plaisir et en subissant ensuite les outrages d'une société qui ne croit ni aux serments qu'elle fait, ni à la morale qu'elle prêche, ni à la religion qu'elle pratique, ni aux institutions qu'elle défend. Le peu de cœur que j'avais et dont j'étais victime, je l'ai pour jamais étouffé. Quand j'ai eu bien constaté que l'homme était aussi ingrat que passionné, aussi cruel que faible, je me suis faite impitoyable. La beauté n'a plus été que mon amorce, et la volupté que mon moyen. Je ne perds plus mon sang-froid une minute.

"Ah ! l'Homme, tu veux jouir, aux dépens de mon corps, de ma pudeur, de ma vie, et tu crois que cela ne te coûtera rien. Quelques émotions, quelques soupirs, quelques présents, quelques larmes et tu serais quitte. Ce n'est pas assez ! Puisque tu veux du plaisir, je t'en fournirai ; mais tu me le payeras non-seulement de ta fortune, mais de tes muscles, de ta raison, de ton sang, de ton honneur, de ton âme.

" Regarde : le fils abandonne sa mère, le père délaisse ses enfants, l'époux chasse sa femme pour me suivre, et je fais mon amant vieux de si bonne heure, qu'il n'a plus le temps de me voir vieillir. Quand je lui ai tout pris, quand il n'a plus que son nom, il me le vend, pour ne pas mourir à l'hôpital où je mourais jadis. Je le rends lâche, voleur, parricide, athée. Je mine le mariage, je corromps la famille, je dissous la patrie, j'abâtardis les races. Les mères me regardent avec épouvante, les jeunes filles avec terreur, les grandes dames m'envient et me singent. Il en est qui m'offrent leur amitié et quelquefois leur amour. J'ai au cou les perles des Majestés tombées, et je charge mes bras des bijoux volés par des princes du sang. Les banques de l'Europe payent mes traites à vue ; j'encourage les arts ; je donne des fêtes dans les châteaux où je gardais les vaches ; je quête dans les églises, j'en élève au besoin, et je fais mes filles marquises et duchesses, en attendant que je les fasse reines, si je trouve les trônes solides et les rois honnêtes."

Va, Manon, va, ma fille ! Poursuis ton œuvre. Débarrasse-nous de l'oisif et de l'inutile ; fais-en du fumier. La terre n'en sera que meilleure, et, quand tu auras fini, les charrettes seront toujours là.

A. DUMAS FILS.

HISTOIRE

DU CHEVALIER

DES GRIEUX

ET DE

MANON LESCAUT

Quantâ laboras in Charybdi
Digne puer meliore flammâ.

HORAT.

A AMSTERDAM

Aux dépens de LA COMPAGNIE

M. DCC. LIII.

AVIS DE L'AUTEUR

DES

MÉMOIRES D'UN HOMME DE QUALITÉ

QUOIQUE j'eusse pu faire entrer dans mes Mémoires les Avantures du Chevalier des Grieux, il m'a semblé que, n'y ayant point un rapport nécessaire, le Lecteur trouveroit plus de satisfaction à les voir séparément. Un récit de cette longueur auroit interrompu trop longtemps le fil de ma propre Histoire. Tout éloigné que je suis de prétendre à la qualité d'Ecrivain exact, je n'ignore point qu'une narration doit être déchargée des circonstances qui la rendroient pesante et embarrassée; c'est le précepte d'Horace :

Ut jam nunc dicat jam nunc debentia dici,
Pleraque differat et præsens in tempus omittat.

Il n'est pas même besoin d'une si grave autorité pour proûver une vérité si simple, car le bon sens est la première source de cette règle.

Si le Public a trouvé quelque chose d'agréable et d'intéressant dans l'Histoire de ma vie, j'ose lui promettre qu'il ne sera pas moins satisfait de cette Addition. Il verra dans la conduite de M. des Grieux un exemple terrible de la force des passions. J'ai à peindre un jeune Aveugle qui refuse d'être heureux, pour se précipiter volontairement dans les dernières infortunes; qui,

avec toutes les qualités dont se forme le plus brillant mérite,
préfère par choix une vie obscure et vagabonde à tous les avantages de la Fortune et de la Nature ; qui prévoit ses malheurs
sans vouloir les éviter ; qui les sent et qui en est accablé sans
profiter des remèdes qu'on lui offre sans cesse, et qui peuvent à
tous moments les finir ; enfin un caractère ambigu, un mélange
de vertus et de vices, un contraste perpétuel de bons sentiments
et d'actions mauvaises. Tel est le fond du tableau que je présente. Les personnes de bon sens ne regarderont point un Ouvrage de cette nature comme un travail inutile. Outre le plaisir
d'une lecture agréable, on y trouvera peu d'événements qui ne
puissent servir à l'instruction des mœurs ; et c'est rendre, à
mon avis, un service considérable au Public que de l'instruire
en l'amusant.

On ne peut réfléchir sur les préceptes de la Morale, sans être
étonné de les voir tout à la fois estimés et négligés, et l'on se
demande la raison de cette bisarrerie du cœur humain, qui lui
fait goûter des idées de bien et de perfection, dont il s'éloigne
dans la pratique. Si les personnes d'un certain ordre d'esprit et
de politesse veulent examiner quelle est la matière la plus commune de leurs conversations, ou même de leurs rêveries soli-
iaires ; il leur sera aisé de remarquer qu'elles tournent presque
toujours sur quelques considérations morales. Les plus doux
moments de leur vie sont ceux qu'ils passent, ou seuls, ou avec
un Ami, à s'entretenir à cœur ouvert des charmes de la Vertu,
des douceurs de l'Amitié, des moyens d'arriver au Bonheur, des
foiblesses de la Nature, qui nous en éloignent, et des remèdes qui
peuvent les guérir. Horace et Boileau marquent cet entretien
comme un des plus beaux traits dont ils composent l'image d'une
vie heureuse. Comment arrive-t-il donc qu'on tombe si facilement de ces hautes spéculations, et qu'on se retrouve si tôt au
niveau du commun des hommes ? Je suis trompé si la raison que
je vais en apporter n'explique bien cette contradiction de nos
idées et de notre conduite : c'est que, tous les préceptes de la
Morale n'étant que des principes vagues et généraux, il est
très-difficile d'en faire une application particulière au détail
des mœurs et des actions.

Mettons la chose dans un exemple. Les Ames bien nées sentent que la douceur et l'humanité sont des vertus aimables et sont portées d'inclination à les pratiquer ; mais, sont-elles au moment de l'exercice, elles demeurent souvent suspendues. En est-ce réellement l'occasion ? Sait-on bien quelle en doit être la mesure ? Ne se trompe-t-on point sur l'objet ? Cent difficultés arrêtent. On craint de devenir dupe en voulant être bienfaisant et libéral ; de passer pour foible en paroissant trop tendre et trop sensible ; en un mot, d'excéder ou de ne pas remplir des devoirs, qui sont renfermés d'une manière trop obscure dans les notions générales d'humanité et de douceur. Dans cette incertitude, il n'y a que l'expérience, ou l'exemple, qui puisse déterminer raisonnablement le penchant du cœur. Or, l'expérience n'est point un avantage qu'il soit libre à tout le monde de se donner ; elle dépend des situations différentes où l'on se trouve placé par la Fortune. Il ne reste donc que l'exemple qui puisse servir de règle à quantité de personnes dans l'exercice de la vertu.

C'est précisément pour cette sorte de Lecteurs que des Ouvrages tels que celui-ci peuvent être d'une extrême utilité, du moins lorsqu'ils sont écrits par une Personne d'honneur et de bon sens. Chaque fait qu'on y rapporte est un degré de lumière, une instruction qui supplée à l'expérience ; chaque Avanture est un Modèle d'après lequel on peut se former ; il n'y manque que d'être ajusté aux circonstances où l'on se trouve. L'ouvrage entier est un Traité de Morale, réduit agréablement en Exercice.

Un Lecteur sévère s'offensera peut-être de me voir reprendre la plume à mon âge, pour écrire des avantures de Fortune et d'Amour ; mais, si la réflexion que je viens de faire est solide, elle me justifie ; si elle est fausse, mon erreur sera mon excuse.

E Public a lu avec beaucoup de plaisir le dernier Volume des *Mémoires d'un Homme de qualité*, qui contient les Avantures du Chevalier des Grieux et de Manon Lescot.

On y voit un jeune homme, avec des qualités brillantes et infiniment aimables, qui, entraîné par une folle passion pour une jeune femme qui lui plaît, préfère une vie libertine et vagabonde à tous les avantages que ses talents et sa Condition pouvoient lui promettre ; un malheureux esclave de l'Amour, qui prévoit ses malheurs sans avoir la force de prendre quelques mesures pour les éviter ; qui les sent vivement, qui y est plongé et qui néglige les moyens de se procurer un état plus heureux ; enfin un jeune homme vicieux et vertueux tout ensemble, pensant bien et agissant mal ; aimable par ses sentiments, détestable par ses actions. Voilà un caractère bien singulier.

Celui de Manon Lescot l'est encore plus. Elle connoît la vertu, elle la goûte même, et cependant elle commet les actions les plus indignes. Elle aime le Chevalier des Grieux avec une passion extrême ; cependant le désir de vivre dans l'abondance, et de briller, lui fait trahir ses sentimens pour le Chevalier, auquel elle préfère un riche Financier. Quel art n'a-t-il pas fallu pour intéresser le Lecteur et lui inspirer de la compassion par rapport aux funestes disgrâces qui arrivent à cette fille corrompue !

Quoique l'un et l'autre soient très-libertins, on les plaint, parce que l'on voit que leurs dérèglemens viennent de leurs foiblesses et de l'ardeur de leurs passions, et que d'ailleurs ils condamnent eux-mêmes leur conduite et conviennent qu'elle est très-criminelle.

De cette manière, l'Auteur, en représentant le vice, ne l'enseigne point. Il peint les effets d'une passion violente qui rend la raison inutile lorsqu'on a le malheur de s'y livrer entièrement, d'une passion qui, n'étant pas capable d'étouffer entièrement dans le cœur les sentimens de la vertu, empêche de la pratiquer. En un mot, cet Ouvrage découvre tous les dangers du dérèglement. Il n'y a point de jeune homme, point de jeune fille, qui voulût ressembler au Chevalier et à sa Maîtresse. S'ils sont vicieux, ils sont accablés de remords et de malheurs.

Au reste, le caractère de Tiberge, ce vertueux Ecclésiastique, Ami du Chevalier, est admirable. C'est un homme sage, plein de religion et de piété ; un Ami tendre et généreux ; un cœur toujours compatissant aux foiblesses de son Ami. Que la piété est aimable lorsqu'elle est jointe à un si beau naturel !

Je ne dis rien du style de cet ouvrage. Il n'y a ni jargon, ni affectation, ni réflexions Sophistiques ; c'est la Nature même qui écrit. Qu'un Auteur empesé et fardé paroît pitoyable en comparaison! Celui-ci ne court point après l'esprit, ou plutôt après ce qu'on appelle ainsi. Ce n'est point un stile laconiquement constipé, mais un stile coulant, plein et expressif. Ce n'est partout que peintures et sentiments, mais des peintures vraies et des sentiments naturels.

HISTOIRE

DE

MANON LESCAUT

PREMIÈRE PARTIE

JE suis obligé de faire remonter mon Lecteur au temps de ma vie où je rencontrai pour la première fois le Chevalier des Grieux. Ce fut environ six mois avant mon départ pour l'Espagne. Quoique je sortisse rarement de ma Solitude, la complaisance que j'avois pour ma fille m'engageoit quelquefois à divers petits voyages, que j'abrégeois autant qu'il m'étoit possible.

Je revenois un jour de Rouen, où elle m'avoit prié de solliciter une affaire au Parlement de Normandie, pour la succession de quelques Terres auxquelles je lui avois laissé des prétentions du côté de mon Grand-père maternel. Ayant repris mon chemin par Evreux, où je couchai la première nuit, j'arrivai le lendemain pour dîner, à Passy, qui en est éloigné de cinq ou six lieues.

Je fus surpris, en entrant dans ce Bourg, d'y voir tous les Habitans en alarme. Ils se précipitoient de leurs Maisons pour courir en foule à la porte d'une mauvaise Hôtellerie, devant laquelle étoient deux chariots couverts: Les chevaux, qui étoient encore attelés et qui paroissoient fumans de fatigue et de chaleur, marquoient que ces deux voitures ne faisoient qu'arriver. Je m'arrêtai un moment pour m'informer d'où venoit le tumulte; mais je tirai peu d'éclaircissement d'une populace curieuse qui ne faisoit nulle attention à mes demandes, et qui s'avançoit toujours vers l'Hôtellerie, en se poussant avec beaucoup de confusion.

Enfin un Archer, revêtu d'une bandoulière et le mousquet sur l'épaule, ayant paru à la porte, je lui fis signe de la main de venir à moi. Je le priai de m'apprendre le sujet de ce désordre. "Ce n'est rien, Monsieur," me dit-il, "c'est une douzaine de Filles de joie que je conduis, avec mes Compagnons, jusqu'au Havre-de-Grâce, où nous les ferons embarquer pour l'Amérique. Il y en a quelques unes de jolies, et c'est apparemment ce qui excite la curiosité de ces bons Paysans."

J'aurois passé, après cette explication, si je n'eusse été arrêté par les exclamations d'une vieille femme qui sortoit de l'Hôtellerie en joignant les mains, et criant que c'étoit une chose barbare, une chose qui faisoit horreur et compassion. "De quoi s'agit-il donc?" lui dis-je. "Ah! Monsieur, entrez," répondit-elle, "et voyez si ce spectacle n'est pas capable de fendre le cœur." La curiosité me fit descendre de mon cheval, que je laissai à mon Palfrenier. J'entrai avec peine, en perçant la foule, et je vis en effet quelque chose d'assez touchant.

Parmi les douze Filles, qui étoient enchaînées six à six par le milieu du corps, il y en avoit une, dont l'air et la figure étoient si peu conformes à sa condition qu'en tout autre état je l'eusse prise pour une personne du premier rang. Sa tristesse et la saleté de son linge et de ses habits l'enlaidissoient si peu que sa vue m'inspira du

respect et de la pitié. Elle tâchoit néanmoins de se tour-
ner, autant que sa chaîne pouvoit le permettre, pour
dérober son visage aux yeux des spectateurs. L'effort
qu'elle faisoit pour se cacher étoit si naturel qu'il parois-
soit venir d'un sentiment de modestie.

Comme les six Gardes qui accompagnoient cette mal-
heureuse bande étoient aussi dans la chambre, je pris
le Chef en particulier, et je lui demandai quelques
lumières sur le sort de cette belle fille. Il ne put m'en
donner que de fort générales. " Nous l'avons tirée de
l'Hôpital," me dit-il, " par ordre de M. le Lieutenant
Général de Police. Il n'y a pas d'apparence qu'elle y eût
été renfermée pour ses bonnes actions. Je l'ai interrogée
plusieurs fois sur la route ; elle s'obstine à ne me rien
répondre. Mais, quoique je n'aie pas reçu ordre de la
ménager plus que les autres, je ne laisse pas d'avoir quel-
ques égards pour elle, parce qu'il me semble qu'elle vaut
un peu mieux que ses compagnes. Voilà un jeune homme,"
ajouta l'Archer, " qui pourroit vous instruire mieux
que moi sur la cause de sa disgrâce. Il l'a suivie depuis
Paris, sans cesser presque un moment de pleurer. Il faut
que ce soit son frère ou son amant."

Je me tournai vers le coin de la chambre où ce jeune
homme étoit assis. Il paroissoit enseveli dans une rêverie
profonde. Je n'ai jamais vu de plus vive image de la
douleur. Il étoit mis fort simplement ; mais on distingue,
au premier coup d'œil, un homme qui a de la naissance
et de l'éducation. Je m'approchai de lui. Il se leva, et je
découvris dans ses yeux, dans sa figure et dans tous ses
mouvemens, un air si fin et si noble que je me sentis
porté naturellement à lui vouloir du bien. " Que je ne

vous trouble point," lui dis-je, en m'asseyant près de lui. "Voulez-vous bien satisfaire la curiosité que j'ai de connoître cette belle personne, qui ne me paroît point faite pour le triste état où je la vois ?"

Il me répondit honnêtement qu'il ne pouvoit m'apprendre qui elle étoit, sans se faire connoître lui-même, et qu'il avoit de fortes raisons pour souhaiter de demeurer inconnu. "Je puis vous dire néanmoins ce que ces Misérables n'ignorent point," continua-t-il en montrant les Archers, " c'est que je l'aime avec une passion si violente qu'elle me rend le plus infortuné de tous les hommes. J'ai tout employé, à Paris, pour obtenir sa liberté. Les sollicitations, l'adresse et la force m'ont été inutiles ; j'ai pris le parti de la suivre, dût-elle aller au bout du monde. Je m'embarquerai avec elle. Je passerai en Amérique. Mais ce qui est de la dernière inhumanité, ces lâches Coquins," ajouta-t-il en parlant des Archers, " ne veulent pas me permettre d'approcher d'elle. Mon dessein étoit de les attaquer ouvertement à quelques lieues de Paris. Je m'étois associé quatre hommes qui m'avoient promis leur secours pour une somme considérable. Les traîtres m'ont laissé seul aux mains, et sont partis avec mon argent. L'impossibilité de réussir par la force m'a fait mettre les armes bas. J'ai proposé aux Archers de me permettre du moins de les suivre, en leur offrant de les récompenser. Le désir du gain les y a fait consentir. Ils ont voulu être payés, chaque fois qu'ils m'ont accordé la liberté de parler à ma maîtresse. Ma bourse s'est épuisée en peu de temps ; et, maintenant que je suis sans un sou, ils ont la barbarie de me repousser brutalement lorsque je fais un pas vers elle. Il n'y a qu'un instant, qu'ayant osé m'en approcher malgré leurs menaces, ils ont eu l'insolence de lever contre moi le bout du fusil. Je suis obligé, pour satisfaire leur avarice et pour me mettre en état de continuer la route à pied, de vendre ici un mauvais cheval qui m'a servi jusqu'à présent de monture."

Quoiqu'il parût faire assez tranquillement ce récit, il laissa tomber quelques larmes en le finissant. Cette avanture me parut des plus extraordinaires et des plus touchantes. " Je ne vous presse pas," lui dis-je, " de me découvrir le secret de vos affaires ; mais, si je puis vous être utile à quelque chose, je m'offre volontiers à vous rendre service. — Hélas !" reprit-il, " je ne vois pas le moindre jour à l'espérance. Il faut que je me soumette à toute la rigueur de mon sort. J'irai en Amérique. J'y serai du moins libre avec ce que j'aime. J'ai écrit à un de mes Amis, qui me fera tenir quelques secours au Havre-de-Grâce. Je ne suis embarrassé que pour m'y conduire et pour procurer à cette pauvre Créature," ajouta-t-il en regardant tristement sa Maîtresse, " quelque soulagement sur la route. — Eh bien," lui dis-je, " je vais finir votre embarras. Voici quelque argent que je vous prie d'accepter. Je suis fâché de ne pouvoir vous servir autrement."

Je lui donnai quatre Louis d'or, sans que les Gardes s'en aperçussent ; car je jugeois bien que, s'ils lui sçavoient cette somme, ils lui vendroient plus chèrement leurs secours. Il me vint même à l'esprit de faire marché avec eux, pour obtenir au jeune amant la liberté de parler continuellement à sa Maîtresse jusqu'au Havre. Je fis signe au Chef de s'approcher, et je lui en fis la proposition. Il *en parut honteux, malgré son effronterie. "Ce n'est pas, Monsieur," répondit-il d'un air embarrassé, "que nous refusions de le laisser parler à cette Fille, mais il voudroit être sans cesse auprès d'elle; cela nous est incommode; il est bien juste qu'il paye pour l'incommodité.— Voyons donc," lui dis-je, "ce qu'il faudroit pour vous empêcher de la sentir." Il eut l'audace de me demander deux Louis. Je les lui donnai sur-le-champ. "Mais prenez garde," lui dis-je, "qu'il ne vous échappe quelque friponnerie; car je vais laisser mon adresse à ce jeune homme, afin qu'il puisse m'en informer, et comptez que j'aurai le pouvoir de vous faire punir." Il m'en coûta six Louis d'or.*

La bonne grâce et la vive reconnoissance avec laquelle ce jeune Inconnu me remercia, achevèrent de me persuader qu'il étoit né quelque chose et qu'il méritoit ma libéralité. Je dis quelques mots à sa Maîtresse, avant que de sortir. Elle me répondit avec une modestie si douce et si charmante que je ne pus m'empêcher de faire, en sortant, mille réflexions sur le caractère incompréhensible des femmes.

Etant retourné à ma Solitude, je ne fus point informé de la suite de cette avanture. Il se passa près de deux ans, qui me la firent oublier tout à fait, jusqu'à ce que le hazard me fit renaître l'occasion d'en apprendre à fond toutes les circonstances.

J'arrivois de Londres à Calais, avec le Marquis de....., mon Elève. Nous logeâmes, si je m'en souviens bien, au Lion d'Or, *où quelques raisons nous obligèrent de passer le jour entier et la nuit suivante. En marchant l'après-midi dans les rues, je crus apercevoir ce même* jeune homme dont j'avois fait la rencontre à Passy. Il étoit en fort mauvais équipage, et beaucoup plus pâle que je ne l'avois vu la première fois. Il portoit sur le bras un vieux porte-manteau, ne faisant qu'arriver dans la Ville. Cependant, comme il avoit la physionomie trop belle pour n'être pas reconnu facilement, je le remis aussi-tôt. " Il faut," dis-je au Marquis, " que nous abordions ce jeune homme."

Sa joye fut plus vive que toute expression, lorsqu'il m'eut remis à son tour. " Ah ! Monsieur," s'écria-t-il, en me baisant la main, " je puis donc encore une fois vous exprimer mon immortelle reconnoissance." Je lui demandai d'où il venoit. Il me répondit qu'il arrivoit, par mer, du Havre-de-Grâce, où il étoit revenu de l'Amérique peu auparavant. "Vous ne me paroissez pas fort bien en argent," lui dis-je ; " allez-vous-en au Lion d'Or où je suis logé ; je vous rejoindrai dans un moment."

J'y retournai en effet, plein d'impatience d'apprendre le détail de son infortune et les circonstances de son voyage d'Amérique. Je lui fis mille caresses, et j'ordonnai qu'on ne le laissât manquer de rien. Il n'attendit point que je le pressasse de me raconter l'histoire de sa vie.

" Monsieur," me dit-il, " vous en usez si noblement avec moi, que je me reprocherois comme une basse ingratitude d'avoir quelque chose de réservé pour vous. Je veux vous apprendre non-seulement mes malheurs et mes peines, mais encore mes désordres et mes plus honteuses foiblesses. Je suis sûr qu'en me condamnant, vous ne pourrez pas vous empêcher de me plaindre."

Je dois avertir ici le Lecteur que j'écrivis son Histoire presque aussitôt après l'avoir entendue, et qu'on peut s'assurer par conséquent que rien n'est plus exact et plus fidèle que cette narration. Je dis fidèle jusque dans la relation des réflexions et des sentimens, que le jeune Avanturier exprimoit de la meilleure grâce du monde. Voici donc son récit, auquel je ne mêlerai, jusqu'à la fin, rien qui ne soit de lui.

’AVOIS dix-sept ans, et j'achevois mes études de Philosophie à Amiens, où mes Parens, qui sont d'une des meilleures Maisons de P......, m'avoient envoyé. Je menois une vie si sage et si réglée que mes Maîtres me proposoient pour l'exemple du Collège. Non que je fisse des efforts extraordinaires pour mériter cet éloge ; mais j'ai l'humeur naturellement douce et tranquille : je m'appliquois à l'étude par inclination, et l'on me comptoit pour des vertus quelques marques d'aversion naturelle pour le vice. Ma naissance, le succès de mes études et quelques agrémens extérieurs m'avoient fait connoître et estimer de tous les honnêtes gens de la Ville.

J'achevai mes Exercices publics avec une approbation si générale que M. l'Evêque, qui y assistoit, me proposa d'entrer dans l'Etat Ecclésiastique, où je ne manquerois pas, disoit-il, de m'attirer plus de distinction que dans l'Ordre de Malte, auquel mes Parens me destinoient. Ils me faisoient déjà porter la Croix, avec le nom de Chevalier des Grieux. Les vacances arrivant, je me préparois à retourner chez mon Père, qui m'avoit promis de m'envoyer bientôt à l'Académie.

Mon seul regret, en quittant Amiens, étoit d'y laisser un Ami, avec lequel j'avois toujours été tendrement uni. Il étoit de quelques années plus âgé que moi. Nous avions été élevés ensemble ; mais, le bien de sa Maison étant des plus médiocres, il étoit obligé de prendre l'Etat Ecclésiastique, et de demeurer à Amiens après moi, pour y faire les études qui conviennent à cette profession. Il avoit mille bonnes qualités. Vous le connoîtrez par les meilleures, dans la suite de mon Histoire, et surtout par un zèle et une générosité en amitié, qui surpassent les plus célèbres exemples de l'Antiquité. Si j'eusse alors suivi ses conseils, j'aurois toujours été sage et heureux. Si j'avois du moins profité de ses reproches dans le précipice où mes passions m'ont entraîné, j'aurois sauvé quelque chose du naufrage de ma fortune et de ma réputation. Mais il n'a point recueilli d'autre fruit de ses soins que le chagrin de les voir inutiles, et quelquefois durement récompensés par un ingrat qui s'en offençoit et qui les traitoit d'importunités.

J'avois marqué le temps de mon départ d'Amiens. Hélas ! que ne le marquois-je un jour plus tôt ! J'aurois porté chez mon Père toute mon innocence. La veille même de celui que je devois quitter cette Ville, étant à me promener avec mon Ami, qui s'appeloit Tiberge, nous vîmes arriver le Coche d'Arras, et nous le suivîmes jusqu'à l'Hôtellerie où ces Voitures descendent. Nous n'avions pas d'autre motif que la curiosité. Il en sortit quelques femmes qui se retirèrent aussi-tôt. Mais il en resta une, fort jeune, qui s'arrêta seule dans la cour, pendant qu'un homme d'un âge avancé, qui paroissoit lui servir de conducteur, s'empressoit pour faire tirer son équipage des paniers.

Elle me parut si charmante que moi, qui n'avois jamais pensé à la différence des sexes, ni regardé une Fille avec un peu d'attention ; moi, dis-je, dont tout le monde admiroit la sagesse et la retenue, je me trouvai enflammé tout d'un coup jusqu'au transport. J'avois le défaut d'être excessivement timide et facile à déconcerter ; mais, loin d'être arrêté alors par cette foiblesse, je m'avançai vers la maîtresse de mon cœur.

Quoiqu'elle fût encore moins âgée que moi, elle reçut mes politesses sans paroître embarrassée. Je lui demandai ce qui l'amenoit à Amiens, et si elle y avoit quelques personnes de connoissance. Elle me répondit ingénûment qu'elle y étoit envoyée par ses Parens pour être Religieuse. L'Amour me rendoit déjà si éclairé, depuis un moment qu'il étoit dans mon cœur, que je regardai ce dessein comme un coup mortel pour mes desirs. Je lui parlai d'une manière qui lui fit comprendre mes sentimens, car elle étoit bien plus expérimentée que moi ; c'étoit malgré elle qu'on l'envoyoit au Couvent, pour arrêter sans doute son penchant au plaisir, qui s'étoit déjà déclaré et qui a causé dans la suite tous ses malheurs et les miens. Je combattis la cruelle intention de ses Parens par toutes les raisons que mon amour naissant et mon éloquence scolastique purent me suggérer.

Elle n'affecta ni rigueur ni dédain. Elle me dit, après un moment de silence, qu'elle ne prévoyoit que trop

qu'elle alloit être malheureuse ; mais que c'étoit apparemment la volonté du Ciel puisqu'il ne lui laissoit
nul moyen de l'éviter. La douceur de ses regards, un
air charmant de tristesse en prononçant ces paroles, ou
plutôt l'ascendant de ma Destinée, qui m'entraînoit à
ma perte, ne me permirent pas de balancer un moment
sur ma réponse.

Je l'assurai que, si elle vouloit faire quelque fond sur
mon honneur et sur la tendresse infinie qu'elle m'inspiroit déjà, j'employerois ma vie pour la délivrer de la
tyrannie de ses Parens et pour la rendre heureuse. Je
me suis étonné mille fois, en y réfléchissant, d'où me
venoit alors tant de hardiesse et de facilité à m'exprimer ; mais on ne feroit pas une Divinité de l'Amour
s'il n'opéroit souvent des prodiges.   : · :

J'ajoutai mille choses pressantes. Ma belle Inconnue
savoit bien qu'on n'est point trompeur à mon âge ; elle
me confessa que, si je voyois quelque jour à la pouvoir
mettre en liberté, elle croiroit m'être redevable de
quelque chose de plus cher que la vie. Je lui répétai
que j'étois prêt à tout entreprendre ; mais, n'ayant
point assez d'expérience pour imaginer tout d'un coup
les moyens de la servir, je m'en tenois à cette assurance
générale, qui ne pouvoit être d'un grand secours pour
elle et pour moi.

Son vieil Argus étant venu nous rejoindre, mes espérances alloient échouer, si elle n'eût eu assez d'esprit
pour suppléer à la stérilité du mien. Je fus surpris, à
l'arrivée de son Conducteur, qu'elle m'appelât son
cousin et que, sans paroître déconcertée le moins du
monde, elle me dît que, puisqu'elle étoit assez heureuse

pour me rencontrer à Amiens, elle remettoit au lendemain son entrée dans le Couvent, afin de se procurer le plaisir de souper avec moi. J'entrai fort bien dans le sens de cette ruse ; je lui proposai de se loger dans une Hôtellerie dont le Maître, qui s'étoit établi à Amiens après avoir été long tems Cocher de mon Père, étoit dévoué entièrement à mes ordres.

Je l'y conduisis moi-même, tandis que le vieux Conducteur paroissoit un peu murmurer, et que mon ami Tiberge, qui ne comprenoit rien à cette scène, me suivoit sans prononcer une parole. Il n'avoit point entendu notre entretien. Il étoit demeuré à se promener dans la cour pendant que je parlois d'amour à ma belle Maîtresse. Comme je redoutois sa sagesse, je me défis de lui par une commission dont je le priai de se charger. Ainsi j'eus le plaisir, en arrivant à l'Auberge, d'entretenir seule la Souveraine de mon cœur.

Je reconnus bientôt que j'étois moins enfant que je ne le croyois. Mon cœur s'ouvrit à mille sentimens de plaisir, dont je n'avois jamais eu l'idée. Une douce chaleur se répandit dans toutes mes veines. J'étois dans une espèce de transport, qui m'ôta pour quelque temps la liberté de la voix et qui ne s'exprimoit que par mes yeux.

Mademoiselle Manon Lescaut, c'est ainsi qu'elle me dit qu'on la nommoit, parut fort satisfaite de cet effet de ses charmes. Je crus apercevoir qu'elle n'étoit pas moins émue que moi. Elle me confessa qu'elle me trouvoit aimable, et qu'elle seroit ravie de m'avoir obligation de sa liberté. Elle voulut savoir qui j'étois, et cette connoissance augmenta son affection, parce qu'étant d'une naissance commune, elle se trouva flattée d'avoir fait la conquête d'un Amant tel que moi. Nous nous entretînmes des moyens d'être l'un à l'autre.

Après quantité de réflexions, nous ne trouvâmes point d'autre voye que celle de la fuite. Il falloit tromper la vigilance du Conducteur, qui étoit un homme à ménager, quoiqu'il ne fût qu'un Domestique. Nous réglâmes que je ferois préparer pendant la nuit une Chaise de poste, et que je reviendrois de grand matin à l'Auberge, avant qu'il fût éveillé ; que nous nous déroberions secrètement et que nous irions droit à Paris, où nous nous ferions marier en arrivant. J'avois environ cinquante écus, qui étoient le fruit de mes petites épargnes ; elle en avoit à peu près le double. Nous nous imaginâmes, comme des enfans sans expérience, que cette somme ne finiroit jamais, et nous ne comptâmes pas moins sur le succès de nos autres mesures.

Après avoir soupé, avec plus de satisfaction que je n'en avois jamais ressenti, je me retirai pour exécuter notre projet. Mes arrangemens furent d'autant plus faciles qu'ayant eu dessein de retourner le lendemain chez mon Père, mon petit équipage étoit déjà préparé. Je n'eus donc nulle peine à faire transporter ma malle, et à faire tenir une Chaise prête pour cinq heures du matin ; c'étoit le temps où les Portes de la Ville devoient être ouvertes ; mais je trouvai un obstacle dont je ne me défiois point, et qui faillit de rompre entièrement mon dessein.

Tiberge, quoique âgé seulement de trois ans plus que moi, étoit un garçon d'un sens mûr et d'une con-

duite fort réglée. Il m'aimoit avec une tendresse
extraordinaire. La vue d'une aussi jolie fille que
Mademoiselle Manon, mon empressement à la conduire, et le soin que j'avois eu de me défaire de lui en
l'éloignant, lui firent naître quelques soupçons de mon
amour. Il n'avoit osé revenir à l'Auberge où il m'avoit
laissé, de peur de m'offenser par son retour; mais il
étoit allé m'attendre à mon logis, où je le trouvai en
arrivant, quoiqu'il fût dix heures du soir. Sa présence
me chagrina. Il s'apperçut facilement de la contrainte
qu'elle me causoit. "Je suis sûr," me dit-il sans déguisement, "que vous méditez quelque dessein que
vous voulez me cacher; je le vois à votre air." Je lui
répondis assez brusquement que je n'étois pas obligé
de lui rendre compte de tous mes desseins. "Non,"
reprit-il; "mais vous m'avez toujours traité en Ami,
et cette qualité suppose un peu de confiance et d'ouverture." Il me pressa si fort et si longtemps de lui
découvrir mon secret que, n'ayant jamais eu de réserve
avec lui, je lui fis l'entière confidence de ma passion.
Il la reçut avec une apparence de mécontentement qui
me fit frémir. Je me repentis surtout de l'indiscrétion
avec laquelle je lui avois découvert le dessein de ma
fuite. Il me dit qu'il étoit trop parfaitement mon Ami
pour ne pas s'y opposer de tout son pouvoir; qu'il
vouloit me représenter d'abord tout ce qu'il croyoit
capable de m'en détourner; mais que, si je ne renonçois pas ensuite à cette misérable résolution, il avertiroit
des personnes qui pourroient l'arrêter à coup sûr. Il
me tint là-dessus un discours sérieux qui dura plus d'un
quart d'heure, et qui finit encore par la menace de me

dénoncer, si je ne lui donnois; ma parole de me conduire avec plus de sagesse et de raison.

. J'étois au désespoir de m'être trahi si mal à propos.
Cependant l'Amour m'ayant ouvert extrêmement
l'esprit depuis deux ou trois heures, je fis attention
que je ne lui avois pas découvert que mon dessein
devoit s'exécuter le lendemain, et je résolus de le
tromper à la faveur d'une équivoque. "Tiberge," lui
dis-je, "j'ai cru jusqu'à présent que vous étiez mon
Ami, et j'ai voulu vous éprouver par cette confidence.
Il est vrai que j'aime, je ne vous ai pas trompé; mais,
pour ce qui regarde ma fuite, ce n'est point une entreprise à former au hasard. Venez me prendre demain
à neuf heures; je vous ferai voir, s'il se peut, ma
Maîtresse, et vous jugerez si elle mérite que je fasse
cette démarche pour elle." Il me laissa seul, après
mille protestations d'amitié.

J'employai la nuit à mettre ordre à mes affaires et
m'étant rendu à l'Hôtellerie de Mademoiselle Manon,
vers la pointe du jour, je la trouvai qui m'attendoit.
Elle étoit à sa fenêtre, qui donnoit sur la rue; de sorte
que, m'ayant aperçu, elle vint m'ouvrir elle-même.
Nous sortîmes sans bruit. Elle n'avoit point d'autre
équipage que son linge, dont je me chargeai moi-même.
La Chaise étoit en état de partir; nous nous éloignâmes aussitôt de la Ville.

Je rapporterai dans la suite quelle fut la conduite de
Tiberge, lorsqu'il s'aperçut que je l'avois trompé. Son
zèle n'en devint pas moins ardent. Vous verrez à quel
excès il le porta, et combien je devrois verser de larmes
en songeant quelle en a toujours été la récompense.

Nous nous hâtâmes tellement d'avancer que nous arrivâmes à Saint-Denis avant la nuit. J'avois couru à cheval, à côté de la Chaise, ce qui ne nous avoit guère permis de nous entretenir qu'en changeant de chevaux; mais, lorsque nous nous vîmes si proche de Paris, c'est-à-dire presque en sûreté, nous prîmes le temps de nous rafraîchir, n'ayant rien mangé depuis notre départ d'Amiens. Quelque passionné que je fusse pour Manon, elle sçut me persuader qu'elle ne l'étoit pas moins pour moi. Nous étions si peu réservés dans nos caresses que nous n'avions pas la patience d'attendre que nous fussions seuls. Nos Postillons et nos Hôtes nous regardoient avec admiration; et je remarquois qu'ils étoient surpris de voir deux enfans de notre âge qui paroissoient s'aimer jusqu'à la fureur.

Nos projets de mariage furent oubliés à Saint-Denis; nous fraudâmes les droits de l'Eglise, et nous nous trouvâmes époux sans y avoir fait réflexion. Il est sûr que, du naturel tendre et constant dont je suis, j'étois heureux pour toute ma vie, si Manon m'eût été fidelle. Plus je la connoissois, plus je découvrois en elle de nouvelles qualités aimables. Son esprit, son cœur, sa douceur et sa beauté formoient une chaîne si forte et si charmante que j'aurois mis tout mon bonheur à n'en sortir jamais. Terrible changement! Ce qui fait mon désespoir a pu faire ma félicité. Je me trouve le plus malheureux de tous les hommes par cette même constance dont je devois attendre le plus doux de tous les sorts et les plus parfaites récompenses de l'Amour.

Nous prîmes un appartement meublé à Paris. Ce fut dans la rue V......, et, pour mon malheur, auprès de la maison de M. de B......, célèbre Fermier Général. Trois semaines se passèrent, pendant lesquelles j'avois été si rempli de ma passion que j'avois peu songé à ma Famille et au chagrin que mon Père avoit dû ressentir de mon absence. Cependant, comme la débauche n'avoit nulle part à ma conduite, et que Manon se comportoit aussi avec beaucoup de retenue, la tranquillité où nous vivions servit à me faire rappeler peu à peu l'idée de mon devoir.

Je résolus de me réconcilier, s'il étoit possible, avec mon Père. Ma Maîtresse étoit si aimable que je ne doutai point qu'elle ne pût lui plaire, si je trouvois moyen de lui faire connoître sa sagesse et son mérite : en un mot, je me flattai d'obtenir de lui la liberté de l'épouser, ayant été désabusé de l'espérance de le pouvoir sans son consentement.

Je communiquai ce projet à Manon, et je lui fis entendre qu'outre les motifs de l'amour et du devoir, celui de la nécessité pouvoit y entrer aussi pour quelque chose, car nos fonds étoient extrêmement altérés, et je commençois à revenir de l'opinion qu'ils étoient inépuisables.

Manon reçut froidement cette proposition. Cependant, les difficultés qu'elle y opposa n'étant prises que de sa tendresse même et de la crainte de me perdre si mon Père n'entroit point dans notre dessein après avoir connu le lieu de notre retraite, je n'eus pas le moindre soupçon du coup cruel qu'on se préparoit à me porter. A l'objection de la nécessité, elle répondit qu'il nous restoit encore de quoi vivre quelques semaines, et qu'elle trouveroit après cela des ressources dans l'affection de quelques Parens à qui elle écriroit en Province. Elle adoucit son refus par des caresses si tendres et si passionnées que moi, qui ne vivois que dans elle et qui n'avois pas la moindre défiance de son cœur, j'applaudis à toutes ses réponses et à toutes ses résolutions.

Je lui avois laissé la disposition de notre bourse et le soin de payer notre dépense ordinaire. Je m'aperçus peu après que notre table étoit mieux servie, et qu'elle s'étoit donné quelques ajustemens d'un prix considérable. Comme je n'ignorois pas qu'il devoit nous rester à peine douze ou quinze pistoles, je lui marquai mon étonnement de cette augmentation apparente de notre opulence. Elle me pria, en riant, d'être sans embarras. "Ne vous ai-je pas promis," me dit elle, "que je trouverois des ressources?" Je l'aimois avec trop de simplicité pour m'alarmer facilement.

Un jour que j'étois sorti l'après-midi, et que je l'avois avertie que je serois dehors plus long tems qu'à l'ordinaire, je fus étonné qu'à mon retour on me fît attendre deux ou trois minutes à la porte. Nous n'étions servis que par une petite Fille, qui étoit à peu près de notre âge. Etant venue m'ouvrir, je lui demandai pourquoi elle avoit tardé si longtemps. Elle me répondit, d'un air embarrassé, qu'elle ne m'avoit point entendu frapper. Je n'avois frappé qu'une fois; je lui dis : "Mais si vous ne m'avez pas entendu, pourquoi êtes-vous venu m'ouvrir?" Cette question la déconcerta si fort que, n'ayant point assez de présence d'esprit pour y répondre, elle se mit à pleurer en m'assurant que ce n'étoit point sa faute, et que Madame lui avoit défendu d'ouvrir la porte jusqu'à ce que M. de B...... fût sorti par l'autre escalier qui répondoit au cabinet. Je demeurai si confus que je n'eus point la force d'entrer dans l'appartement. Je pris le parti de descendre, sous prétexte d'une affaire, et j'ordonnai à cette enfant de dire à sa Maîtresse que je retournerois dans le moment, mais de ne pas faire connoître qu'elle m'eût parlé de M. de B......

Ma consternation fut si grande que je versois des larmes en descendant l'escalier, sans savoir encore de quel sentiment elles partoient. J'entrai dans le premier Caffé et, m'y étant assis près d'une table, j'appuyai ma tête sur mes deux mains, pour y développer ce qui se passoit dans mon cœur. Je n'osois rappeler ce que je venois d'entendre. Je voulois le considérer comme une illusion; et je fus près, deux ou trois fois, de retourner au logis, sans marquer que j'y eusse fait attention.

Il me paroissoit si impossible que Manon m'eût trahi, que je craignois de lui faire injure en la soupçonnant. Je l'adorois, cela étoit sûr; je ne lui avois pas donné plus de preuves d'amour que je n'en avois reçu d'elle. Pourquoi l'aurois-je accusée d'être moins sincère et moins constante que moi? Quelle raison auroit-elle eue de me tromper? Il n'y avoit que trois heures qu'elle m'avoit accablé de ses plus tendres caresses et qu'elle avoit reçu les miennes avec transport; je ne connoissois pas mieux mon cœur que le sien. Non, non, repris-je, il n'est pas possible que Manon me trahisse. Elle n'ignore pas que je ne vis que pour elle. Elle sçait trop bien que je l'adore. Ce n'est pas là un sujet de me haïr.

Cependant la visite et la sortie furtive de M. de B...... me causoient de l'embarras. Je me rappelois aussi les petites acquisitions de Manon, qui me sembloient surpasser nos richesses présentes. Cela paroissoit sentir les libéralités d'un nouvel Amant. Et cette confiance qu'elle m'avoit marquée, pour des ressources qui m'étoient inconnues ? J'avois peine à donner à tant d'énigmes un sens aussi favorable que mon cœur le souhaitoit.

D'un autre côté, je ne l'avois presque pas perdue de vue, depuis que nous étions à Paris. Occupations, promenades, divertissemens, nous avions toujours été l'un à côté de l'autre. Mon Dieu! un instant de séparation nous auroit trop affligés. Il falloit nous dire sans cesse que nous nous aimions; nous serions morts d'inquiétude sans cela. Je ne pouvois donc m'imaginer presque un seul moment où Manon pût s'être occupée d'un autre que moi.

A la fin, je crus avoir trouvé le dénoûment de ce mystère. M. de B......, dis-je en moi-même, est un homme qui fait de grosses affaires et qui a de grandes relations; les Parens de Manon se seront servis de cet homme pour lui faire tenir quelque argent. Elle en a peut-être déjà reçu de lui; il est venu aujourd'hui lui en apporter encore. Elle s'est fait sans doute un jeu de me le cacher, pour me surprendre agréablement. Peut-être m'en auroit-elle parlé si j'étois rentré à l'ordinaire, au lieu de venir ici m'affliger. Elle ne me le cachera pas du moins, lorsque je lui en parlerai moi-même.

Je me remplis si fortement de cette opinion qu'elle eut la force de diminuer beaucoup ma tristesse. Je

retournai sur-le-champ au logis. J'embrassai Manon
avec ma tendresse ordinaire. Elle me reçut fort bien.
J'étois tenté d'abord de lui découvrir mes conjectures,
que je regardois plus que jamais comme certaines; je
me retins, dans l'espérance qu'il lui arriveroit peut-
être de me prévenir en m'apprenant tout ce qui s'étoit
passé.

On nous servit à souper. Je me mis à table d'un air
fort gai; mais, à la lumière de la chandelle qui étoit
entre elle et moi, je crus apercevoir de la tristesse sur
le visage et dans les yeux de ma chère Maîtresse. Cette
pensée m'en inspira aussi. Je remarquai que ses regards
s'attachoient sur moi d'une autre façon qu'ils n'avoient
accoutumé. Je ne pouvois démêler si c'étoit de l'amour
ou de la compassion, quoiqu'il me parût que c'étoit un
sentiment doux et languissant. Je la regardai avec la
même attention; et peut-être n'avoit-elle pas moins de
peine à juger de la situation de mon cœur par mes
regards. Nous ne pensions ni à parler, ni à manger.
Enfin, je vis tomber des larmes de ses beaux yeux:
perfides larmes!

"Ah! dieux!" m'écriai-je, "vous pleurez, ma chère
Manon; vous êtes affligée jusqu'à pleurer, et vous ne
me dites pas un seul mot de vos peines!" Elle ne me
répondit que par quelques soupirs qui augmentèrent
mon inquiétude. Je me levai en tremblant; je la conjurai, avec tous les empressements de l'Amour, de me
découvrir le sujet de ses pleurs; j'en versai moi-même
en essuyant les siens; j'étois plus mort que vif. Un
Barbare auroit été attendri des témoignages de ma
douleur et de ma crainte.

Dans le temps que j'étois ainsi tout occupé d'elle, j'entendis le bruit de plusieurs personnes qui montoient l'escalier. On frappa doucement à la porte. Manon me donna un baiser; et, s'échappant de mes bras, elle entra rapidement dans le cabinet, qu'elle ferma aussitôt sur elle. Je me figurai qu'étant un peu en désordre, elle vouloit se cacher aux yeux des Etrangers qui avoient frappé. J'allai leur ouvrir moi-même.

A peine avois-je ouvert que je me vis saisir par trois hommes, que je reconnus pour les Laquais de mon Père. Ils ne me firent point de violence; mais, deux d'entre eux m'ayant pris par les bras, le troisième visita mes poches, dont il tira un petit couteau qui étoit le seul fer que j'eusse sur moi. Ils me demandèrent pardon de la nécessité où ils étoient de me manquer de respect; ils me dirent naturellement qu'ils agissoient par l'ordre de mon Père, et que mon Frère aîné m'attendoit en bas dans un Carosse. J'étois si troublé que je me laissai conduire sans résister et sans répondre. Mon Frère étoit effectivement à m'attendre. On me mit dans le Carosse auprès de lui; et le Cocher, qui avoit ses ordres, nous conduisit à grand train jusqu'à Saint-Denis. Mon Frère m'embrassa tendrement, mais il ne me parla point; de sorte que j'eus tout le loisir dont j'avois besoin pour rêver à mon infortune.

J'y trouvai d'abord tant d'obscurité que je ne voyois pas de jour à la moindre conjecture. J'étois trahi cruellement, mais par qui? Tiberge fut le premier qui me vint à l'esprit. Traître! disois-je, c'est fait de ta vie si mes soupçons se trouvent justes. Cependant je fis réflexion qu'il ignoroit le lieu de ma demeure, et qu'on

ne pouvoit par conséquent l'avoir appris de lui. Accuser
Manon, c'est de quoi mon cœur n'osoit se rendre coupable. Cette tristesse extraordinaire dont je l'avois vue
comme accablée, ses larmes, le tendre baiser qu'elle
m'avoit donné en se retirant, me paroissoient bien une
énigme; mais je me sentois porté à l'expliquer comme
un pressentiment de notre malheur commun; et, dans
le tems que je me désespérois de l'accident qui m'arra-
choit à elle, j'avois la crédulité de m'imaginer qu'elle
étoit encore plus à plaindre que moi.

Le résultat de ma méditation fut de me persuader
que j'avois été apperçu, dans les rues de Paris, par
quelques personnes de connoissance, qui en avoient
donné avis à mon Père. Cette pensée me consola. Je
comptois d'en être quitte pour des reproches, ou pour
quelques mauvais traitements qu'il me faudroit essuïer
de l'autorité paternelle. Je résolus de les souffrir avec
patience, et de promettre tout ce qu'on exigeroit de
moi, pour me faciliter l'occasion de retourner plus
promptement à Paris, et d'aller rendre la vie et la joie
à ma chère Manon.

Nous arrivâmes, en peu de temps, à Saint-Denis.
Mon Frère, surpris de mon silence, s'imagina que
c'étoit un effet de ma crainte. Il entreprit de me consoler, en m'assurant que je n'avois rien à redouter de
la sévérité de mon Père, pourvu que je fusse disposé à
rentrer doucement dans le devoir, et à mériter l'affection
qu'il avoit pour moi. Il me fit passer la nuit à Saint-
Denis, avec la précaution de faire coucher les trois
Laquais dans ma chambre.

Ce qui me causa une peine sensible fut de me voir

dans la même Hôtellerie où je m'étois arrêté avec Manon, en venant d'Amiens à Paris. L'Hôte et les Domestiques me reconnurent et devinèrent en même temps la vérité de mon histoire. J'entendis dire à l'Hôte : " Ha ! c'est ce joli Monsieur qui passoit, il y a six semaines, avec une petite Demoiselle qu'il aimoit si fort ! Qu'elle étoit charmante ! Les pauvres Enfants, comme ils se caressoient ! Pardi, c'est dommage qu'on les ait séparés !" Je feignois de ne rien entendre, et je me laissois voir le moins qu'il m'étoit possible.

Mon Frère avoit, à Saint-Denis, une Chaise à deux dans laquelle nous partîmes de grand matin ; et nous arrivâmes chez nous le lendemain au soir. Il vit mon Père avant moi, pour le prévenir en ma faveur, en lui apprenant avec quelle douceur je m'étois laissé conduire ; de sorte que j'en fus reçu moins durement que je ne m'y étois attendu.

Il se contenta de me faire quelques reproches généraux sur la faute que j'avois commise en m'absentant sans sa permission. Pour ce qui regardoit ma Maîtresse, il me dit que j'avois bien mérité ce qui venoit de m'arriver, en me livrant à une Inconnue ; qu'il avoit eu meilleure opinion de ma prudence ; mais qu'il espéroit que cette petite avanture me rendroit plus sage. Je ne pris ce discours que dans le sens qui s'accordoit avec mes idées. Je remerciai mon Père de la bonté qu'il avoit de me pardonner, et je lui promis de prendre une conduite plus soumise et plus réglée. Je triomphois au fond du cœur ; car, de la manière dont les choses s'arrangeoient, je ne doutois point que je n'eusse la liberté de me dérober de la maison, même avant la fin de la nuit.

On se mit à table pour souper ; on me railla sur ma conquête d'Amiens et sur ma fuite avec cette fidelle Maîtresse. Je reçus les coups de bonne grâce. J'étois même charmé qu'il me fût permis de m'entretenir de ce qui m'occupoit continuellement l'esprit. Mais quelques mots lâchés par mon Père me firent prêter l'oreille avec la dernière attention. Il parla de perfidie, et de service intéressé, rendu par M. B...... Je demeurai interdit en lui entendant prononcer ce nom, et je le priai humblement de s'expliquer davantage. Il se tourna vers mon Frère pour lui demander s'il ne m'avoit pas raconté toute l'histoire. Mon Frère lui répondit que je lui avois paru si tranquille sur la route qu'il n'avoit pas cru que j'eusse besoin de ce remède pour me guérir de ma folie. Je remarquai que mon Père balançoit s'il achèveroit de s'expliquer. Je l'en suppliai si instamment qu'il me satisfit, ou plutôt qu'il m'assassina cruellement, par le plus horrible de tous les récits.

Il me demanda d'abord si j'avois toujours eu la simplicité de croire que je fusse aimé de ma Maîtresse. Je lui dis hardiment que j'en étois si sûr, que rien ne pouvoit m'en donner la moindre défiance. "Ha, ha, ha," s'écria-t-il en riant de toute sa force, "cela est excellent ! Tu es une jolie dupe, et j'aime à te voir dans ces sentiments-là. C'est grand dommage, mon pauvre Chevalier, de te faire entrer dans l'Ordre de Malte, puisque tu as tant de disposition à faire un Mari patient et commode." Il ajouta mille railleries de cette force sur ce qu'il appeloit ma sottise et ma crédulité.

Enfin, comme je demeurois dans le silence, il continua de me dire que, suivant le calcul qu'il pouvoit
faire du temps depuis mon départ d'Amiens, Manon
m'avoit aimé environ douze jours : " Car," ajouta-t-il,
" je sais que tu partis d'Amiens le 28 de l'autre mois ;
nous sommes au 29 du présent : il y en a onze que
M. B...... m'a écrit ; je suppose qu'il lui en ait fallu
huit pour lier une parfaite connoissance avec ta Maîtresse ; ainsi qui ôte onze et huit de trente et un jours
qu'il y a depuis le 28 d'un mois jusqu'au 29 de l'autre,
reste douze, un peu plus ou moins." Là-dessus les éclats
de rire recommencèrent. J'écoutois tout avec un saisissement de cœur auquel j'appréhendois de ne pouvoir
résister jusqu'à la fin de cette triste comédie.

" Tu sauras donc," reprit mon Père, " puisque tu
l'ignores, que M. B...... a gagné le cœur de ta Princesse ;
car il se mocque de moi, de prétendre me persuader
que c'est par un zèle désintéressé pour mon service qu'il
a voulu te l'enlever. C'est bien d'un homme tel que lui,
de qui d'ailleurs je ne suis pas connu, qu'il faut attendre des sentiments si nobles ! Il a sçu d'elle que tu es
mon fils ; et, pour se délivrer de tes importunités, il
m'a écrit le lieu de ta demeure et le désordre où tu vivois, en me faisant entendre qu'il falloit main-forte
pour s'assurer de toi. Il s'est offert de me faciliter les
moyens de te saisir au collet ; et c'est par sa direction,
et celle de ta Maîtresse même, que ton Frère a trouvé
le moment de te prendre sans verd. Félicite-toi maintenant de la durée de ton triomphe. Tu sçais vaincre
assez rapidement, Chevalier, mais tu ne sçais pas conserver tes conquêtes."

Je n'eus pas la force de soutenir plus longtems un discours dont chaque mot m'avoit percé le cœur. Je me levai de table, et je n'avois pas fait quatre pas pour sortir de la salle que je tombai sur le plancher, sans sentiment et sans connoissance. On me les rappela par de prompts secours. J'ouvris les yeux pour verser un torrent de pleurs, et la bouche pour proférer les plaintes les plus tristes et les plus touchantes.

Mon Père, qui m'a toujours aimé tendrement, s'employa avec toute son affection pour me consoler. Je l'écoutois, mais sans l'entendre. Je me jetai à ses genoux, je le conjurai, en joignant les mains, de me laisser retourner à Paris, pour aller poignarder B...... "Non," disois-je, "il n'a pas gagné le cœur de Manon ; il lui a fait violence ; il l'a séduite par un charme ou par un poison ; il l'a peut-être forcée brutalement. Manon m'aime. Ne le sçais-je pas bien? Il l'aura menacée, le poignard à la main, pour la contraindre de m'abandonner. Que n'aura-t-il pas fait pour me ravir une si charmante Maîtresse ! O Dieux ! Dieux ! seroit-il possible que Manon m'eût trahi et qu'elle eût cessé de m'aimer !"

Comme je parlois toujours de retourner promptement à Paris, et que je me levois même à tous momens pour cela, mon Père vit bien que, dans le transport où j'étois, rien ne seroit capable de m'arrêter. Il me conduisit dans une chambre haute, où il laissa deux Domestiques avec moi pour me garder à vue. Je ne me possédois point. J'aurois donné mille vies pour être seulement un quart d'heure à Paris. Je compris que, m'étant déclaré si ouvertement, on ne me permettroit pas aisément de sortir de ma chambre. Je mesurai des yeux la hauteur des fenêtres. Ne voyant nulle possibilité de m'échapper par cette voie, je m'adressai doucement à mes deux Domestiques. Je m'engageai, par mille sermens, à faire un jour leur fortune s'ils vouloient consentir à mon évasion. Je les pressai, je les caressai, je les menaçai ; mais cette tentative fut encore inutile. Je perdis alors toute espérance. Je résolus de mourir, et je me jetai sur un lit avec le dessein de ne le quitter qu'avec la vie. Je passai la nuit et le jour suivant dans cette situation. Je refusai la nourriture qu'on m'apporta le lendemain.

Mon Père vint me voir l'après-midi. Il eut la bonté de flater mes peines par les plus douces consolations. Il m'ordonna si absolument de manger quelque chose, que je le fis par respect pour ses ordres. Quelques jours se passèrent, pendant lesquels je ne pris rien qu'en sa présence et pour lui obéir. Il continuoit toujours de m'apporter des raisons qui pouvoient me ramener au bon sens, et m'inspirer du mépris pour l'infidèle Manon. Il est certain que je ne l'estimois plus. Comment aurois-je estimé la plus volage et la plus perfide de toutes les Créatures ? Mais son image, les traits charmans que je portois au fond du cœur, y subsistoient toujours. Je me sentois bien. Je puis mourir, disois-je ; je le devrois même, après tant de honte et de douleur ; mais je souffrirois mille morts sans pouvoir oublier l'ingrate Manon.

Mon Père étoit surpris de me voir toujours si fortement touché. Il me connoissoit des principes d'honneur; et, ne pouvant douter que sa trahison ne me la fît mépriser, il s'imagina que ma constance venoit moins de

cette passion en particulier que d'un penchant général
pour les femmes. Il s'attacha tellement à cette pensée
que, ne consultant que sa tendre affection, il vint un
jour m'en faire l'ouverture. "Chevalier," me dit-il,
"j'ai eu dessein jusqu'à présent de te faire porter la
Croix de Malte ; mais je vois que tes inclinations ne
sont point tournées de ce côté-là. Tu aimes les jolies
femmes ; je suis d'avis de t'en chercher une qui te
plaise. Explique-moi naturellement ce que tu penses
là-dessus."

Je lui répondis que je ne mettois plus de distinction
entre les Femmes, et qu'après le malheur qui venoit de
m'arriver, je les détestois toutes également. "Je t'en
chercherai une," reprit mon Père en souriant, "qui
ressemblera à Manon, et qui sera plus fidelle. — Ah ! si
vous avez quelque bonté pour moi," lui dis-je, "c'est
elle qu'il faut me rendre. Soyez sûr, mon cher Père,
qu'elle ne m'a point trahi ; elle n'est pas capable d'une
si noire et si cruelle lâcheté. C'est le perfide B...... qui
nous trompe, vous, elle et moi. Si vous saviez combien
elle est tendre et sincère, si vous la connoissiez, vous
l'aimeriez vous-même. — Vous êtes un enfant," repartit
mon Père. "Comment pouvez-vous vous aveugler
jusqu'à ce point, après ce que je vous ai raconté d'elle?
C'est elle-même qui vous a livré à votre Frère. Vous
devriez oublier jusqu'à son nom, et profiter, si vous
êtes sage, de l'indulgence que j'ai pour vous."

Je reconnoissois trop clairement qu'il avoit raison.
C'étoit un mouvement involontaire qui me faisoit
prendre ainsi le parti de mon infidelle. "Hélas !" repris-je après un moment de silence, "il n'est que trop

vrai que je suis le malheureux objet de la plus lâche de toutes les perfidies. Oui," continuai-je en versant des larmes de dépit, "je vois bien que je ne suis qu'un enfant. Ma crédulité ne leur coûtoit guère à tromper. Mais je sais bien ce que j'ai à faire pour me venger."

Mon Père voulut savoir quel étoit mon dessein. "J'irai à Paris," lui dis-je, "je mettrai le feu à la maison de B......, et je le brûlerai tout vif avec la perfide Manon." Cet emportement fit rire mon Père, et ne servit qu'à me faire garder plus étroitement dans ma prison.

Je passai six mois entiers, pendant le premier desquels il y eut peu de changement dans mes dispositions. Tous mes sentimens n'étoient qu'une alternative perpétuelle de haine et d'amour, d'espérance et de désespoir, selon l'idée sous laquelle Manon s'offroit à mon esprit. Tantôt je ne considérois en elle que la plus aimable de toutes les Filles, et je languissois du désir de la revoir ; tantôt je n'y apercevois qu'une lâche et perfide Maîtresse, et je faisois mille sermens de ne la chercher que pour la punir.

On me donna des Livres, qui servirent à rendre un peu de tranquillité à mon âme. Je relus tous mes Auteurs. J'acquis de nouvelles connoissances. Je repris un goût infini pour l'étude. Vous verrez de quelle utilité il me fut dans la suite. Les lumières que je devois à l'Amour me firent trouver de la clarté dans quantité d'endroits d'Horace et de Virgile, qui m'avoient paru obscurs auparavant. Je fis un Commentaire amoureux sur le quatrième Livre de l'Enéide ; je le destine à voir le jour, et je me flate que le Public en sera satis-

fait. Hélas ! disois-je en le faisant, c'étoit un cœur tel
que le mien qu'il falloit à la fidelle Didon.

Tiberge vint me voir un jour dans ma prison. Je fus
surpris du transport avec lequel il m'embrassa. Je n'avois
point encore eu de preuves de son affection qui pussent
me la faire regarder autrement que comme une simple amitié de Collège, telle qu'elle se forme entre des
jeunes gens qui sont à peu près du même âge. Je le
trouvai si changé et si formé, depuis cinq ou six mois
que j'avois passés sans le voir, que sa figure et le ton
de son discours m'inspirèrent du respect. Il me parla
en Conseiller sage plutôt qu'en Ami d'Ecole. Il plaignit
l'égarement où j'étois tombé. Il me félicita de ma
guérison, qu'il croyoit avancée ; enfin il m'exhorta à
profiter de cette erreur de jeunesse pour ouvrir les yeux
sur la vanité des plaisirs. Je le regardai avec étonnement. Il s'en apperçut.

"Mon cher Chevalier," me dit-il, "je ne vous dis
rien qui ne soit solidement vrai, et dont je ne me
sois convaincu par un sérieux examen. J'avois autant
de penchant que vous vers la volupté ; mais le Ciel
m'avoit donné, en même temps, du goût pour la vertu.
Je me suis servi de ma raison pour comparer les fruits
de l'une et de l'autre, et je n'ai pas tardé longtemps à
découvrir leurs différences. Le secours du Ciel s'est
joint à mes réflexions. J'ai conçu pour le monde un
mépris auquel il n'y a rien d'égal. Devineriez-vous ce
qui m'y retient," ajouta-t-il, " et ce qui m'empêche de
courir à la Solitude ? C'est uniquement la tendre amitié
que j'ai pour vous. Je connois l'excellence de votre cœur
et de votre esprit ; il n'y a rien de bon dont vous ne

puissiez vous rendre capable. Le poison du plaisir vous a fait écarter du chemin. Quelle perte pour la vertu! Votre fuite d'Amiens m'a causé tant de douleur que je n'ai pas goûté, depuis, un moment de satisfaction. Jugez-en par les démarches qu'elle m'a fait faire."

Il me raconta qu'après s'être apperçu que je l'avois trompé, et que j'étois parti avec ma Maîtresse, il étoit monté à cheval pour me suivre, mais qu'ayant sur lui quatre ou cinq heures d'avance, il lui avoit été impossible de me joindre; qu'il étoit arrivé néanmoins à Saint-Denis une demi-heure après mon départ; qu'étant bien certain que je me serois arrêté à Paris, il y avoit passé six semaines à me chercher inutilement; qu'il alloit dans tous les lieux où il se flatoit de pouvoir me trouver, et qu'un jour enfin il avoit reconnu ma Maî-tresse à la Comédie; qu'elle y étoit dans une parure si éclatante qu'il s'étoit imaginé qu'elle devoit cette for-tune à un nouvel Amant; qu'il avoit suivi son Carosse jusqu'à sa maison, et qu'il avoit appris d'un Domestique qu'elle étoit entretenue par les libéralités de M. B......
"Je ne m'arrêtai pas là," continua-t-il. "J'y retournai le lendemain, pour apprendre d'elle-même ce que vous étiez devenu : elle me quitta brusquement lorsqu'elle m'entendit parler de vous, et je fus obligé de revenir en Province sans autre éclaircissement. J'y appris votre avanture et la consternation extrême qu'elle vous a causée, mais je n'ai pas voulu vous voir sans être assuré de vous trouver plus tranquille.

— Vous avez donc vu Manon ?" lui répondis-je en soupirant. "Hélas ! vous êtes plus heureux que moi, qui suis condamné à ne la revoir jamais." Il me fit des reproches de ce soupir, qui marquoit encore de la foiblesse pour elle. Il me flata si adroitement sur la bonté de mon caractère et sur mes inclinations, qu'il me fit naître, dès cette première visite, une forte envie de renoncer comme lui à tous les plaisirs du siècle, pour entrer dans l'Etat Ecclésiastique.

Je goûtai tellement cette idée que, lorsque je me trouvai seul, je ne m'occupai plus d'autre chose. Je me rappelai les discours de M. l'Evêque d'Amiens, qui m'avoit donné le même conseil, et les présages heureux qu'il avoit formés en ma faveur, s'il m'arrivoit d'embrasser ce parti. La piété se mêla aussi dans mes considérations. Je mènerai une vie sage et Chrétienne, disois-je ; je m'occuperai de l'Etude et de la Religion, qui ne me permettront point de penser aux dangereux plaisirs de l'Amour. Je mépriserai ce que le commun des hommes admire ; et, comme je sens assez que mon cœur ne desirera que ce qu'il estime, j'aurai aussi peu d'inquiétudes que de desirs.

Je formai là-dessus, d'avance, un système de vie paisible et solitaire. J'y faisois entrer une maison écartée, avec un petit bois et un ruisseau d'eau douce au bout du jardin ; une Bibliothèque composée de Livres choisis, un petit nombre d'Amis vertueux et de bon sens, une table propre, mais frugale et modérée. J'y joignois un commerce de Lettres avec un Ami qui feroit son séjour à Paris, et qui m'informeroit des nouvelles publiques, moins pour satisfaire ma curiosité que pour me faire un divertissement des folles agitations des hommes. Ne serai-je pas heureux, ajoutois-je ? Toutes mes prétentions ne seront-elles point remplies ?

Il est certain que ce projet flatoit extrêmement mes inclinations. Mais à la fin d'un si sage arrangement je sentois que mon cœur attendoit encore quelque chose ; et que, pour n'avoir rien à desirer dans la plus charmante Solitude, il y falloit être avec Manon.

· Cependant, Tiberge continuant de me rendre de fréquentes visites pour me fortifier dans le dessein qu'il m'avoit inspiré, je pris l'occasion d'en faire l'ouverture à mon Père. Il me déclara que son intention étoit de laisser ses Enfans libres dans le choix de leur condition, et que, de quelque manière que je voulusse disposer de moi, il ne se réserveroit que le droit de m'aider de ses conseils. Il m'en donna de fort sages, qui tendoient moins à me dégoûter de mon projet qu'à me le faire embrasser avec connoissance.

Le renouvellement de l'année Scolastique approchoit. Je convins, avec Tiberge, de nous mettre ensemble au Séminaire de S. Sulpice, lui pour achever ses études de Théologie, et moi pour commencer les miennes. Son mérite, qui étoit connu de l'Evêque du Diocèse, lui fit obtenir de ce Prélat un Bénéfice considérable, avant notre départ.

Mon Père, me croyant tout à fait revenu de ma passion, ne fit aucune difficulté de me laisser partir. Nous arrivâmes à Paris. L'habit Ecclésiastique prit la place de la Croix de Malte, et le nom d'Abbé des Grieux celle de Chevalier. Je m'attachai à l'étude avec tant d'application que je fis des progrès extraordinaires en peu de mois. J'y employois une partie de la nuit, et je ne perdois pas un moment du jour. Ma réputation eut tant d'éclat qu'on me félicitoit déjà sur les Dignités que je ne pouvois manquer d'obtenir ; et, sans l'avoir sollicité, mon nom fut couché sur la Feuille des Bénéfices. La piété n'étoit pas négligée ; j'avois de la ferveur pour tous les exercices. Tiberge étoit charmé de ce qu'il regardoit comme son ouvrage, et je l'ai vu plusieurs fois répandre des larmes, en s'applaudissant de ce qu'il nommoit ma conversion.

Que les résolutions humaines soient sujettes à changer, c'est ce qui ne m'a jamais causé d'étonnement ; une passion les fait naître, une autre passion peut les détruire ; mais, quand je pense à la sainteté de celles qui m'avoient conduit à Saint-Sulpice, et à la joie intérieure que le Ciel m'y faisoit goûter en les exécutant, je suis effrayé de la facilité avec laquelle j'ai pu les rompre. S'il est vrai que les secours Célestes sont à tous moments d'une force égale à celle des passions, qu'on m'explique donc par quel funeste ascendant on se trouve emporté tout d'un coup loin de son devoir, sans se trouver capable de la moindre résistance et sans ressentir le moindre remords.

Je me croyois absolument délivré des foiblesses de l'Amour. Il me sembloit que j'aurois préféré la lecture d'une page de S. Augustin, ou un quart d'heure de méditation chrétienne, à tous les plaisirs des sens ; sans excepter ceux qui m'auroient été offerts par Manon. Cependant un instant malheureux me fit retomber dans le précipice ; et ma chute fut d'autant plus irréparable que, me trouvant tout d'un coup au même degré de profondeur d'où j'étois sorti, les nouveaux désordres où je tombai me portèrent bien plus loin vers le fond de l'abîme.

J'avois passé près d'un an à Paris sans m'informer des affaires de Manon. Il m'en avoit d'abord coûté beaucoup pour me faire cette violence; mais les conseils toujours présents de Tiberge, et mes propres réflexions, m'avoient fait obtenir la victoire. Les derniers mois s'étoient écoulés si tranquillement que je me croyois sur le point d'oublier éternellement cette charmante et perfide Créature. Le tems arriva auquel je devois soutenir un Exercice public dans l'Ecole de Théologie; je fis prier plusieurs personnes de considération de m'honorer de leur présence.

Mon nom fut ainsi répandu dans tous les Quartiers de Paris: il alla jusqu'aux oreilles de mon Infidelle. Elle ne le reconnut pas avec certitude, sous le titre d'Abbé; mais un reste de curiosité, ou peut-être quelque repentir de m'avoir trahi (je n'ai jamais pu démêler lequel de ces deux sentimens), lui fit prendre intérêt à un nom si semblable au mien; elle vint en Sorbonne avec quelques autres Dames. Elle fut présente à mon Exercice; et sans doute qu'elle eut peu de peine à me remettre.

Je n'eus pas la moindre connoissance de cette visite. On sait qu'il y a, dans ces lieux, des cabinets particuliers pour les Dames, où elles sont cachées derrière une jalousie. Je retournai à Saint-Sulpice, couvert de gloire et chargé de complimens. Il étoit six heures du soir. On vint m'avertir, un moment après mon retour, qu'une Dame demandoit à me voir. J'allai au Parloir sur le champ. Dieux! quelle apparition surprenante! j'y trouvai Manon. C'étoit elle; mais plus aimable et plus brillante que je ne l'avois jamais vue. Elle étoit dans sa dix-huitième année. Ses charmes surpassoient tout ce qu'on peut décrire. C'étoit un air si fin, si doux, si engageant ! l'air de l'Amour même. Toute sa figure me parut un enchantement.

- Je demeurai interdit à sa vue ; et, ne pouvant conjecturer quel étoit le dessein de cette visite, j'attendois, les yeux baissés et avec tremblement, qu'elle s'expliquât. Son embarras fut pendant quelque temps égal au mien ; mais, voyant que mon silence continuoit, elle mit la main devant ses yeux, pour cacher quelques larmes. Elle me dit, d'un ton timide, qu'elle confessoit que son infidélité méritoit ma haine ; mais que, s'il étoit vrai que j'eusse jamais eu quelque tendresse pour elle, il y avoit eu, aussi, bien de la dureté à laisser passer deux ans sans prendre soin de m'informer de son sort, et qu'il y en avoit beaucoup encore à la voir dans l'état où elle étoit en ma présence, sans lui dire une parole. Le désordre de mon âme, en l'écoutant, ne sçauroit être exprimé.

Elle s'assit. Je demeurai debout, le corps à demi tourné, n'osant l'envisager directement. Je commençai plusieurs fois une réponse que je n'eus pas la force d'achever. Enfin je fis un effort pour m'écrier douloureusement : " Perfide Manon ! Ah ! perfide ! perfide ! " Elle me répéta, en pleurant à chaudes larmes, qu'elle ne prétendoit point justifier sa perfidie. " Que prétendez-vous donc ? " m'écriai-je encore. " Je prétends mourir, " répondit-elle, " si vous ne me rendez votre cœur, sans lequel il est impossible que je vive.— Demande donc ma vie, Infidelle ! " repris-je en versant moi-même des pleurs que je m'efforçai en vain de retenir; "demande ma vie, qui est l'unique chose qui me reste à te sacrifier; car mon cœur n'a jamais cessé d'être à toi."

A peine eus-je achevé ces derniers mots qu'elle se leva avec transport, pour venir m'embrasser. Elle m'accabla de mille caresses passionnées. Elle m'appela par tous les noms que l'Amour invente pour exprimer ses plus vives tendresses. Je n'y répondois encore qu'avec langueur. Quel passage, en effet, de la situation tranquille où j'avois été, aux mouvemens tumultueux que je sentois renaître! J'en étois épouvanté. Je frémissois, comme il arrive lorsqu'on se trouve la nuit dans une campagne écartée: on se croit transporté dans un nouvel ordre de choses; on y est saisi d'une horreur secrète dont on ne se remet qu'après avoir considéré long temps tous les environs.

Nous nous assîmes l'un près de l'autre. Je pris ses mains dans les miennes. "Ah! Manon," lui dis-je en la regardant d'un œil triste, "je ne m'étois pas attendu à la noire trahison dont vous avez payé mon Amour. Il vous étoit bien facile de tromper un cœur dont vous étiez la Souveraine absolue, et qui mettoit toute sa félicité à vous plaire et à vous obéir. Dites-moi maintenant si vous en avez trouvé d'aussi tendres et d'aussi soumis? Non, non, la Nature n'en fait guères de la même trempe que le mien. Dites-moi, du moins, si vous l'avez quelquefois regretté. Quel fond dois-je faire sur ce retour de bonté, qui vous ramène aujourd'hui pour le consoler? Je ne vois que trop que vous êtes plus charmante que jamais; mais, au nom de toutes les peines que j'ai souffertes pour vous ! belle Manon, dites-moi si vous serez plus fidelle ? ''

Elle me répondit des choses si touchantes sur son repentir, et elle s'engagea à la fidélité par tant de protestations et de sermens qu'elle m'attendrit à un degré inexprimable. '' Chère Manon !" lui dis-je, avec un mélange prophane d'expressions amoureuses et théologiques, '' tu es trop adorable pour une Créature. Je me sens le cœur emporté par une délectation victorieuse. Tout ce qu'on dit de la liberté, à S. Sulpice, est une chimère. Je vais perdre ma fortune et ma réputation pour toi ; je le prévois bien, je lis ma destinée dans tes beaux yeux ; mais de quelles pertes ne serai-je pas consolé par ton amour ! Les faveurs de la Fortune ne me touchent point ; la gloire me paroît une fumée ; tous mes projets de vie Ecclésiastique étoient de folles imaginations ; enfin tous les biens différents de ceux que j'espère avec toi sont des biens méprisables, puisqu'ils ne sçauroient tenir un moment, dans mon cœur, contre un seul de tes regards."

En lui promettant néanmoins un oubli général de ses fautes, je voulus être informé de quelle manière elle s'étoit laissée séduire par B...... Elle m'apprit que, l'ayant vue à sa fenêtre, il étoit devenu passionné pour elle ; qu'il avoit fait sa déclaration en Fermier Général, c'est-à-dire en lui marquant dans une Lettre que le payement seroit proportionné aux faveurs ; qu'elle avoit capitulé d'abord, mais sans autre dessein que de tirer de lui quelque somme considérable, qui pût servir à nous faire vivre commodément ; qu'il l'avoit éblouie par de si magnifiques promesses qu'elle s'étoit laissée ébranler par degrés; que je devois juger pourtant de ses remords par la douleur dont elle m'avoit laissé voir des témoignages la veille de notre séparation; que, malgré l'opulence dans laquelle il l'avoit entretenue, elle n'avoit jamais goûté de bonheur avec lui, non-seulement parce qu'elle n'y trouvoit point, me dit-elle, la délicatesse de mes sentimens et l'agrément de mes manières, mais parce qu'au milieu même des plaisirs qu'il lui procuroit sans cesse, elle portoit au fond du cœur le souvenir de mon amour et le remords de son infidélité.

Elle me parla de Tiberge et de la confusion extrême que sa visite lui avoit causée. "Un coup d'épée dans le cœur," ajouta-t-elle, "m'auroit moins ému le sang. Je lui tournai le dos sans pouvoir soutenir un moment sa présence."

Elle continua de me raconter par quels moyens elle avoit été instruite de mon séjour à Paris, du changement de ma condition et de mes Exercices de Sorbonne. Elle m'assura qu'elle avoit été si agitée pendant la Dispute qu'elle avoit eu beaucoup de peine, non-seulement à retenir ses larmes, mais ses gémissemens mêmes et ses cris, qui avoient été plus d'une fois sur le point d'éclater. Enfin elle me dit qu'elle étoit sortie de ce lieu la dernière, pour cacher son désordre, et que, ne suivant que le mouvement de son cœur et l'impétuosité de ses desirs, elle étoit venue droit au Séminaire, avec la résolution d'y mourir, si elle ne me trouvoit pas disposé à lui pardonner.

Où trouver un Barbare qu'un repentir si vif et si tendre n'eût pas touché? Pour moi, je sentis, dans ce

moment, que j'aurois sacrifié pour Manon tous les
Evêchés du Monde Chrétien. Je lui demandai quel
nouvel ordre elle jugeoit à propos de mettre dans nos
affaires. Elle me dit qu'il falloit sur le champ sortir
du Séminaire, et remettre à nous arranger dans un lieu
plus sûr. Je consentis à toutes ses volontés sans ré-
plique. Elle entra dans son Carosse pour aller m'attendre au coin de la rue. Je m'échappai un moment
après, sans être aperçu du Portier. Je montai avec elle.
Nous passâmes à la Friperie. Je repris les galons et
l'épée. Manon fournit aux frais, car j'étois sans un
sou ; et, dans la crainte que je ne trouvasse de l'obstacle à ma sortie de S. Sulpice, elle n'avoit pas voulu
que je retournasse un moment à ma chambre pour y
prendre mon argent. Mon trésor d'ailleurs étoit médiocre, et elle assez riche des libéralités de B...... pour
mépriser ce qu'elle me faisoit abandonner. Nous con-
férâmes, chez le Fripier même, sur le parti que nous
allions prendre.

Pour me faire valoir davantage le sacrifice qu'elle me
faisoit de B......, elle résolut de ne pas garder avec lui
le moindre ménagement. "Je veux lui laisser ses meubles," me dit-elle, "ils sont à lui ; mais j'emporterai,
comme de justice, les bijoux et près de soixante mille
francs que j'ai tirés de lui depuis deux ans. Je ne lui ai
donné nul pouvoir sur moi," ajouta-t-elle ; "ainsi
nous pouvons demeurer sans crainte à Paris, en prenant une Maison commode où nous vivrons heureusement."

Je lui représentai que, s'il n'y avoit point de péril
pour elle, il y en avoit beaucoup pour moi, qui ne

manquerois point tôt ou tard d'être reconnu, et qui serois continuellement exposé au malheur que j'avois
déjà essuyé. Elle me fit entendre qu'elle auroit du regret à quitter Paris. Je craignois tant de la chagriner
qu'il n'y avoit point de hazards que je ne méprisasse
pour lui plaire : cependant nous trouvâmes un tempé-
rament raisonnable, qui fut de louer une Maison dans
quelque Village voisin de Paris, d'où il nous seroit aisé
d'aller à la Ville, lorsque le plaisir ou le besoin nous y
appelleroit. Nous choisîmes Chaillot, qui n'en est pas
éloigné. Manon retourna sur le champ chez elle. J'allai
l'attendre à la petite porte du Jardin des Thuilleries.

Elle revint une heure après, dans un Carosse de
louage, avec une fille qui la servoit, et quelques malles,
où ses habits et tout ce qu'elle avoit de précieux étoit
renfermé.

Nous ne tardâmes point à gagner Chaillot. Nous
logeâmes la première nuit à l'Auberge, pour nous donner le tems de chercher une maison, ou du moins un
appartement commode. Nous en trouvâmes, dès le
lendemain, un de notre goût.

Mon bonheur me parut d'abord établi d'une manière
inébranlable. Manon étoit la douceur et la complaisance même. Elle avoit pour moi des attentions si
délicates que je me crus trop parfaitement dédommagé
de toutes mes peines. Comme nous avions acquis tous
deux un peu d'expérience, nous raisonnâmes sur la
solidité de notre fortune. Soixante mille francs, qui
faisoient le fond de nos richesses, n'étoient pas une
somme qui pût s'étendre autant que le cours d'une
longue vie. Nous n'étions pas disposés d'ailleurs à res-

serrer trop notre dépense. La première vertu de Manon, non plus que la mienne, n'étoit pas l'économie.

Voici le plan que je me proposai. "Soixante mille
francs," lui dis-je, " peuvent nous soutenir pendant dix
ans. Deux mille écus nous suffiront chaque année si
nous continuons de vivre à Chaillot. Nous y mènerons
une vie honnête, mais simple. Notre unique dépense
sera pour l'entretien d'un Carosse et pour les Spec-
tacles. Nous nous réglerons. Vous aimez l'Opéra; nous
irons deux fois la semaine. Pour le Jeu, nous nous bor-
nerons tellement que nos pertes ne passeront jamais
deux pistoles. Il est impossible que dans l'espace de
dix ans il n'arrive point de changement dans ma Famille ; mon Père est âgé, il peut mourir. Je me trouverai du bien, et nous serons alors au-dessus de toutes
nos autres craintes."

Cet arrangement n'eût pas été la plus folle action de
ma vie, si nous eussions été assez sages pour nous y
assujettir constamment. Mais nos résolutions ne durè-
rent guère plus d'un mois. Manon étoit passionnée
pour le plaisir. Je l'étois pour elle. Il nous naissoit, à
tous momens, de nouvelles occasions de dépense ; et,
loin de regretter les sommes qu'elle employoit quelquefois avec profusion, je fus le premier à lui procurer tout
ce que je croyois propre à lui plaire. Notre demeure de
Chaillot commença même à lui devenir à charge.

L'hiver approchoit ; tout le monde retournoit à la
Ville, et la Campagne devenoit déserte. Elle me proposa de reprendre une maison à Paris. Je n'y consentis
point ; mais, pour la satisfaire en quelque chose, je lui
dis que nous pouvions y louer un appartement meublé,

et que nous y passerions la nuit lorsqu'il nous arriveroit de quitter trop tard l'Assemblée où nous allions
plusieurs fois la semaine : car l'incommodité de revenir
si tard à Chaillot étoit le prétexte qu'elle apportoit
pour le vouloir quitter. Nous nous donnâmes ainsi
deux logemens, l'un à la Ville et l'autre à la Campagne.
Ce changement mit bien-tôt le dernier désordre dans
nos affaires, en faisant naître deux avantures qui causè-
rent notre ruine.

Manon avoit un Frère qui étoit Garde du Corps. Il
se trouva malheureusement logé, à Paris, dans la même
rue que nous. Il reconnut sa sœur en la voyant le matin à sa fenêtre. Il accourut aussitôt chez nous. C'étoit
un homme brutal et sans principes d'honneur. Il entra
dans notre chambre en jurant horriblement : et, comme
il sçavoit une partie des avantures de sa Sœur, il l'accabla d'injures et de reproches.

J'étois sorti un moment auparavant; ce qui fut sans
doute un bonheur pour lui ou pour moi, qui n'étois rien
moins que disposé à souffrir une insulte. Je ne retournai
au logis qu'après son départ. La tristesse de Manon me
fit juger qu'il s'étoit passé quelque chose d'extraordinaire. Elle me raconta la scène fâcheuse qu'elle venoit
d'essuyer, et les menaces brutales de son Frère. J'en
eus tant de ressentiment que j'eusse couru sur le champ
à la vengeance, si elle ne m'eût arrêté par ses larmes.

Pendant que je m'entretenois avec elle de cette avanture, le Garde du Corps rentra dans la chambre où
nous étions, sans s'être fait annoncer. Je ne l'aurois pas
reçu aussi civilement que je le fis, si je l'eusse connu;
mais, nous ayant salués d'un air riant, il eut le temps de

dire à Manon qu'il venoit lui faire des excuses de son emportement ; qu'il l'avoit crue dans le désordre et que cette opinion avoit allumé sa colère ; mais que, s'étant informé qui j'étois d'un de nos Domestiques, il avoit appris de moi des choses si avantageuses qu'elles lui faisoient désirer de bien vivre avec nous.

Quoique cette information, qui lui venoit d'un de mes Laquais, eût quelque chose de bizarre et de choquant, je reçus son compliment avec honnêteté. Je crus faire plaisir à Manon. Elle paroissoit charmée de le voir porté à se réconcilier. Nous le retînmes à dîner.

Il se rendit en peu de momens si familier que, nous ayant entendus parler de notre retour à Chaillot, il voulut absolument nous tenir compagnie. Il fallut lui donner une place dans notre Carosse. Ce fut une prise de possession, car il s'accoutuma bientôt à nous voir avec tant de plaisir qu'il fit sa maison de la nôtre, et qu'il se rendit le maître, en quelque sorte, de tout ce qui nous appartenoit. Il m'appeloit son Frère ; et, sous prétexte de la liberté fraternelle, il se mit sur le pied d'amener tous ses amis dans notre Maison de Chaillot, et de les y traiter à nos dépens. Il se fit habiller magnifiquement à nos frais. Il nous engagea même à payer toutes ses dettes. Je fermois les yeux sur cette tyrannie, pour ne pas déplaire à Manon, jusqu'à feindre de ne pas m'apercevoir qu'il tiroit d'elle, de tems en tems, des sommes considérables. Il est vrai qu'étant grand Joueur, il avoit la fidélité de lui en remettre une partie lorsque la Fortune le favorisoit ; mais la nôtre étoit trop médiocre pour fournir long tems à des dépenses si peu modérées.

J'étois sur le point de m'expliquer fortement avec lui, pour nous délivrer de ses importunités, lorsqu'un funeste accident m'épargna cette peine, en nous en causant une autre qui nous abîma sans ressource.

Nous étions demeurés un jour à Paris pour y coucher, comme il nous arrivoit fort souvent. La Servante, qui restoit seule à Chaillot dans ces occasions, vint m'avertir le matin que le feu avoit pris pendant la nuit dans ma Maison, et qu'on avoit eu beaucoup de difficulté à l'éteindre. Je lui demandai si nos meubles avoient souffert quelque dommage : elle me répondit qu'il y avoit eu une si grande confusion, causée par la multitude d'Etrangers qui étoient venus au secours, qu'elle ne pouvoit être assurée de rien. Je tremblai pour notre argent, qui étoit renfermé dans une petite caisse. Je me rendis promptement à Chaillot. Diligence inutile : la caisse avoit déjà disparu.

J'éprouvai alors qu'on peut aimer l'argent sans être avare. Cette perte me pénétra d'une si vive douleur que j'en pensai perdre la raison. Je compris tout d'un coup à quels nouveaux malheurs j'allois me trouver exposé. L'indigence étoit le moindre. Je connoissois Manon; je n'avois déjà que trop éprouvé que, quelque fidelle et quelque attachée qu'elle me fût dans la bonne fortune, il ne falloit pas compter sur elle dans la misère. Elle aimoit trop l'abondance et les plaisirs pour me les sacrifier. "Je la perdrai !" m'écriai-je. " Malheureux Chevalier ! tu vas donc perdre encore tout ce que tu aimes ! " Cette pensée me jeta dans un trouble si affreux que je balançai, pendant quelques moments, si je ne ferois pas mieux de finir tous mes maux par la mort.

Cependant je conservai assez de présence d'esprit pour vouloir examiner auparavant s'il ne me restoit nulle ressource. Le Ciel me fit naître une idée qui arrêta mon désespoir. Je crus qu'il ne me seroit pas impossible de cacher notre perte à Manon, et que, par industrie ou par quelque faveur du Hazard, je pourrois fournir assez honnêtement à son entretien pour l'empêcher de sentir la nécessité.

J'ai compté, disois-je pour me consoler, que vingt mille écus nous suffiroient pendant dix ans: supposons que les dix ans soient écoulés, et que nul des changements que j'espérois ne soit arrivé dans ma Famille. Quel parti prendrois-je ? Je ne le sais pas trop bien ; mais ce que je ferois alors, qui m'empêche de le faire aujourd'hui ? Combien de personnes vivent à Paris, qui n'ont ni mon esprit, ni mes qualités naturelles, et qui doivent néanmoins leur entretien à leurs talens, tels qu'ils les ont !

La Providence, ajoutois-je en réfléchissant sur les différents Etats de la vie, n'a-t-elle pas arrangé les choses fort sagement ? La plûpart des Grands et des Riches sont des Sots; cela est clair à qui connoît un peu le monde. Or il y a là dedans une justice admirable. S'ils joignoient l'esprit aux richesses, ils seroient trop heureux, et le reste des hommes trop misérable. Les qualités du corps et de l'âme sont accordées à ceux-ci comme des moyens pour se tirer de la misère et de la pauvreté. Les uns prennent part aux richesses des Grands, en servant à leurs plaisirs ; ils en font des dupes : d'autres servent à leur instruction ; ils tâchent d'en faire d'honnêtes gens : il est rare, à la vérité, qu'ils

y réussissent, mais ce n'est pas là le but de la Divine
Sagesse. Ils tirent toujours un fruit de leurs soins, qui
est de vivre aux dépens de ceux qu'ils instruisent, et,
de quelque façon qu'on le prenne, c'est un fond excellent
de revenu pour les Petits que la sottise des Riches et
des Grands.

Ces pensées me remirent un peu le cœur et la tête.
Je résolus d'abord d'aller consulter M. Lescaut, frère
de Manon. Il connoissoit parfaitement Paris ; et je
n'avois eu que trop d'occasions de reconnoître que ce
n'étoit ni de son bien, ni de la paye du Roi qu'il tiroit
son plus clair revenu. Il me restoit à peine vingt
pistoles, qui s'étoient trouvées heureusement dans ma
poche. Je lui montrai ma bourse, en lui expliquant
mon malheur et mes craintes ; et je lui demandai s'il
y avoit pour moi un part à choisir, entre celui de mourir
de faim, ou de me casser la tête de désespoir. Il me
répondit que se casser la tête étoit la ressource des
Sots : pour mourir de faim, qu'il y avoit quantité de
gens d'esprit qui s'y voyoient réduits, quand ils ne
vouloient pas faire usage de leurs talens ; que c'étoit à
moi d'examiner de quoi j'étois capable ; qu'il m'assuroit
de son secours et de ses conseils dans toutes mes entre-
prises.

" Cela est bien vague, monsieur Lescaut," lui dis-je ;
"mes besoins demanderoient un remède plus présent,
car que voulez-vous que je dise à Manon ? — A propos
de Manon," reprit-il, " qu'est-ce qui vous embarrasse ?
N'avez-vous pas toujours avec elle de quoi finir vos
inquiétudes quand vous le voudrez ? Une fille comme
elle devroit nous entretenir, vous, elle et moi." Il me

coupa la réponse que cette impertinence méritoit, pour continuer de me dire qu'il me garantissoit avant le soir mille écus à partager entre nous, si je voulois suivre son conseil ; qu'il connoissoit un Seigneur si libéral sur le chapitre des Plaisirs qu'il étoit sûr que mille écus ne lui coûteroient rien pour obtenir les faveurs d'une Fille telle que Manon.

Je l'arrêtai. "J'avois meilleure opinion de vous," lui répondis-je ; "je m'étois figuré que le motif que vous aviez eu pour m'accorder votre amitié étoit un sentiment tout opposé à celui où vous êtes maintenant." Il me confessa impudemment qu'il avoit toujours pensé de même, et que, sa Sœur ayant une fois violé les lois de son sexe, quoiqu'en faveur de l'homme qu'il aimoit le plus, il ne s'étoit réconcilié avec elle que dans l'espérance de tirer parti de sa mauvaise conduite.

Il me fut aisé de juger que jusqu'alors nous avions été ses dupes. Quelque émotion néanmoins que ce discours m'eût causée, le besoin que j'avois de lui m'obligea de répondre en riant que son conseil étoit une dernière ressource qu'il falloit remettre à l'extrémité. Je le priai de m'ouvrir quelque autre voye.

Il me proposa de profiter de ma jeunesse et de la figure avantageuse que j'avois reçue de la Nature, pour me mettre en liaison avec quelque Dame vieille et libérale. Je ne goûtai pas non plus ce parti, qui m'auroit rendu infidèle à Manon.

Je lui parlai du Jeu, comme du moyen le plus facile et le plus convenable à ma situation. Il me dit que le Jeu, à la vérité, étoit une ressource, mais que cela demandoit d'être expliqué ; qu'entreprendre de jouer

simplement, avec les espérances communes, c'étoit le
vrai moyen d'achever ma perte ; que de prétendre
exercer seul, et sans être soutenu, les petits moyens
qu'un habile homme employe pour corriger la Fortune,
étoit un métier trop dangereux; qu'il y avoit une
troisième voie, qui étoit celle de l'Association ; mais que
ma jeunesse lui faisoit craindre que Messieurs les Con-
fédérés ne me jugeassent point encore les qualités propres à la Ligue. Il me promit néanmoins ses bons
offices auprès d'eux; et, ce que je n'aurois pas attendu
de lui, il m'offrit quelque argent lorsque je me trouverois
pressé du besoin. L'unique grâce que je lui demandai,
dans les circonstances, fut de ne rien apprendre à
Manon de la perte que j'avois faite et du sujet de notre
conversation.

Je sortis de chez lui moins satisfait encore que je n'y
étois entré. Je me repentis même de lui avoir confié
mon secret. Il n'avoit rien fait pour moi que je n'eusse
pu obtenir de même, sans cette ouverture ; et je craignois mortellement qu'il ne manquât à la promesse qu'il
m'avoit faite de ne rien découvrir à Manon. J'avois
lieu d'appréhender aussi, par la déclaration de ses sentimens, qu'il ne formât le dessein de tirer parti d'elle,
suivant ses propres termes, en l'enlevant de mes mains,
ou du moins en lui conseillant de me quitter pour
s'attacher à quelque Amant plus riche et plus heureux.
Je fis là-dessus mille réflexions qui n'aboutirent qu'à
me tourmenter et à renouveler le désespoir où j'avois
été le matin. Il me vint plusieurs fois à l'esprit d'écrire
à mon Père et de feindre une nouvelle conversion pour
obtenir de lui quelques secours d'argent ; mais je me

rappelai aussitôt que, malgré toute sa bonté, il m'avoit resserré six mois dans une étroite prison pour ma première faute. J'étois bien sûr qu'après un éclat, tel que l'avoit dû causer ma fuite de S. Sulpice, il me traiteroit beaucoup plus rigoureusement.

Enfin, cette confusion de pensées en produisit une qui remit le calme tout d'un coup dans mon esprit, et que je m'étonnai de n'avoir pas eue plus tôt. Ce fut de recourir à mon ami Tiberge, dans lequel j'étois bien certain de retrouver toujours le même fond de zèle et d'amitié. Rien n'est plus admirable et ne 'fait plus d'honneur à la vertu que la confiance avec laquelle on s'adresse aux personnes dont on connoît parfaitement la probité. On sent qu'il n'y a point de risque à courir. Si elles ne sont pas toujours en état d'offrir du secours, on est sûr qu'on en obtiendra du moins de la bonté et de la compassion. Le cœur, qui se ferme avec tant de soin au reste des hommes, s'ouvre naturellement en leur présence, comme une fleur s'épanouit à la lumière du Soleil, dont elle n'attend qu'une douce influence.

Je regardai comme un effet de la protection du Ciel de m'être souvenu si à propos de Tiberge, et je résolus de chercher les moyens de le voir avant la fin du jour. Je retournai sur le champ au logis pour lui écrire un mot, et lui marquer un lieu propre à notre entretien. Je lui recommandois le silence et la discrétion, comme un des plus importants services qu'il pût me rendre dans la situation de mes affaires.

La joye, que l'espérance de le voir m'inspiroit, effaça les traces de chagrin que Manon n'auroit pas manqué d'apercevoir sur mon visage. Je lui parlai de notre malheur de Chaillot comme d'une bagatelle qui ne devoit point l'allarmer ; et, Paris étant le lieu du monde où elle se voyoit avec le plus grand plaisir, elle ne fut pas fâchée de m'entendre dire qu'il étoit à propos d'y demeurer jusqu'à ce qu'on eût réparé, à Chaillot, quelques légers effets de l'incendie.

Une heure après, je reçus la réponse de Tiberge, qui me promettoit de se rendre au lieu de l'assignation. J'y courus avec impatience. Je sentois néanmoins quelque honte d'aller paroître aux yeux d'un ami dont la seule présence devoit être un reproche de mes désordres ; mais l'opinion que j'avois de la bonté de son cœur et l'intérêt de Manon soutinrent ma hardiesse.

Je l'avois prié de se trouver au Jardin du Palais-Royal. Il y étoit avant moi. Il vint m'embrasser aussitôt qu'il m'eut apperçu. Il me tint serré longtemps entre ses bras, et je sentis mon visage mouillé de ses larmes. Je lui dis que je ne me présentois à lui qu'avec confusion, et que je portois dans le cœur un vif sentiment de mon ingratitude ; que la première chose dont je le conjurois étoit de m'apprendre s'il m'étoit encore permis de le regarder comme mon ami, après avoir mérité si justement de perdre son estime et son affection. Il me répondit, du ton le plus tendre, que rien n'étoit capable de le faire renoncer à cette qualité ; que mes malheurs mêmes, et, si je lui permettois de le dire, mes fautes et mes désordres, avoient redoublé sa tendresse pour moi ; mais que c'étoit une tendresse mêlée de la plus vive douleur, telle qu'on la sent pour une personne chère qu'on voit toucher à sa perte sans pouvoir la secourir.

Nous nous assîmes sur un banc. "Hélas !" lui dis-je, avec un soupir parti du fond du cœur, "votre compassion doit être·excessive, mon cher Tiberge, si vous m'assurez qu'elle est égale à mes peines. J'ai honte de vous les laisser voir, car je confesse que la cause n'en est pas glorieuse ; mais l'effet en est si triste qu'il n'est pas besoin de m'aimer autant que vous faites pour en être attendri."

Il me demanda, comme une marque d'amitié, de lui raconter sans déguisement ce qui m'étoit arrivé depuis mon départ de Saint-Sulpice. Je le satisfis ; et, loin d'altérer quelque chose à la vérité ou de diminuer mes fautes pour les faire trouver plus excusables, je lui parlai de ma passion avec toute la force qu'elle m'inspiroit. Je la lui représentai comme un de ces coups particuliers du Destin, qui s'attache à la ruine d'un Misérable, et dont il est aussi impossible à la Vertu de se défendre qu'il l'a été à la Sagesse de les prévoir. Je lui fis une vive peinture de mes agitations, de mes craintes, du désespoir où j'étois deux heures avant que de le voir, et de celui dans lequel j'allois retomber si j'étois abandonné par mes Amis aussi impitoyablement que par la Fortune ; enfin j'attendris tellement le bon Tiberge que je le vis aussi affligé par la compassion que je l'étois par le sentiment de mes peines.

Il ne se lassoit point de m'embrasser et de m'exhorter à prendre du courage et de la consolation ; mais, comme il supposoit toujours qu'il falloit me séparer de Manon, je lui fis entendre nettement que c'étoit cette séparation même que je regardois comme la plus grande de mes infortunes, et que j'étois disposé à souffrir, non-seulement le dernier excès de la misère, mais la mort la plus cruelle, avant que de recevoir un remède plus insupportable que tous les maux ensemble.

"Expliquez-vous donc," me dit-il ; "quelle espèce de secours suis-je capable de vous donner, si vous vous révoltez contre toutes mes propositions?" Je n'osois lui déclarer que c'étoit de sa bourse que j'avois besoin. Il le comprit pourtant à la fin ; et, m'ayant confessé qu'il croïoit m'entendre, il demeura quelque temps suspendu, avec l'air d'une personne qui balance. "Ne croyez pas," reprit-il bien-tôt, "que ma rêverie vienne d'un refroidissement de zèle et d'amitié. Mais à quelle alternative me réduisez-vous, s'il faut que je vous refuse le seul secours que vous voulez accepter, ou que je blesse mon devoir en vous l'accordant? Car n'est-ce pas prendre part à votre désordre que de vous y faire persévérer ?

"Cependant," continua-t-il après avoir réfléchi un moment, "je m'imagine que c'est peut-être l'état violent où l'indigence vous jette, qui ne vous laisse pas assez de liberté pour choisir le meilleur parti ; il faut un esprit tranquille pour goûter la sagesse et la vérité. Je trouverai le moyen de vous faire avoir quelque argent. Permettez-moi, mon cher Chevalier," ajouta-t-il en m'embrassant, "d'y mettre seulement une condition ; c'est que vous m'apprendrez le lieu de votre demeure, et que vous souffrirez que je fasse du moins mes efforts pour vous ramener à la Vertu, que je sçais que vous aimez, et dont il n'y a que la violence de vos passions qui vous écarte."

Je lui accordai sincèrement tout ce qu'il souhaitoit,

et je le priai de plaindre la malignité de mon sort, qui me faisoit profiter si mal des conseils d'un Ami si vertueux. Il me mena aussi-tôt chez un Banquier de sa connoissance, qui m'avança cent pistoles sur son Billet, car il n'étoit rien moins qu'en argent comptant. J'ai déjà dit qu'il n'étoit pas riche. Son Bénéfice valoit mille écus ; mais, comme c'étoit la première année qu'il le possédoit, il n'avoit encore rien touché du revenu : c'étoit sur les fruits futurs qu'il me faisoit cette avance.

Je sentis tout le prix de sa générosité. J'en fus touché jusqu'au point de déplorer l'aveuglement d'un amour fatal, qui me faisoit violer tous les devoirs. La Vertu eut assez de force, pendant quelques moments, pour s'élever dans mon cœur contre ma passion, et j'aperçus du moins, dans cet instant de lumière, la honte et l'indignité de mes chaînes. Mais ce combat fut léger et dura peu. La vue de Manon m'auroit fait précipiter du Ciel, et je m'étonnai, en me retrouvant près d'elle, que j'eusse pu traiter un moment de honteuse une tendresse si juste pour un objet si charmant.

Manon étoit une Créature d'un caractère extraordinaire. Jamais Fille n'eut moins d'attachement qu'elle pour l'argent ; mais elle ne pouvoit être tranquille un moment avec la crainte d'en manquer. C'étoit du plaisir et des passe-temps qu'il falloit. Elle n'eût jamais voulu toucher un sou, si l'on pouvoit se divertir sans qu'il en coûte. Elle ne s'informoit pas même quel étoit le fond de nos richesses, pourvu qu'elle pût passer agréablement la journée ; de sorte que, n'étant ni excessivement livrée au jeu, ni capable d'être éblouie par le faste des grandes dépenses, rien n'étoit plus facile que de la

satisfaire, en lui faisant naître tous les jours des amuse-
ments de son goût. Mais c'étoit une chose si nécessaire
pour elle d'être ainsi occupée par le plaisir qu'il n'y
avoit pas le moindre fond à faire, sans cela, sur son
humeur et sur ses inclinations. Quoiqu'elle m'aimât
tendrement, et que je fusse le seul, comme elle en con-
venoit volontiers, qui pût lui faire goûter parfaitement
les douceurs de l'amour, j'étois presque certain que sa
tendresse ne tiendroit point contre de certaines craintes.
Elle m'auroit préféré à toute la Terre avec une fortune
médiocre ; mais je ne doutois nullement qu'elle ne m'a-
bandonnât pour quelque nouveau B......, lorsqu'il ne me
resteroit que de la constance et de la fidélité à lui offrir.

Je résolus donc de régler si bien ma dépense particulière que je fusse toujours en état de fournir aux
siennes, et de me priver plutôt de mille choses nécessaires que de la borner même pour le superflu. Le
Carosse m'effrayoit plus que tout le reste, car il n'y
avoit point d'apparence de pouvoir entretenir des chevaux et un Cocher.

Je découvris ma peine à M. Lescaut. Je ne lui avois
point caché que j'eusse reçu cent pistoles d'un Ami.
Il me répéta que, si je voulois tenter le hasard du Jeu,
il ne désespéroit point qu'en sacrifiant de bonne grâce
une centaine de francs, pour traiter ses Associés, je ne
pusse être admis, à sa recommandation, dans la Ligue
de l'Industrie. Quelque répugnance que j'eusse à tromper, je me laissai entraîner par une cruelle nécessité.

M. Lescaut me présenta, le soir même, comme un
de ses Parens. Il ajouta que j'étois d'autant mieux
disposé à réussir, que j'avois besoin des plus grandes

faveurs de la Fortune. Cependant, pour faire connoître que ma misère n'étoit pas celle d'un homme
de néant, il leur dit que j'étois dans le dessein de leur
donner à souper. L'offre fut acceptée. Je les traitai magnifiquement. On s'entretint long tems de la gentillesse
de ma figure et de mes heureuses dispositions. On pré-
tendit qu'il y avoit beaucoup à espérer de moi, parce
qu'ayant quelque chose dans la phisionomie qui sentoit
l'Honnête homme, personne ne se défieroit de mes
artifices. Enfin, on rendit grâces à M. Lescaut d'avoir
procuré à l'Ordre un Novice de mon mérite, et l'on
chargea un des Chevaliers de me donner pendant
quelques jours les instructions nécessaires.

Le principal Théâtre de mes exploits devoit être
l'Hôtel de Transilvanie, où il y avoit une table de
Pharaon dans une Salle, et divers autres Jeux de Cartes
et de Dés dans la Galerie. Cette Académie se tenoit au
profit de M. le prince de R......, qui demeuroit alors à
Clagny, et la plupart de ses Officiers étoient de notre
Société. Le dirai-je à ma honte ? Je profitai en peu de
temps des leçons de mon Maître. J'acquis surtout beaucoup d'habileté à faire une volte-face, à filer la carte;
et, m'aidant fort bien d'une longue paire de manchettes,
j'escamotois assez légèrement pour tromper les yeux les
plus habiles, et ruiner sans affectation quantité d'honnêtes Joueurs. Cette adresse extraordinaire hâta si fort
les progrès de ma fortune, que je me trouvai en peu de
semaines des sommes considérables, outre celles que je
partageois de bonne foi avec mes Associés.

Je ne craignis plus, alors, de découvrir à Manon
notre perte de Chaillot; et, pour la consoler, en lui

apprenant cette fâcheuse nouvelle, je louai une Maison garnie où nous nous établîmes avec un air d'opulence et de sécurité.

Tiberge n'avoit pas manqué, pendant ce temps-là, de me rendre de fréquentes visites. Sa morale ne finissoit point. Il commençoit sans cesse à me représenter le tort que je faisois à ma conscience, à mon honneur et à ma fortune. Je recevois ses avis avec amitié; et, quoique je n'eusse pas la moindre disposition à les suivre, je lui sçavois bon gré de son zèle, parce que j'en connoissois la source. Quelquefois je le raillois agréablement en présence même de Manon; et je l'exhortois à n'être pas plus scrupuleux qu'un grand nombre d'Evêques et d'autres Prêtres, qui savent accorder fort bien une maîtresse avec un Bénéfice. "Voyez," lui disois-je en lui montrant les yeux de la mienne, "et dites-moi s'il y a des fautes qui ne soient pas justifiées par une si belle cause?" Il prenoit patience. Il la poussa même assez loin; mais, lorsqu'il vit que mes richesses augmentoient et que non seulement je lui avois restitué ses cent pistoles, mais qu'ayant loué une nouvelle Maison et doublé ma dépense, j'allois me replonger plus que jamais dans les plaisirs, il changea entièrement de ton et de manières. Il se plaignit de mon endurcissement; il me menaça des châtiments du Ciel, et il me prédit une partie des malheurs qui ne tardèrent guères à m'arriver.

"Il est impossible," me dit-il, "que les richesses qui servent à l'entretien de vos désordres vous soient venues par des voyes légitimes. Vous les avez acquises injustement; elles vous seront ravies de même. La plus terrible punition de Dieu seroit de vous en laisser jouir tranquillement. Tous mes conseils," ajouta-t-il, "vous ont été inutiles; je ne prévois que trop qu'ils vous seroient bien-tôt importuns. Adieu, ingrat et foible Ami. Puissent vos criminels plaisirs s'évanouir comme une ombre! Puisse votre fortune et votre argent périr sans ressource; et vous, rester seul et nu, pour sentir la vanité des biens qui vous ont follement enivré! C'est alors que vous me trouverez disposé à vous aimer et à vous servir; mais je romps aujourd'hui tout commerce avec vous, et je déteste la vie que vous menez."

Ce fut dans ma chambre, aux yeux de Manon, qu'il me fit cette harangue Apostolique. Il se leva pour se retirer. Je voulus le retenir; mais je fus arrêté par Manon, qui me dit que c'étoit un fou qu'il falloit laisser sortir.

Son discours ne laissa pas de faire quelque impression sur moi. Je remarque ainsi les diverses occasions où mon cœur sentit un retour vers le bien, parce que c'est à ce souvenir que j'ai dû ensuite une partie de ma force dans les plus malheureuses circonstances de ma vie.

Les caresses de Manon dissipèrent en un moment le chagrin que cette scène m'avoit causé. Nous continuâmes de mener une vie toute composée de plaisir et d'amour. L'augmentation de nos richesses redoubla notre affection. Vénus et la Fortune n'avoient point d'Esclaves plus heureux. Dieux! pourquoi nommer le Monde un lieu de misères, puisqu'on y peut goûter de si charmantes délices! Mais, hélas! leur foible est de passer trop vite. Quelle autre félicité voudroit-on se proposer, si elles étoient de nature à durer toujours?

Les nôtres eurent le sort commun, c'est-à-dire de durer peu et d'être suivies par des regrets amers.

J'avois fait au Jeu des gains si considérables que je pensois à placer une partie de mon argent. Mes Domestiques n'ignoroient pas mes succès, surtout mon Valet de chambre et la Suivante de Manon, devant lesquels nous nous entretenions souvent sans défiance. Cette Fille étoit jolie. Mon Valet en étoit amoureux. Ils avoient à faire à des Maîtres jeunes et faciles qu'ils imaginèrent pouvoir tromper aisément. Ils en conçurent le dessein, et ils l'exécutèrent si malheureusement pour nous qu'ils nous mirent dans un état dont il ne nous a jamais été possible de nous relever.

M. Lescaut nous ayant un jour donné à souper, il étoit environ minuit lorsque nous retournâmes au logis. J'appelai mon Valet, et Manon sa Femme de Chambre; ni l'un ni l'autre ne parurent. On nous dit qu'ils n'avoient point été vus dans la Maison depuis huit heures, et qu'ils étoient sortis après avoir fait transporter quelques caisses, suivant les ordres qu'ils disoient avoir reçus de moi. Je pressentis une partie de la vérité; mais je ne formai point de soupçons qui ne fussent surpassés par ce que j'apperçus en entrant dans ma chambre. La serrure de mon cabinet avoit été forcée, et mon argent enlevé avec tous mes habits. Dans le temps que je réfléchissois seul sur cet accident, Manon vint toute effrayée, m'apprendre qu'on avoit fait le même ravage dans son appartement.

Le coup me parut si cruel qu'il n'y eut qu'un effort extraordinaire de raison qui m'empêcha de me livrer aux cris et aux pleurs. La crainte de communiquer mon désespoir à Manon me fit affecter de prendre un visage tranquille. Je lui dis en badinant que je me vengerois sur quelque dupe, à l'Hôtel de Transilvanie. Cependant elle me sembla si sensible à notre malheur, que sa tristesse eut bien plus de force pour m'affliger, que ma joie feinte n'en avoit eu pour l'empêcher d'être trop abattue. "Nous sommes perdus," me dit-elle, les larmes aux yeux. Je m'efforçai en vain de la consoler par mes caresses. Mes propres pleurs trahissoient mon désespoir et ma consternation. En effet, nous étions ruinés si absolument qu'il ne nous restoit pas une chemise.

Je pris le parti d'envoyer chercher sur le champ M. Lescaut. Il me conseilla d'aller à l'heure même chez M. le Lieutenant de Police et M. le Grand Prévôt de Paris. J'y allai, mais ce fut pour mon plus grand malheur; car, outre que cette démarche, et celles que je fis faire à ces deux Officiers de Justice ne produisirent rien, je donnai le temps à Lescaut d'entretenir sa Sœur, et de lui inspirer pendant mon absence une horrible résolution. Il lui parla de M. de G...... M......, vieux Voluptueux, qui payoit prodiguement ses plaisirs, et il lui fit envisager tant d'avantages à se mettre à sa solde que, troublée comme elle étoit par notre disgrâce, elle entra dans tout ce qu'il entreprit de lui persuader. Cet honorable marché fut conclu avant mon retour et l'exécution remise au lendemain, après que Lescaut auroit prévenu M. de G...... M......

Je le trouvai qui m'attendoit au logis; mais Manon s'étoit couchée dans son appartement, et elle avoit donné ordre à son Laquais de me dire qu'ayant besoin d'un peu de repos, elle me prioit de la laisser seule pendant cette nuit. Lescaut me quitta après m'avoir offert quelques pistoles que j'acceptai.

Il étoit près de quatre heures, lorsque je me mis au lit; et, m'y étant encore occupé longtems des moyens de rétablir ma fortune, je m'endormis si tard que je ne pus me réveiller que vers onze heures ou midi. Je me levai promptement, pour aller m'informer de la santé de Manon; on me dit qu'elle étoit sortie une heure auparavant, avec son Frère, qui l'étoit venu prendre dans un Carosse de louage. Quoiqu'une telle partie, faite avec Lescaut, me parût mistérieuse, je me fis violence pour suspendre mes soupçons. Je laissai couler quelques heures, que je passai à lire. Enfin, n'étant plus le maître de mon inquiétude, je me promenai à grands pas dans nos appartemens. J'apperçus dans celui de Manon une lettre cachetée, qui étoit sur sa table. L'adresse étoit à moi, et l'écriture de sa main. Je l'ouvris avec un frisson mortel; elle étoit dans ces termes :

"Je te jure, mon cher Chevalier, que tu es l'Idole de mon cœur, et qu'il n'y a que toi au Monde que je puisse aimer de la façon dont je t'aime; mais ne vois-tu pas, ma pauvre chère âme, que, dans l'état où nous sommes réduits, c'est une sotte vertu que la fidélité? Crois-tu qu'on puisse être bien tendre lorsqu'on manque de pain? La faim me causeroit quelque méprise fatale; je rendrois quelque jour le dernier soupir, en croyant en pousser un d'amour. Je t'adore, compte là-dessus; mais laisse-moi, pour quelque tems, le ménagement de notre fortune. Malheur à qui va tomber dans mes filets! Je travaille pour rendre mon Chevalier riche et heureux. Mon Frère t'apprendra des nouvelles de ta Manon; il te dira qu'elle a pleuré de la nécessité de te quitter."

Je demeurai, après cette lecture, dans un état qui me seroit difficile à décrire; car j'ignore encore aujourd'hui par quelle espèce de sentimens je fus alors agité. Ce fut une de ces situations uniques auxquelles on n'a rien éprouvé qui soit semblable; on ne sçauroit les expliquer aux autres, parce qu'ils n'en ont pas l'idée, et l'on a peine à se les bien démêler à soi-même, parce qu'étant seules de leur espèce, cela ne se lie à rien dans la mémoire, et ne peut même être rapproché d'aucun sentiment connu. Cependant, de quelque nature que fussent les miens, il est certain qu'il devoit y entrer de la douleur, du dépit, de la jalousie et de la honte. Heureux s'il n'y fût pas entré encore plus d'amour!

Elle m'aime, je le veux croire; mais ne faudroit-il pas, m'écriai-je, qu'elle fût un Monstre pour me haïr? Quels droits eut-on jamais sur un cœur que je n'aye pas sur le sien? Que me reste-t-il à faire pour elle après tout ce que je lui ai sacrifié? Cependant elle m'abandonne! et l'Ingrate se croit à couvert de mes reproches en disant qu'elle ne cesse pas de m'aimer! Elle appréhende la faim! Dieu d'Amour! quelle grossièreté de sentimens, et que c'est répondre mal à ma délicatesse! Je ne l'ai pas appréhendée, moi qui m'y expose si volontiers pour elle en renonçant à ma fortune et aux douceurs de la Maison de mon Père; moi qui me suis retranché jusqu'au nécessaire pour satisfaire ses petites humeurs et ses caprices. Elle m'adore, dit-elle. Si tu m'adorois, Ingrate, je sçais bien de qui tu aurois pris des conseils; tu ne m'aurois pas quitté, du moins, sans me dire adieu. C'est à moi qu'il faut demander quelles peines cruelles on sent à se séparer de ce qu'on adore. Il faudroit avoir perdu l'esprit pour s'y exposer volontairement.

Mes plaintes furent interrompues par une visite à laquelle je ne m'attendois pas. Ce fut celle de Lescaut. " Bourreau ! " lui dis-je en mettant l'épée à la main, " où est Manon ? Qu'en as-tu fait ? " Ce mouvement l'effraya. Il me répondit que, si c'étoit ainsi que je le recevois lorsqu'il venoit me rendre compte du service le plus considérable qu'il eût pu me rendre, il alloit se retirer et ne remettroit jamais les pieds chez moi. Je courus à la porte de la chambre, que je fermai soigneusement. " Ne t'imagine pas, " lui dis-je en me tournant vers lui, " que tu puisses me prendre encore une fois pour dupe et me tromper par des fables. Il faut défendre ta vie, ou me faire retrouver Manon. — Là ! que vous êtes vif ! " repartit-il ; " c'est l'unique sujet qui m'amène. Je viens vous annoncer un bonheur auquel vous ne pensez pas, et pour lequel vous reconnoîtrez peut-être que vous m'avez quelque obligation." Je voulus être éclairci sur le champ.

Il me raconta que Manon, ne pouvant soutenir la crainte de la misère, et surtout l'idée d'être obligée tout d'un coup à la réforme de notre Equipage, l'avoit prié de lui procurer la connoissance de M. de G...... M......, qui passoit pour un homme généreux. Il n'eut garde de

me dire que le conseil étoit venu de lui, ni qu'il eût préparé les voyes avant que de l'y conduire. "Je l'y ai
menée ce matin," continua-t-il, "et cet honnête homme
a été si charmé de son mérite qu'il l'a invitée d'abord à
lui tenir compagnie à sa Maison de Campagne, où il
est allé passer quelques jours. Moi," ajouta Lescaut,
"qui ai pénétré tout d'un coup de quel avantage cela
pouvoit être pour vous, je lui ai fait entendre adroitement que Manon avoit essuïé des pertes considérables,
et j'ai tellement piqué sa générosité qu'il a commencé
par lui faire un présent de deux cens pistoles. Je lui ai
dit que cela étoit honnête pour le présent; mais que
l'avenir amèneroit à ma Sœur de grands besoins; qu'elle
s'étoit chargée d'ailleurs du soin d'un jeune Frère qui
nous étoit resté sur les bras après la mort de nos Père
et Mère, et que, s'il la croyoit digne de son estime, il
ne la laisseroit pas souffrir dans ce pauvre Enfant,
qu'elle regardoit comme la moitié d'elle-même. Ce
récit n'a pas manqué de l'attendrir. Il s'est engagé à
louer une Maison commode pour vous et pour Manon;
car c'est vous-même, qui êtes ce pauvre petit Frère
orphelin. Il a promis de vous meubler proprement et
de vous fournir tous les mois quatre cens bonnes livres,
qui en feront, si je compte bien, quatre mille huit
cens à la fin de chaque année. Il a laissé ordre à son
Intendant, avant que de partir pour sa Campagne, de
chercher une Maison et de la tenir prête pour son
retour. Vous reverrez alors Manon, qui m'a chargé de
vous embrasser mille fois pour elle, et de vous assurer
qu'elle vous aime plus que jamais."

Je m'assis en rêvant à cette bizarre disposition de

mon sort. Je me trouvai dans un partage de sentimens, et par conséquent dans une incertitude si difficile à terminer que je demeurai long tems sans répondre à quantité de questions, que Lescaut me faisoit l'une sur l'autre. Ce fut dans ce moment que l'Honneur et la Vertu me firent sentir encore les pointes du remord, et que je jetai les yeux, en soupirant, vers Amiens, vers la Maison de mon Père, vers Saint-Sulpice et vers tous les lieux où j'avois vécu dans l'innocence. Par quel immense espace n'étois-je pas séparé de cet heureux état! Je ne le voyois plus que de loin, comme une ombre, qui s'attiroit encore mes regrets et mes desirs, mais trop foible pour exciter mes efforts. Par quelle fatalité, disois-je, suis-je devenu si criminel? L'Amour est une passion innocente; comment s'est-il changé pour moi en une source de misères et de désordres? Qui m'empêchoit de vivre tranquille et vertueux avec Manon? Pourquoi ne l'épousois-je point, avant que d'obtenir rien de son amour? Mon Père, qui m'aimoit si tendrement, n'y auroit-il pas consenti, si je l'en eusse pressé avec des instances légitimes? Ah! mon Père l'auroit chérie lui-même, comme une Fille charmante, trop digne d'être la Femme de son Fils; je serois heureux avec l'amour de Manon, avec l'affection de mon Père, avec l'estime des honnêtes gens, avec les biens de la Fortune et la tranquillité de la Vertu. Revers funeste! Quel est l'infâme personnage qu'on vient ici me proposer? Quoi! j'irai partager... Mais y a-t-il à balancer, si c'est Manon qui l'a réglé, et si je la pers sans cette complaisance? "M. Lescaut," m'écriai-je, en fermant les yeux comme pour écarter de si chagrinantes réflexions, "si vous avez eu dessein de me servir, je vous rens grâces. Vous auriez pu prendre une voye plus honnête; mais c'est une chose finie, n'est-ce pas? Ne pensons donc plus qu'à profiter de vos soins, et à remplir votre promesse."

Lescaut, à qui ma colère, suivie d'un fort long silence, avoit causé de l'embarras, fut ravi de me voir prendre un parti tout différent de celui qu'il avoit appréhendé sans doute; il n'étoit rien moins que brave, et j'en eus de meilleures preuves dans la suite. " Oui, oui," se hâta-t-il de me répondre, "c'est un fort bon service que je vous ai rendu, et vous verrez que nous en tirerons plus d'avantage que vous ne vous y attendez."

Nous concertâmes de quelle manière nous pourrions prévenir les défiances que M. de G...... M...... pouvoit concevoir de notre fraternité en me voyant plus grand, et un peu plus âgé peut-être qu'il ne se l'imaginoit. Nous ne trouvâmes point d'autre moyen que de prendre devant lui un air simple et Provincial, et de lui faire croire que j'étois dans le dessein d'entrer dans l'Etat Ecclésiastique, et que j'allois pour cela tous les jours au Collège. Nous résolûmes aussi que je me mettrois fort mal, la première fois que je serois admis à l'honneur de le saluer.

Il revint à la Ville trois ou quatre jours après. Il conduisit lui-même Manon dans la Maison que son Intendant avoit eu soin de préparer. Elle fit avertir aussitôt Lescaut de son retour; et, celui-ci m'en ayant donné avis, nous nous rendîmes tous deux chez elle. Le vieil Amant en étoit déjà sorti.

Malgré la résignation avec laquelle je m'étois soumis à ses volontés, je ne pus réprimer le murmure de mon cœur en la revoyant. Je lui parus triste et languissant. La joie de la retrouver ne l'emportoit pas tout-à-fait sur le chagrin de son infidélité. Elle, au contraire, paroissoit transportée du plaisir de me revoir. Elle me fit des reproches de ma froideur. Je ne pus m'empêcher de laisser échapper les noms de Perfide et d'Infidelle, que j'accompagnai d'autant de soupirs.

Elle me railla d'abord de ma simplicité; mais, lorsqu'elle vit mes regards s'attacher toujours tristement sur elle, et la peine que j'avois à digérer un changement si contraire à mon humeur et à mes desirs, elle passa seule dans son cabinet. Je la suivis, un moment après. Je l'y trouvai tout en pleurs. Je lui demandai ce qui les causoit: "Il t'est bien aisé de le voir," me dit-elle; "comment veux-tu que je vive si ma vûe n'est plus propre qu'à te causer un air sombre et chagrin? Tu ne m'as pas fait une seule caresse depuis une heure que tu es ici, et tu as reçu les miennes avec la Majesté du Grand Turc au Serrail.

— Ecoutez, Manon," lui répondis-je en l'embrassant, "je ne puis vous cacher que j'ai le cœur mortellement affligé. Je ne parle point à présent des allarmes où votre fuite imprévue m'a jeté, ni de la cruauté que vous avez eue de m'abandonner sans un mot de consolation, après avoir passé la nuit dans un autre lit que moi. Le charme de votre présence m'en feroit bien oublier davantage. Mais croyez-vous que je puisse penser sans soupirs, et même sans verser des larmes," continuai-je en en versant quelques-unes, "à la triste et

malheureuse vie que vous voulez que je mène dans
cette Maison? Laissons ma naissance et mon honneur
à part ; ce ne sont plus des raisons si foibles qui doivent
entrer en concurrence avec un amour tel que le mien;
mais cet amour même, ne vous imaginez-vous pas qu'il
gémit de se voir si mal récompensé, ou plutôt traité si
cruellement par une ingrate et dure Maîtresse?..."

Elle m'interrompit : "Tenez," dit-elle, "mon Chevalier, il est inutile de me tourmenter par des reproches
qui me percent le cœur lorsqu'ils viennent de vous.
Je vois ce qui vous blesse. J'avois espéré que vous
consentiriez au projet que j'avois fait pour rétablir un
peu notre fortune, et c'étoit pour ménager votre délicatesse que j'avois commencé à l'exécuter sans votre
participation; mais j'y renonce puisque vous ne l'approuvez pas." Elle ajouta qu'elle ne me demandoit
qu'un peu de complaisance pour le reste du jour; qu'elle
avoit déjà reçu deux cens pistoles de son vieil Amant,
et qu'il lui avoit promis de lui apporter le soir un beau
collier de perles, avec d'autres bijoux, et par-dessus cela
la moitié de la pension annuelle qu'il lui avoit promise.
"Laissez-moi seulement le tems," me dit-elle,. "de
recevoir ses présens; je vous jure qu'il ne pourra se
vanter des avantages que je lui ai donnés sur moi, car
je l'ai remis jusqu'à présent à la Ville. Il est vrai qu'il
m'a baisé plus d'un million de fois les mains; il est juste
qu'il paye ce plaisir, et ce ne sera point trop que cinq
ou six mille francs en proportionnant le prix à ses
richesses et à son âge."

Sa résolution me fut beaucoup plus agréable que
l'espérance des cinq mille livres. J'eus lieu de recon-

noître que mon cœur n'avoit point encore perdu tout
sentiment d'honneur, puisqu'il étoit si satisfait d'échapper à l'infamie. Mais j'étois né pour les courtes joies et
les longues douleurs. La Fortune ne me délivra d'un
précipice que pour me faire tomber dans un autre.
Lorsque j'eus marqué à Manon par mille caresses combien je me croyois heureux de son changement, je lui
dis qu'il falloit en instruire M. Lescaut, afin que nos
mesures se prissent de concert. Il en murmura d'abord;
mais les quatre ou cinq mille livres d'argent comptant
le firent entrer gaîment dans nos vues. Il fut donc réglé
que nous nous trouverions tous à souper avec M. de
G...... M......, et cela pour deux raisons : l'une pour
nous donner le plaisir d'une scène agréable, en me
faisant passer pour un Ecolier, Frère de Manon; l'autre
pour empêcher ce vieux Libertin de s'émanciper trop
avec ma Maîtresse, par le droit qu'il croiroit s'être
acquis en payant si libéralement d'avance. Nous devions
nous retirer, Lescaut et moi, lorsqu'il monteroit à la
chambre où il comptoit de passer la nuit; et Manon,
au lieu de le suivre, nous promit de sortir, et de la
venir passer avec moi. Lescaut se chargea du soin
d'avoir exactement un Carosse à la porte.

L'heure du souper étant venue, M. de G...... M......
ne se fit pas attendre long tems. Lescaut étoit avec sa
Sœur dans la Salle. Le premier compliment du Vieillard
fut d'offrir à sa Belle un collier, des bracelets et des
pendans de perles, qui valoient au moins mille écus.
Il lui compta ensuite, en beaux Louis d'or, la somme
de deux mille quatre cens livres, qui faisoient la moitié
de la pension. Il assaisonna son présent de quantité de

douceurs dans le goût de la vieille Cour. Manon ne put lui refuser quelques baisers ; c'étoit autant de droits qu'elle acquéroit sur l'argent qu'il lui mettoit entre les mains. J'étois à la porte, où je prêtois l'oreille, en attendant que Lescaut m'avertît d'entrer.

Il vint me prendre par la main, lorsque Manon eut serré l'argent et les bijoux ; et, me conduisant vers M. de G...... M......, il m'ordonna de lui faire la révérence. J'en fis deux ou trois des plus profondes. ''Excusez, Monsieur,'' lui dit Lescaut, ''c'est un Enfant fort neuf. Il est bien éloigné, comme vous voyez, d'avoir des airs de Paris ; mais nous espérons qu'un peu d'usage le façonnera. Vous aurez l'honneur de voir ici souvent Monsieur,'' ajouta-t-il en se tournant vers moi ; ''faites bien votre profit d'un si bon modèle.''

Le vieil Amant parut prendre plaisir à me voir. Il me donna deux ou trois petits coups sur la joue en me disant que j'étois un joli garçon, mais qu'il falloit être sur mes gardes à Paris, où les jeunes gens se laissent aller facilement à la débauche. Lescaut l'assura que j'étois naturellement si sage que je ne parlois que de me faire Prêtre, et que tout mon plaisir étoit à faire de petites Chapelles. ''Je lui trouve l'air de Manon,'' reprit le Vieillard en me haussant le menton avec la main. Je répondis d'un air niais : ''Monsieur, c'est que nos deux chairs se touchent de bien proche ; aussi j'aime ma Sœur comme un autre moi-même. — L'entendez-vous ?'' dit-il à Lescaut ; ''il a de l'esprit. C'est dommage que cet Enfant-là n'ait pas un peu plus de monde. — Ho, monsieur,'' repris-je ; ''j'en ai vu beaucoup chez nous dans les Eglises, et je crois bien que j'en trouverai à Paris de plus sots que moi. — Voyez," ajouta-t-il, " cela est admirable pour un Enfant de Province."

Toute notre conversation fut à peu près du même goût pendant le souper. Manon, qui étoit badine, fut plusieurs fois sur le point de gâter tout par ses éclats de rire. Je trouvai l'occasion, en soupant, de lui raconter sa propre histoire, et le mauvais sort qui le menaçoit. Lescaut et Manon trembloient pendant mon récit, surtout lorsque je faisois son portrait au naturel; mais l'amour-propre l'empêcha de s'y reconnoître, et je l'achevai si adroitement qu'il fut le premier à le trouver fort risible. Vous verrez que ce n'est pas sans raison que je me suis étendu sur cette ridicule scène.

Enfin, l'heure du sommeil étant arrivée, il parla d'amour et d'impatience. Nous nous retirâmes, Lescaut et moi. On le conduisit à sa chambre; et Manon, étant sortie sous prétexte d'un besoin, nous vint joindre à la porte. Le Carosse, qui nous attendoit trois ou quatre maisons plus bas, s'avança pour nous recevoir. Nous nous éloignâmes en un instant du Quartier.

Quoiqu'à mes propres yeux cette action fût une véritable friponnerie, ce n'étoit pas la plus injuste que je crûsse avoir à me reprocher. J'avois plus de scrupule sur l'argent que j'avois acquis au Jeu. Cependant nous profitâmes aussi peu de l'un que de l'autre, et le Ciel permit que la plus légère de ces injustices fût la plus rigoureusement punie.

M. de G...... M...... ne tarda pas longtemps à s'appercevoir qu'il étoit dupé. Je ne sais s'il fit, dès le soir même, quelques démarches pour nous découvrir; mais il eut assez de crédit pour n'en pas faire long temps d'inutiles, et nous assez d'imprudence pour compter trop sur la grandeur de Paris, et sur l'éloignement qu'il y avoit de notre Quartier au sien. Non-seulement il fut informé de notre demeure et de nos affaires présentes, mais il apprit aussi qui j'étois, la vie que j'avois menée à Paris, l'ancienne liaison de Manon avec B......, la tromperie qu'elle lui avoit faite; en un mot, toutes les parties scandaleuses de notre histoire. Il prit là-dessus la résolution de nous faire arrêter et de nous traiter moins comme des Criminels que comme de fiéfés Libertins. Nous étions encore au lit, lorsqu'un Exempt de Police entra dans notre chambre, avec une demi-douzaine de Gardes. Ils se saisirent d'abord de notre argent, ou plutôt de celui de M. de G...... M......; et, nous ayant fait lever brusquement, ils nous conduisirent à la porte, où nous trouvâmes deux Carosses, dans l'un desquels la pauvre Manon fut enlevée sans explication, et moi traîné dans l'autre à Saint-Lazare.

Il faut avoir éprouvé de tels revers pour juger du désespoir qu'ils peuvent causer. Nos Gardes eurent la dureté de ne me pas permettre d'embrasser Manon, ni de lui dire une parole. J'ignorai long temps ce qu'elle étoit devenue. Ce fut sans doute un bonheur pour moi de ne l'avoir pas sçu d'abord; car une catastrophe si terrible m'auroit fait perdre le sens, et peut-être la vie.

Ma malheureuse Maîtresse fut donc enlevée, à mes yeux, et menée dans une Retraite que j'ai horreur de nommer. Quel sort pour une créature toute charmante, qui eût occupé le premier Trône du Monde, si tous les hommes eussent eu mes yeux et mon cœur! On ne l'y traita pas barbarement, mais elle fut resserrée dans une étroite prison, seule, et condamnée à remplir tous les jours une certaine tâche de travail, comme une condition nécessaire pour obtenir quelque dégoûtante nourriture. Je n'appris ce triste détail que long tems après, lorsque j'eus essuïé moi-même plusieurs mois d'une rude et ennuyeuse pénitence.

Mes Gardes ne m'ayant point averti non plus du lieu où ils avoient ordre de me conduire, je ne connus mon destin qu'à la porte de S. Lazare. J'aurois préféré la mort, dans ce moment, à l'état où je me crus prêt de tomber. J'avois de terribles idées de cette Maison. Ma frayeur augmenta lorsqu'en entrant, les Gardes visitèrent une seconde fois mes poches, pour s'assurer qu'il ne me restoit ni armes, ni moyen de défense.

Le Supérieur parut à l'instant ; il étoit prévenu sur mon arrivée. Il me salua avec beaucoup de douceur. "Mon Père," lui dis-je, "point d'indignités. Je perdrai mille vies avant que d'en souffrir une. — Non, non, Monsieur," me répondit-il : " vous prendrez une conduite sage, et nous serons contens l'un et l'autre." Il me pria de monter dans une chambre haute. Je le suivis sans résistance. Les Archers nous accompagnèrent jusqu'à la porte, et le Supérieur, y étant entré, leur fit signe de se retirer.

"Je suis donc votre Prisonnier!" lui dis-je. "Eh bien, mon Père, que prétendez-vous faire de moi ?" Il me dit qu'il étoit charmé de me voir prendre un ton raisonnable ; que son devoir seroit de travailler à m'inspirer le goût de la Vertu et de la Religion, et le mien de profiter de ses exhortations et de ses conseils ; que, pour peu que je voulusse répondre aux attentions qu'il auroit pour moi, je ne trouverois que du plaisir dans ma Solitude. "Ah! du plaisir!" repris-je; "vous ne sçavez pas, mon Père, l'unique chose qui est capable de m'en faire goûter! — Je le sçais," reprit-il; "mais j'espère que votre inclination changera." Sa réponse me fit comprendre qu'il étoit instruit de mes aventures et peut-être de mon nom. Je le priai de m'éclaircir. Il me dit naturellement qu'on l'avoit informé de tout.

Cette connoissance fut le plus rude de tous mes châtimens. Je me mis à verser un ruisseau de larmes, avec toutes les marques d'un affreux désespoir. Je ne pouvois me consoler d'une humiliation qui alloit me rendre la Fable de toutes les Personnes de ma connoissance, et la honte de ma Famille. Je passai ainsi huit jours dans le plus profond abattement, sans être capable de rien entendre, ni de m'occuper d'autre chose que de mon opprobre. Le souvenir même de Manon n'ajoutoit rien à ma douleur. Il n'y entroit, du moins, que comme un sentiment qui avoit précédé cette nouvelle peine, et la passion dominante de mon âme étoit la honte et la confusion.

Il y a peu de personnes qui connoissent la force de ces mouvemens particuliers du cœur. Le commun des hommes n'est sensible qu'à cinq ou six passions dans le cercle desquelles leur vie se passe, et où toutes leurs agitations se réduisent. Otez-leur l'amour et la haine, le plaisir et la douleur, l'espérance et la crainte, ils ne sentent plus rien. Mais les personnes d'un caractère plus noble peuvent être remuées de mille façons diffé-rentes; il semble qu'elles ayent plus de cinq sens, et qu'elles puissent recevoir des idées et des sensations qui passent les bornes ordinaires de la Nature. Et, comme elles ont un sentiment de cette grandeur qui les élève au-dessus du vulgaire, il n'y a rien dont elles soient plus jalouses. De là vient qu'elles souffrent si impatiemment le mépris et la risée, et que la honte est une de leurs plus violentes passions.

. J'avois ce triste avantage à S. Lazare. Ma tristesse parut si excessive au Supérieur, qu'en appréhendant les suites, il crut devoir me traiter avec beaucoup de douceur et d'indulgence. Il me visitoit deux ou trois fois le jour. Il me prenoit souvent avec lui pour faire un tour de Jardin, et son zèle s'épuisoit en exhortations et en avis salutaires. Je les recevois avec douceur. Je lui marquois même de la reconnoissance. Il en tiroit l'espoir de ma conversion.

"Vous êtes d'un naturel si doux et si aimable," me dit-il un jour, "que je ne puis comprendre les désordres dont on vous accuse. Deux choses m'étonnent : l'une, comment avec de si bonnes qualités vous avez pû vous livrer à l'excès du libertinage ; et l'autre, que j'admire encore plus, comment vous recevez si volontiers mes conseils et mes instructions, après avoir vécu plusieurs années dans l'habitude du désordre. Si c'est repentir, vous êtes un exemple signalé des miséricordes du Ciel ; si c'est bonté naturelle, vous avez du moins un excellent fond de caractère, qui me fait espérer que nous n'aurons pas besoin de vous retenir ici long tems, pour vous ramener à une vie honnête et réglée."

Je fus ravi de lui voir cette opinion de moi. Je résolus de l'augmenter par une conduite qui pût le satisfaire entièrement, persuadé que c'étoit le plus sûr moyen d'abréger ma prison. Je lui demandai des Livres. Il fut surpris que, m'ayant laissé le choix de ceux que je voulois lire, je me déterminai pour quelques Auteurs sérieux. Je feignis de m'appliquer à l'étude avec le dernier attachement, et je lui donnai ainsi, dans toutes les occasions, des preuves du changement qu'il desiroit. Cependant, il n'étoit qu'extérieur.

Je dois le confesser à ma honte ; je jouai à S. Lazare un personnage d'hipocrite. Au lieu d'étudier, quand j'étois seul, je ne m'occupois qu'à gémir de ma destinée. Je maudissois ma prison et la tyrannie qui m'y retenoit. Je n'eus pas plus tôt quelque relâche du côté de cet accablement où m'avoit jeté la confusion, que je retombai dans les tourmens de l'Amour. L'absence de Manon, l'incertitude de son sort, la crainte de ne la revoir jamais, étoient l'unique objet de mes tristes méditations. Je me la figurois dans les bras de G...... M......; car c'étoit la pensée que j'avois eue d'abord ; et, loin de m'imaginer qu'il lui eût fait le même traitement qu'à moi, j'étois persuadé qu'il ne m'avoit fait éloigner que pour la posséder tranquillement.

Je passois ainsi des jours et des nuits dont la longueur me paroissoit éternelle. Je n'avois d'espérance que dans le succès de mon hipocrisie. J'observois soigneusement le visage et les discours du Supérieur, pour m'assurer de ce qu'il pensoit de moi ; et je me faisois une étude de lui plaire, comme à l'arbitre de ma destinée. Il me fut aisé de reconnoître que j'étois parfaitement dans ses bonnes grâces. Je ne doutai plus qu'il ne fût disposé à me rendre service.

Je pris un jour la hardiesse de lui demander si c'étoit de lui que mon élargissement dépendoit. Il me dit qu'il n'en étoit pas absolument le maître ; mais que, sur son témoignage, il espéroit que M. de G...... M......, à la sollicitation duquel M. le Lieutenant Général de Police m'avoit fait renfermer, consentiroit à me rendre la liberté. "Puis-je me flater," repris-je doucement, "que deux mois de prison, que j'ai déjà essuïés, lui paroîtront une expiation suffisante ?" Il me promit de lui en parler si je le souhaitois. Je le priai instamment de me rendre ce bon office.

Il m'apprit, deux jours après, que G...... M...... avoit été si touché du bien qu'il avoit entendu de moi que non-seulement il paroissoit être dans le dessein de me laisser voir le jour, mais qu'il avoit même marqué beaucoup d'envie de me connoître plus particulièrement, et qu'il se proposoit de me rendre une visite dans ma prison. Quoique sa présence ne pût m'être agréable, je la regardai comme un acheminement prochain à ma liberté.

Il vint effectivement à Saint-Lazare. Je lui trouvai l'air plus grave et moins sot qu'il ne l'avoit eu dans la Maison de Manon. Il me tint quelques discours de bon sens sur ma mauvaise conduite. Il ajouta, pour justifier apparemment ses propres désordres, qu'il étoit permis à la foiblesse des hommes de se procurer certains plaisirs que la Nature exige, mais que la friponnerie et les artifices honteux méritoient d'être punis.

Je l'écoutai avec un air de soumission dont il parut satisfait. Je ne m'offensai pas même de lui entendre lâcher quelques railleries sur ma fraternité avec Lescaut et Manon, et sur les petites Chapelles dont il supposoit, me dit-il, que j'avois dû faire un grand nombre à Saint-Lazare, puisque je trouvois tant de plaisir à cette pieuse occupation. Mais il lui échappa, malheureusement pour lui et pour moi-même, de me dire que Manon en auroit fait aussi, sans doute, de fort jolies à l'Hôpital. Malgré le frémissement que le nom d'Hôpital me causa, j'eus encore le pouvoir de le prier avec douceur de s'expliquer. "Hé! oui," reprit-il, "il y a deux mois qu'elle apprend la sagesse à l'Hôpital général, et je souhaite qu'elle en ait tiré autant de profit que vous à Saint-Lazare."

Quand j'aurois eu une prison éternelle, ou la mort même présente à mes yeux, je n'aurois pas été le maître de mon transport à cette affreuse nouvelle. Je me jetai sur lui avec une si furieuse rage que j'en perdis la moitié de mes forces. J'en eus assez néanmoins pour le renverser par terre et pour le prendre à la gorge. Je l'étranglois, lorsque le bruit de sa chute et quelques cris aigus, que je lui laissois à peine la liberté de pousser, attirèrent le Supérieur et plusieurs Religieux dans ma chambre. On le délivra de mes mains. J'avois presque perdu moi-même la force et la respiration. "O Dieu!" m'écriai-je en poussant mille soupirs; "justice du Ciel! faut-il que je vive un moment après une telle infamie?" Je voulus me jeter encore sur le Barbare qui venoit de m'assassiner. On m'arrêta. Mon désespoir, mes cris et mes larmes passoient toute imagination. Je fis des choses si étonnantes que tous les assistans, qui en ignoroient la cause, se regardoient les uns les autres avec autant de frayeur que de surprise.

M. de G...... M...... rajustoit, pendant ce tems-là, sa perruque et sa cravate; et, dans le dépit d'avoir été si maltraité, il ordonnoit au Supérieur de me resserrer plus étroitement que jamais, et de me punir par tous les châtimens qu'on sait être propres à Saint-Lazare. "Non, Monsieur," lui dit le Supérieur, "ce n'est point avec une personne de la naissance de M. le Chevalier que nous en usons de cette manière. Il est si doux, d'ailleurs, et si honnête, que j'ai peine à comprendre qu'il se soit porté à cet excès sans de fortes raisons." Cette réponse acheva de déconcerter M. de G...... M...... Il sortit en disant qu'il sauroit faire plier et le Supérieur et moi, et tous ceux qui oseroient lui résister.

Le Supérieur, ayant ordonné à ses Religieux de le conduire, demeura seul avec moi. Il me conjura de lui apprendre promptement d'où venoit ce désordre. "O mon Père!" lui dis-je, en continuant de pleurer comme un Enfant, "figurez-vous la plus horrible cruauté, imaginez-vous la plus détestable de toutes les barbaries; c'est l'action que l'indigne G...... M...... a eu la lâcheté de commettre. Oh! il m'a percé le cœur. Je n'en reviendrai jamais. Je veux vous raconter tout," ajoutai-je en sanglotant. "Vous êtes bon, vous aurez pitié de moi."

Je lui fis un récit abrégé de la longue et insurmontable passion que j'avois pour Manon, de la situation florissante de notre Fortune avant que nous eussions été dépouillés par nos propres Domestiques, des offres que G...... M...... avoit faites à ma Maîtresse, de la conclusion de leur marché, et de la manière dont il avoit été rompu. Je lui représentai les choses, à la vérité, du côté le plus favorable pour nous : " Voilà," continuai-je, " de quelle source est venu le zèle de M. de G...... M...... pour ma conversion. Il a eu le crédit de me faire renfermer ici par un pur motif de vengeance. Je lui pardonne; mais, mon Père, ce n'est pas tout: il a fait enlever cruellement la plus chère moitié de moi-même; il l'a fait mettre honteusement à l'Hôpital; il a eu l'impudence de me l'annoncer aujourd'hui de sa propre bouche. A l'Hôpital, mon Père! O Ciel! ma charmante Maîtresse, ma chère Reine à l'Hôpital, comme la plus infâme de toutes les Créatures! Où trouverai-je assez de force pour ne pas mourir de douleur et de honte!"

Le bon Père, me voyant dans cet excès d'affliction, entreprit de me consoler. Il me dit qu'il n'avoit jamais compris mon avanture de la manière dont je la racontois; qu'il avoit sçu, à la vérité, que je vivois dans le désordre; mais qu'il s'étoit figuré que ce qui avoit obligé M. de G...... M...... d'y prendre intérêt étoit quelque liaison d'estime et d'amitié avec ma Famille; qu'il ne s'en étoit expliqué à lui-même que sur ce pied; que ce que je venois de lui apprendre mettoit beaucoup de changement dans mes affaires, et qu'il ne doutoit point que le récit fidèle qu'il avoit dessein d'en faire à M. le Lieutenant Général de Police ne pût contribuer à ma liberté.

Il me demanda ensuite pourquoi je n'avois pas encore pensé à donner de mes nouvelles à ma Famille, puisqu'elle n'avoit pas eu de part à ma captivité. Je satisfis à cette objection par quelques raisons prises de la douleur que j'avois appréhendé de causer à mon Père, et de la honte que j'en aurois ressentie moi-même. Enfin, il me promit d'aller de ce pas chez le Lieutenant Général de Police; "ne fût-ce," ajouta-t-il, " que pour prévenir quelque chose de pis de la part de M. de G...... M......, qui est sorti de cette Maison fort mal satisfait, et qui est assez considéré pour se faire redouter."

J'attendis le retour du Père avec toutes les agitations d'un malheureux qui touche au moment de sa Sentence. C'étoit pour moi un supplice inexprimable de me représenter Manon à l'Hôpital. Outre l'infamie de cette demeure, j'ignorois de quelle manière elle y étoit traitée; et le souvenir de quelques particularités que j'avois entendues de cette Maison d'horreur, renouvelloit à tous moments mes transports. J'étois tellement résolu de la secourir, à quelque prix et par quelque moyen que ce pût être, que j'aurois mis le feu à S. Lazare s'il m'eût été impossible d'en sortir autrement.

Je réfléchis donc sur les voies que j'avois à prendre, s'il arrivoit que le Lieutenant Général de Police continuât de m'y retenir malgré moi. Je mis mon industrie à toutes épreuves; je parcourus toutes les possibilités. Je ne vis rien qui pût m'assurer d'une évasion certaine, et je craignis d'être enfermé plus étroitement, si je faisois une tentative malheureuse. Je me rappelai le nom de quelques Amis de qui je pouvois espérer du secours; mais quel moyen de leur faire sçavoir ma situation? Enfin, je crus avoir formé un plan si adroit qu'il pourroit réussir; et je remis à l'arranger encore mieux après le retour du Père Supérieur, si l'inutilité de sa démarche me le rendoit nécessaire.

Il ne tarda point à revenir. Je ne vis pas sur son visage les marques de joie qui accompagnent une bonne nouvelle. "J'ai parlé," me dit-il, "à M. le Lieutenant Général de Police, mais je lui ai parlé trop tard. M. de G...... M...... l'est allé voir en sortant d'ici, et l'a si fort prévenu contre vous qu'il étoit sur le point de m'envoyer de nouveaux ordres pour vous resserrer davantage.

"Cependant, lorsque je lui ai appris le fond de vos affaires, il a paru s'adoucir beaucoup; et, riant un peu de l'incontinence du vieux M. de G...... M......, il m'a dit qu'il falloit vous laisser ici six mois pour le satisfaire; d'autant mieux, a-t-il dit, que cette demeure ne sçauroit vous être inutile. Il m'a recommandé de vous traiter honnêtement, et je vous réponds que vous ne vous plaindrez point de mes manières."

Cette explication du Supérieur fut assez longue pour me donner le tems de faire une sage réflexion. Je conçus que je m'exposerois à renverser mes desseins si je lui marquois trop d'empressement pour ma liberté. Je lui témoignai au contraire que, dans la nécessité de demeurer, c'étoit une douce consolation pour moi d'avoir quelque part à son estime. Je le priai ensuite, sans affectation, de m'accorder une grâce qui n'étoit de nulle importance pour personne, et qui serviroit beaucoup à ma tranquillité: c'étoit de faire avertir un de mes Amis, un saint Ecclésiastique, qui demeuroit à Saint-Sulpice, que j'étois à Saint-Lazare, et de permettre que je reçusse quelquefois sa visite. Cette faveur me fut accordée sans délibérer.

C'étoit mon ami Tiberge dont il étoit question; non

que j'espérasse de lui les secours nécessaires pour ma
liberté; mais je voulois l'y faire servir comme un instrument éloigné, sans qu'il en eût même connoissance.
En un mot, voici mon projet: je voulois écrire à
Lescaut et le charger, lui et nos Amis communs, du
soin de me délivrer. La première difficulté étoit de
lui faire tenir ma Lettre; ce devoit être l'office de
Tiberge. Cependant, comme il le connoissoit pour le
Frère de ma Maîtresse, je craignois qu'il n'eût peine à
se charger de cette commission. Mon dessein étoit de
renfermer ma Lettre à Lescaut dans une autre Lettre
que je devois adresser à un honnête homme de ma
connoissance, en le priant de rendre promptement la
première à son adresse; et, comme il étoit nécessaire
que je visse Lescaut, pour nous accorder dans nos
mesures, je voulois lui marquer de venir à Saint-
Lazare, et de demander à me voir sous le nom de mon
Frère aîné, qui étoit venu exprès à Paris pour prendre
connoissance de .mes affaires. Je remettois à convenir
avec lui des moyens qui nous paroîtroient les plus ex-
péditifs et les plus sûrs. Le Père Supérieur fit avertir
Tiberge du desir que j'avois de l'entretenir. Ce fidèle
ami ne m'avoit pas tellement perdu de vue qu'il igno-
rât mon aventure; il sçavoit que j'étois à Saint-
Lazare, et peut-être n'avoit-il pas été fâché de cette
disgrâce, qu'il croyoit capable de me ramener au devoir. Il accourut aussitôt à ma chambre.

Notre entretien fut plein d'amitié. Il voulut être
informé de mes dispositions. Je lui ouvris mon cœur
sans réserve, excepté sur le dessein de ma fuite. "Ce
n'est pas à vos yeux, cher Ami," lui dis-je, "que je

veux paroître ce que je ne suis point. Si vous avez cru trouver ici un Ami sage et réglé dans ses desirs, un Libertin réveillé par les châtimens du Ciel, en un mot un cœur dégagé de l'Amour et revenu des charmes de sa Manon, vous avez jugé trop favorablement de moi. Vous me revoyez tel que vous me laissâtes il y a quatre mois, toujours tendre, et toujours malheureux par cette fatale tendresse, dans laquelle je ne me lasse point de chercher mon bonheur."

Il me répondit que l'aveu que je faisois me rendoit inexcusable; qu'on voyoit bien des Pécheurs qui s'enivroient du faux bonheur du vice, jusqu'à le préférer hautement à celui de la vertu; mais que c'étoit du moins à des images de bonheur qu'ils s'attachoient, et qu'ils étoient les dupes de l'apparence; mais que de reconnoître, comme je le faisois, que l'objet de mes attachemens n'étoit propre qu'à me rendre coupable et malheureux, et de continuer à me précipiter volontairement dans l'infortune et dans le crime, c'étoit une contradiction d'idées et de conduite qui ne faisoit pas honneur à ma raison.

"Tiberge!" repris-je, "qu'il vous est aisé de vaincre, lorsqu'on n'oppose rien à vos armes! Laissez-moi raisonner à mon tour. Pouvez-vous prétendre que ce que vous appelez le bonheur de la vertu soit exempt de peines, de traverses et d'inquiétudes? Quel nom donnerez-vous à la prison, aux croix, aux supplices et aux tortures des Tyrans? Direz-vous, comme font les Mistiques, que ce qui tourmente le corps est un bonheur pour l'âme? Vous n'oseriez le dire, c'est un paradoxe insoutenable. Ce bonheur, que vous relevez tant, est donc mêlé de mille peines; ou, pour parler plus juste, ce n'est qu'un tissu de malheurs, au travers desquels on tend à la félicité. Or, si la force de l'imagination fait trouver du plaisir dans ces maux mêmes, parce qu'ils peuvent conduire à un terme heureux qu'on espère, pourquoi traitez-vous de contradictoire et d'insensée, dans ma conduite, une disposition toute semblable? J'aime Manon; je tends, au travers de mille douleurs, à vivre heureux et tranquille auprès d'elle. La voie par où je marche est malheureuse, mais l'espérance d'arriver à mon terme y répand toujours de la douceur; et je me croirai trop bien payé, par un moment passé avec elle, de tous les chagrins que j'essuie pour l'obtenir. Toutes choses me paroissent donc égales de votre côté et du mien; ou, s'il y a quelque différence, elle est encore à mon avantage, car le bonheur que j'espère est proche, et l'autre est éloigné; le mien est de la nature des Peines, c'est-à-dire sensible au corps, et l'autre est d'une nature inconnue, qui n'est certaine que par la Foi.''

Tiberge parut effraïé de ce raisonnement; il recula deux pas en me disant, de l'air le plus sérieux, que non-seulement ce que je venois de dire blessoit le bon sens, mais que c'étoit un malheureux sophisme d'impiété et d'irréligion; ''car cette comparaison,'' ajouta-t-il, ''du terme de vos peines avec celui qui est proposé par la Religion, est une idée des plus libertines et des plus monstrueuses.

— J'avoue,'' repris-je, ''qu'elle n'est pas juste; mais prenez-y garde, ce n'est pas sur elle que repose mon raisonnement. J'ai eu dessein d'expliquer ce que vous regardez comme une contradiction, dans la persévérance d'un amour malheureux; et je crois avoir fort bien prouvé que, si c'en est une, vous ne sçauriez vous en sauver plus que moi. C'est à cet égard seulement que j'ai traité les choses d'égales, et je soutiens encore qu'elles le sont.

"Répondrez-vous que le terme de la Vertu est infiniment supérieur à celui de l'Amour? Qui refuse d'en convenir? Mais est-ce de quoi il est question? Ne s'agit-il pas de la force qu'ils ont l'un et l'autre, pour faire supporter les peines? Jugeons-en par l'effet. Combien trouve-t-on de déserteurs de la sévère Vertu, et combien en trouverez-vous peu de l'Amour?

" Répondrez-vous encore que, s'il y a des peines dans l'exercice du bien, elles ne sont pas infaillibles et nécessaires; qu'on ne trouve plus de Tyrans ni de croix, et qu'on voit quantité de personnes vertueuses mener une vie douce et tranquille? Je vous dirai de même qu'il y a des Amours paisibles et fortunés; et, ce qui fait encore une différence qui m'est extrêmement avantageuse, j'ajouterai que l'Amour, quoiqu'il trompe assez souvent, ne promet du moins que des satisfactions et des joies, au lieu que la Religion veut qu'on s'attende à une pratique triste et mortifiante.

"Ne vous alarmez pas," ajoutai-je, en voyant son zèle prêt à se chagriner. " L'unique chose que je veux conclure ici, c'est qu'il n'y a point de plus mauvaise méthode, pour dégoûter un cœur de l'Amour, que de lui en décrier les douceurs et de lui promettre plus de bonheur dans l'exercice de la Vertu. De la manière dont nous sommes faits, il est certain que notre félicité consiste dans le plaisir; je défie qu'on s'en forme une autre idée: or, le cœur n'a pas besoin de se consulter longtemps pour sentir que, de tous les plaisirs, les plus doux sont ceux de l'Amour. Il s'apperçoit bientôt qu'on le trompe lorsqu'on lui en promet ailleurs de plus charmans; et cette tromperie le dispose à se défier des promesses les plus solides.

" Prédicateurs, qui voulez me ramener à la Vertu, dites-moi qu'elle est indispensablement nécessaire; mais ne me déguisez pas qu'elle est sévère et pénible. Etablissez bien que les délices de l'Amour sont passagères, qu'elles sont défendues, qu'elles seront suivies par d'éternelles peines, et, ce qui fera peut-être encore plus d'impression sur moi, que, plus elles sont douces et charmantes, plus le Ciel sera magnifique à récompenser un si grand sacrifice; mais confessez qu'avec des cœurs tels que nous les avons, elles sont ici-bas nos plus parfaites félicités."

Cette fin de mon discours rendit sa bonne humeur à Tiberge. Il convint qu'il y avoit quelque chose de raisonnable dans mes pensées. La seule objection qu'il ajouta fut de me demander pourquoi je n'entrois pas du moins dans mes propres principes, en sacrifiant mon Amour à l'espérance de cette rémunération dont je me faisois une si grande idée. "O cher Ami!" lui répondis-je, "c'est ici que je reconnois ma misère et ma foiblesse; hélas oui, c'est mon devoir d'agir comme je raisonne! mais l'action est-elle en mon pouvoir? De quels secours n'aurois-je pas besoin pour oublier les charmes de Manon? — Dieu me pardonne," reprit Tiberge, "je pense que voici encore un de nos Jansénistes. — Je ne sçais ce que je suis," répliquai-je, "et je ne vois pas trop clairement ce qu'il faut être; mais je n'éprouve que trop la vérité de ce qu'ils disent."

Cette conversation servit du moins à renouveler la pitié de mon Ami. Il comprit qu'il y avoit plus de foiblesse que de malignité dans mes désordres. Son amitié en fut plus disposée, dans la suite, à me donner des secours, sans lesquels j'aurois péri infailliblement de misère. Cependant je ne lui fis pas la moindre ouverture du dessein que j'avois de m'échapper de Saint-Lazare. Je le priai seulement de se charger de ma Lettre. Je l'avois préparée, avant qu'il fût venu, et je ne manquai point de prétextes pour colorer la nécessité où j'étois d'écrire. Il eut la fidélité de la porter exactement, et Lescaut reçut, avant la fin du jour, celle qui étoit pour lui.

Il me vint voir le lendemain, et il passa heureusement sous le nom de mon Frère. Ma joie fut extrême en l'appercevant dans ma chambre. J'en fermai la porte avec soin. "Ne perdons pas un seul moment," lui dis-je; "apprenez-moi d'abord des nouvelles de Manon, et donnez-moi ensuite un bon conseil pour rompre mes fers." Il m'assura qu'il n'avoit pas vu sa Sœur depuis le jour qui avoit précédé mon emprisonnement; qu'il n'avoit appris son sort et le mien qu'à force d'informations et de soins; que, s'étant présenté deux ou trois fois à l'Hôpital, on lui avoit refusé la liberté de lui parler. "Malheureux G...... M......," m'écriai-je, "que tu me le paieras cher!

— Pour ce qui regarde votre délivrance," continua Lescaut, "c'est une entreprise moins facile que vous

ne pensez. Nous passâmes hier la soirée, deux de mes
Amis et moi, à observer toutes les parties extérieures
de cette Maison, et nous jugeâmes que, vos fenêtres
étant sur une Cour entourée de bâtimens, comme vous
nous l'aviez marqué, il y auroit bien de la difficulté à
vous tirer de là. Vous êtes, d'ailleurs, au troisième
étage, et nous ne pouvons introduire ici ni cordes ni
échelles. Je ne vois donc nulle ressource du côté du
dehors. C'est dans la Maison même qu'il faudroit imaginer quelque artifice.

— Non," repris-je, "j'ai tout examiné, surtout depuis
que ma clôture est un peu moins rigoureuse, par l'indulgence du Supérieur. La porte de ma chambre ne se
ferme plus avec la clé. J'ai la liberté de me promener
dans les Galeries des Religieux; mais tous les escaliers
sont bouchés par des portes épaisses, qu'on a soin de
tenir fermées la nuit et le jour; de sorte qu'il est impossible que la seule adresse puisse me sauver.

"Attendez," repris-je, après avoir un peu réfléchi
sur une idée qui me parut excellente; "pourriez-vous
m'apporter un pistolet? — Aisément," me dit Lescaut;
"mais voulez-vous tuer quelqu'un?" Je l'assurai que
j'avois si peu dessein de tuer, qu'il n'étoit pas même
nécessaire que le pistolet fût chargé. "Apportez-le-
moi demain," ajoutai-je, "et ne manquez pas de vous
trouver le soir, à onze heures, vis-à-vis la porte de cette
Maison, avec deux ou trois de nos Amis. J'espère que
je pourrai vous y rejoindre." Il me pressa en vain de
lui en apprendre davantage. Je lui dis qu'une entreprise,
telle que je la méditois, ne pouvoit paroître raisonnable
qu'après avoir réussi. Je le priai d'abréger sa visite, afin

qu'il trouvât plus de facilité à me revoir le lendemain. Il fut admis avec aussi peu de peine que la première fois. Son air étoit grave. Il n'y a personne qui ne l'eût pris pour un homme d'honneur.

Lorsque je me trouvai muni de l'instrument de ma liberté, je ne doutai presque plus du succès de mon projet. Il étoit bizarre et hardi; mais de quoi n'étois-je pas capable, avec les motifs qui m'animoient? J'avois remarqué, depuis qu'il m'étoit permis de sortir de ma chambre et de me promener dans les Galeries, que le Portier apportoit chaque jour au soir les clés de toutes les portes au Supérieur, et qu'il régnoit ensuite un profond silence dans la Maison, qui marquoit que tout le monde étoit retiré. Je pouvois aller sans obstacle, par une Galerie de communication, de ma chambre à celle de ce Père. Ma résolution étoit de lui prendre ses clés, en l'épouvantant avec mon pistolet s'il faisoit difficulté de me les donner et de m'en servir pour gagner la rue. J'en attendis le tems avec impatience. Le Portier vint à l'heure ordinaire, c'est-à-dire un peu après neuf heures. J'en laissai passer encore une, pour m'assurer que tous les Religieux et les Domestiques étoient endormis. Je partis enfin avec mon arme et une chandelle allumée. Je frappai d'abord doucement à la porte du Père, pour l'éveiller sans bruit. Il m'entendit au second coup; et, s'imaginant sans doute que c'étoit quelque Religieux qui se trouvoit mal et qui avoit besoin de secours, il se leva pour m'ouvrir. Il eut néanmoins la précaution de demander, au travers de la porte, qui c'étoit et ce qu'on vouloit de lui? Je fus obligé de me nommer; mais j'affectai un ton plaintif, pour lui faire comprendre que je ne me trouvois pas bien. " Ha ! c'est vous, mon cher Fils," me dit-il en ouvrant la porte; " qu'est-ce donc qui vous amène si tard?" J'entrai dans sa chambre, et, l'ayant tiré à l'autre bout opposé à la porte, je lui déclarai qu'il m'étoit impossible de demeurer plus long tems à S. Lazare; que la nuit étoit un tems commode pour sortir sans être apperçu, et que j'attendois de son amitié qu'il consentiroit à m'ouvrir les portes, ou à me prêter ses clés pour les ouvrir moi-même.

Ce compliment devoit le surprendre. Il demeura quelque tems à me considérer, sans me répondre. Comme je n'en avois pas à perdre, je repris la parole pour lui dire que j'étois touché de toutes ses bontés; mais que, la liberté étant le plus cher de tous les biens, surtout pour moi à qui on la ravissoit injustement, j'étois résolu de me la procurer cette nuit même, à quelque prix que ce fût; et, de peur qu'il ne lui prît envie d'élever la voix pour appeler du secours, je lui fis voir une honnête raison de silence, que je tenois sous mon justaucorps. " Un pistolet!" me dit-il. " Quoi! mon Fils, vous voulez m'ôter la vie, pour reconnoître la considération que j'ai eue pour vous? — A Dieu ne plaise!" lui répondis-je. " Vous avez trop d'esprit et de raison pour me mettre dans cette nécessité; mais je veux être libre, et j'y suis si résolu que, si mon projet manque par votre faute, c'est fait de vous absolument. — Mais, mon cher Fils!" reprit-il d'un air pâle et effrayé, "que vous ai-je fait? Quelle raison avez-vous de vouloir ma mort? — Eh non," répliquai-je avec impatience; "je n'ai pas dessein de vous tuer, si vous voulez vivre. Ouvrez-moi la porte, et je suis le meilleur de vos Amis." J'apperçus les clés, qui étoient sur sa table. Je les pris et je le priai de me suivre en faisant le moins de bruit qu'il pourroit.

Il fut obligé de s'y résoudre. A mesure que nous avancions et qu'il ouvroit une porte, il me répétoit avec un soupir: " Ah! mon Fils, ah! qui l'auroit jamais cru? — Point de bruit mon Père," répétois-je de mon côté à tout moment. Enfin nous arrivâmes à une espèce de barrière, qui est avant la grande porte de la rue. Je me croyois déjà libre, et j'étois derrière le Père avec ma chandelle dans une main, et mon pistolet dans l'autre.

Pendant qu'il s'empressoit d'ouvrir, un Domestique, qui couchoit dans une chambre voisine, entendant le bruit de quelques verrouils, se lève et met la tête à sa porte. Le bon Père le crut apparemment capable de m'arrêter. Il lui ordonna, avec beaucoup d'imprudence, de venir à son secours. C'étoit un puissant Coquin, qui s'élança sur moi sans balancer. Je ne le marchandai point; je lui lâchai le coup au milieu de la poitrine. " Voilà de quoi vous êtes cause, mon Père," dis-je assez fièrement à mon guide. " Mais que cela ne vous empêche point d'achever," ajoutai-je en le poussant vers la dernière porte. Il n'osa refuser de l'ouvrir. Je sortis heureusement, et je trouvai, à quatre pas, Lescaut, qui m'attendoit avec deux Amis, suivant sa promesse.

Nous nous éloignâmes. Lescaut me demanda s'il n'avoit pas entendu tirer un pistolet. "C'est votre faute," lui dis-je; "pourquoi me l'apportiez-vous chargé!" Cependant je le remerciai d'avoir eu cette précaution, sans laquelle j'étois sans doute à S. Lazare pour long tems. Nous allâmes passer la nuit chez un

Traiteur, où je me remis un peu de la mauvaise chère que j'avois faite depuis près de trois mois. Je ne pus néanmoins m'y livrer au plaisir. Je souffrois mortellement dans Manon. "Il faut la délivrer," dis-je à mes trois Amis. "Je n'ai souhaité la liberté que dans cette vue. Je vous demande le secours de votre adresse: pour moi, j'y employerai jusqu'à ma vie."

Lescaut, qui ne manquoit pas d'esprit et de prudence, me représenta qu'il falloit aller bride en main; que mon évasion de S. Lazare, et le malheur qui m'étoit arrivé en sortant, causeroient infailliblement du bruit; que le Lieutenant Général de Police me feroit chercher, et qu'il avoit les bras longs; enfin que, si je ne voulois pas être exposé à quelque chose de pis que S. Lazare, il étoit à propos de me tenir couvert et renfermé pendant quelques jours, pour laisser au premier feu de mes ennemis le tems de s'éteindre. Son conseil étoit sage; mais il auroit fallu l'être aussi pour le suivre. Tant de lenteur et de ménagement ne s'accordoient pas avec ma passion. Toute ma complaisance se réduisit à lui promettre que je passerois le jour suivant à dormir. Il m'enferma dans sa chambre, où je demeurai jusqu'au soir.

J'employai une partie de ce temps à former des projets et des expédiens pour secourir Manon. J'étois bien persuadé que sa prison étoit encore plus impénétrable que n'avoit été la mienne. Il n'étoit pas question de force et de violence, il falloit de l'artifice ; mais la Déesse même de l'Invention n'auroit pas sçu par où commencer. J'y vis si peu de jour que je remis à considérer mieux les choses, lorsque j'aurois pris quelques informations sur l'arrangement intérieur de l'Hôpital.

Aussitôt que la nuit m'eut rendu la liberté, je priai Lescaut de m'accompagner. Nous liâmes conversation avec un des Portiers, qui nous parut homme de bon sens. Je feignis d'être un Etranger, qui avoit entendu parler avec admiration de l'Hôpital Général et de l'ordre qui s'y observe. Je l'interrogeai sur les plus minces détails; et, de circonstances en circonstances, nous tombâmes sur les Administrateurs, dont je le priai de m'apprendre les noms et les qualités. Les réponses qu'il me fit, sur ce dernier article, me firent naître une pensée dont je m'applaudis aussitôt, et que je ne tardai point à mettre en œuvre. Je lui demandai, comme une chose essentielle à mon dessein, si ces Messieurs avoient des Enfans? Il me dit qu'il ne pouvoit pas m'en rendre un compte certain, mais que, pour M. de T...... qui étoit un des principaux, il lui connoissoit un fils en âge d'être marié, qui étoit venu plusieurs fois à l'Hôpital avec son Père. Cette assurance me suffisoit.

Je rompis presque aussitôt notre entretien, et je fis part à Lescaut, en retournant chez lui, du dessein que j'avois conçu. "Je m'imagine," lui dis-je, "que M. de T......, le Fils, qui est riche et de bonne famille, est dans un certain goût de plaisir, comme la plupart des jeunes gens de son âge. Il ne sçauroit être ennemi des Femmes, ni ridicule au point de refuser ses services pour une affaire d'Amour. J'ai formé le dessein de l'intéresser à la liberté de Manon. S'il est honnête homme et qu'il ait des sentimens, il nous accordera son secours par générosité. S'il n'est point capable d'être conduit par ce motif, il fera du moins quelque chose pour une Fille aimable, ne fût-ce que par l'espérance d'avoir part à ses faveurs. Je ne veux pas différer de le voir," ajoutai-je, " plus longtemps que jusqu'à demain. Je me sens si consolé par ce projet que j'en tire un bon augure."

Lescaut convint lui-même qu'il y avoit de la vrai-semblance dans mes idées, et que nous pouvions espérer quelque chose par cette voie. J'en passai la nuit moins tristement.

Le matin étant venu, je m'habillai le plus propre-ment qu'il me fut possible, dans l'état d'indigence où j'étois, et je me fis conduire dans un Fiacre à la maison de M. de T...... Il fut surpris de recevoir la visite d'un Inconnu. J'augurai bien de sa phisionomie et de ses civilités. Je m'expliquai naturellement avec lui; et, pour échauffer ses sentimens naturels, je lui parlai de ma passion et du mérite de ma Maîtresse, comme de deux choses qui ne pouvoient être égalées que l'une par l'autre. Il me dit que, quoiqu'il n'eût jamais vu Manon, il avoit entendu parler d'elle, du moins s'il s'agissoit de celle qui avoit été la Maîtresse du vieux G...... M...... Je ne doutai point qu'il ne fût informé de la part que j'avois eue à cette aventure; et, pour le gagner de plus en plus, en me faisant un mérite de ma confiance, je lui racontai le détail de tout ce qui étoit arrivé à Manon et à moi. "Vous voyez, Monsieur," continuai-je, "que l'intérêt de ma vie et celui de mon cœur sont maintenant entre vos mains. L'un ne m'est pas plus cher que l'autre. Je n'ai point de réserve avec vous, parce que je suis informé de votre générosité, et que la ressemblance de nos âges me fait espérer qu'il s'en trouvera quelqu'une dans nos inclinations."

Il parut fort sensible à cette marque d'ouverture et de candeur. Sa réponse fut celle d'un homme qui a du monde et des sentimens, ce que le monde ne donne pas toujours et qu'il fait perdre souvent. Il me dit qu'il mettoit ma visite au rang de ses bonnes fortunes, qu'il regardoit mon amitié comme une de ses plus heureuses acquisitions, et qu'il s'efforceroit de la mériter par l'ardeur de ses services. Il ne promit pas de me rendre Manon, parce qu'il n'avoit, me dit-il, qu'un crédit médiocre et mal assuré; mais il m'offrit de me procurer le plaisir de la voir, et de faire tout ce qui seroit en sa puissance pour la remettre entre mes bras. Je fus plus satisfait de cette incertitude de son crédit, que je ne l'aurois été d'une pleine assurance de remplir tous mes desirs. Je trouvai dans la modération de ses offres une marque de franchise dont je fus charmé. En un mot, je me promis tout de ses bons offices. La seule promesse de me faire voir Manon m'auroit fait tout entreprendre pour lui. Je lui marquai quelque chose de ces sentimens, d'une manière qui le persuada aussi que je n'étois pas d'un mauvais naturel. Nous nous embrassâmes avec tendresse et nous devînmes amis, sans autre raison que la bonté de nos cœurs, et une simple disposition qui porte un homme tendre et généreux à aimer un autre homme qui lui ressemble.

Il poussa les marques de son estime bien plus loin; car, ayant combiné mes aventures, et jugeant qu'en sortant de S. Lazare je ne devois pas me trouver à mon aise, il m'offrit sa bourse et il me pressa de l'accepter. Je ne l'acceptai point, mais je lui dis: "C'est trop, mon cher Monsieur. Si, avec tant de bonté et d'amitié, vous me faites revoir ma chère Manon, je vous suis attaché pour toute ma vie. Si vous me rendez tout à fait cette chère créature, je ne croirai pas être quitte en versant tout mon sang pour vous servir."

Nous ne nous séparâmes qu'après être convenus du tems et du lieu où nous devions nous retrouver. Il eut la complaisance de ne pas me remettre plus loin que l'après-midi du même jour.

Je l'attendis dans un Caffé, où il vint me rejoindre vers les quatre heures, et nous prîmes ensemble le chemin de l'Hôpital. Mes genoux étoient tremblans en traversant les Cours. Puissance d'Amour! disois-je, je reverrai donc l'Idole de mon cœur, l'objet de tant de pleurs et d'inquiétudes! Ciel! conservez-moi assez de vie pour aller jusqu'à elle, et disposez après cela de ma fortune et de mes jours; je n'ai plus d'autre grâce à vous demander.

M. de T...... parla à quelques Concierges de la Maison, qui s'empressèrent de lui offrir tout ce qui dépendoit d'eux pour sa satisfaction. Il se fit montrer le Quartier où Manon avoit sa chambre, et l'on nous y conduisit avec une clef d'une grandeur effroyable, qui servit à ouvrir sa porte. Je demandai au Valet qui nous menoit, et qui étoit celui qu'on avoit chargé du soin de la servir, de quelle manière elle avoit passé le temps dans cette demeure. Il nous dit que c'étoit une douceur angélique; qu'il n'avoit jamais reçu d'elle un mot de dureté; qu'elle avoit versé continuellement des larmes, pendant les six premières semaines après son arrivée, mais que depuis quelque temps elle paroissoit prendre son malheur avec plus de patience, et qu'elle étoit occupée à coudre du matin jusqu'au soir, à la réserve

de quelques heures qu'elle employoit à la lecture. Je
lui demandai encore si elle avoit été entretenue proprement. Il m'assura que le nécessaire du moins ne lui avoit
jamais manqué.

Nous approchâmes de sa porte. Mon cœur battoit
violemment. Je dis à M. de T......: "Entrez seul et
prévenez-la sur ma visite, car j'appréhende qu'elle ne
soit trop saisie en me voyant tout d'un coup." La
porte nous fut ouverte. Je demeurai dans la Galerie.
J'entendis néanmoins leurs discours. Il lui dit qu'il
venoit lui apporter un peu de consolation; qu'il étoit
de mes Amis, et qu'il prenoit beaucoup d'intérêt à
notre bonheur. Elle lui demanda avec le plus vif empressement si elle apprendroit de lui ce que j'étois
devenu. Il lui promit de m'amener à ses pieds, aussi
tendre, aussi fidèle qu'elle pouvoit le desirer. "Quand?"
reprit elle. — "Aujourd'hui même," lui dit-il; "ce
bienheureux moment ne tardera point; il va paroître à
l'instant, si vous le souhaitez." Elle comprit que j'étois
à la porte. J'entrai lorsqu'elle y accouroit avec précipi-
tation. Nous nous embrassâmes avec cette effusion de
tendresse, qu'une absence de trois mois fait trouver si
charmante à de parfaits Amans. Nos soupirs, nos exclamations interrompues, mille noms d'amour répétés
languissamment de part et d'autre, formèrent, pendant
un quart d'heure, une scène qui attendrissoit M. de
T...... "Je vous porte envie," me dit-il en nous faisant
asseoir; "il n'y a point de sort glorieux auquel je ne
préférasse une Maîtresse si belle et si passionnée. — Aussi
mépriserois-je tous les Empires du Monde," lui répondis-je, "pour m'assurer le bonheur d'être aimé d'elle."

Tout le reste d'une conversation si desirée ne pouvoit manquer d'être infiniment tendre. La pauvre Manon
me raconta ses avantures, et je lui appris les miennes.
Nous pleurâmes amèrement, en nous entretenant de
l'état où elle étoit, et de celui d'où je ne faisois que
sortir. M. de T...... nous consola par de nouvelles
promesses de s'employer ardemment pour finir nos
misères. Il nous conseilla de ne pas rendre cette première entrevue trop longue, pour lui donner plus de
facilité à nous en procurer d'autres. Il eut beaucoup de
peine à nous faire goûter ce conseil. Manon, surtout,
ne pouvoit se résoudre à me laisser partir. Elle me fit
remettre cent fois sur ma chaise. Elle me retenoit par
les habits et par les mains. "Hélas! dans quel lieu me
laissez-vous!" disoit-elle. "Qui peut m'assurer de vous
revoir?" M. de T...... lui promit de la venir voir
souvent avec moi. "Pour le lieu," ajouta-t-il agréablement, "il ne faut plus l'appeler l'Hôpital; c'est Ver-
sailles, depuis qu'une Personne qui mérite l'Empire de
tous les cœurs y est renfermée."

Je fis, en sortant, quelques libéralités au Valet qui la
servoit, pour l'engager à lui rendre ses soins avec zèle.
Ce garçon avoit l'âme moins basse et moins dure que ses
pareils. Il avoit été témoin de notre entrevue. Ce tendre
spectacle l'avoit touché. Un Louis d'or, dont je lui fis
présent, acheva de me l'attacher. Il me prit à l'écart en
descendant dans les Cours : "Monsieur," me dit-il,
"si vous me voulez prendre à votre service ou me
donner une honnête récompense, pour me dédommager
de la perte de l'emploi que j'occupe ici, je crois qu'il
me sera facile de délivrer Mademoiselle Manon."

J'ouvris l'oreille à cette proposition; et, quoique je fusse dépourvu de tout, je lui fis des promesses fort au-dessus de ses desirs. Je comptois bien qu'il me seroit toujours aisé de récompenser un homme de cette étoffe. "Sois persuadé," lui dis-je, "mon Ami, qu'il n'y a rien que je ne fasse pour toi, et que ta fortune est aussi assurée que la mienne." Je voulus savoir quels moyens il avoit dessein d'employer. "Nul autre," me dit-il, "que de lui ouvrir le soir la porte de sa chambre, et de vous la conduire jusqu'à celle de la rue, où il faudra que vous soyez prêt à la recevoir." Je lui demandai s'il n'étoit point à craindre qu'elle ne fût reconnue en traversant les Galeries et les Cours. Il confessa qu'il y avoit quelque danger; mais il me dit qu'il falloit bien risquer quelque chose.

Quoique je fusse ravi de le voir si résolu, j'appellai M. de T...... pour lui communiquer ce projet, et la seule raison qui sembloit pouvoir le rendre douteux. Il y trouva plus de difficulté que moi. Il convint qu'elle pouvoit absolument s'échaper de cette manière, "mais, si elle est reconnue," continua-t-il, "si elle est arrêtée en fuiant, c'est peut-être fait d'elle pour toujours. D'ailleurs il vous faudroit donc quitter Paris sur le champ; car vous ne seriez jamais assez caché aux recherches. On les redoubleroit autant par rapport à vous qu'à elle. Un homme s'échape aisément, quand il est seul; mais il est presque impossible de demeurer inconnu avec une jolie femme."

Quelque solide que me parût ce raisonnement, il ne put l'emporter, dans mon esprit, sur un espoir si proche de mettre Manon en liberté. Je le dis à M. de T......, et je le priai de pardonner un peu d'imprudence et de témérité à l'Amour. J'ajoutai que mon dessein étoit en effet de quitter Paris pour m'arrêter, comme j'avois déjà fait, dans quelque Village voisin. Nous convînmes donc avec le Valet de ne pas remettre son entreprise plus loin qu'au jour suivant; et, pour la rendre aussi certaine qu'il étoit en notre pouvoir, nous résolûmes d'apporter des habits d'homme dans la vue de faciliter notre sortie. Il n'étoit pas aisé de les faire entrer; mais je ne manquai pas d'invention pour en trouver le moyen. Je priai seulement M. de T...... de mettre le lendemain deux vestes légères l'une sur l'autre, et je me chargeai de tout le reste.

Nous retournâmes le matin à l'Hôpital. J'avois avec moi, pour Manon, du linge, des bas, etc., et, par-dessus mon Juste-au-corps, un Surtout qui ne laissoit rien voir de trop enflé dans mes poches. Nous ne fûmes qu'un moment dans sa chambre. M. de T...... lui laissa une de ses deux vestes. Je lui donnai mon Juste-au-corps, le Surtout me suffisant pour sortir. Il ne se trouva rien de manque à son ajustement, excepté la culotte, que j'avois malheureusement oubliée.

L'oubli de cette pièce nécessaire nous eût sans doute apprêté à rire, si l'embarras où il nous mettoit eût été moins sérieux. J'étois au désespoir qu'une bagatelle de cette nature fût capable de nous arrêter. Cependant je pris mon parti, qui fut de sortir moi-même sans culotte. Je laissai la mienne à Manon. Mon Surtout étoit long, et je me mis, à l'aide de quelques épingles, en état de passer décemment à la porte.

Le reste du jour me parut d'une longueur insupportable. Enfin, la nuit étant venue, nous nous ren-dîmes un peu au-dessous de la porte de l'Hôpital, dans un Carosse. Nous n'y fûmes pas long-tems sans voir Manon paroître avec son Conducteur. Notre portière étant ouverte, ils montèrent tous deux à l'instant. Je reçus ma chère Maîtresse dans mes bras. Elle trembloit comme une feuille. Le Cocher me demanda où il falloit toucher? "Touche au bout du Monde," lui dis-je, "et mène-moi quelque part, où je ne puisse jamais être séparé de Manon."

Ce transport, dont je ne fus pas le maître, faillit de m'attirer un fâcheux embarras. Le Cocher fit réflexion à mon langage; et, lorsque je lui dis ensuite le nom de la rue où nous voulions être conduits, il me répondit qu'il craignoit que je ne l'engageasse dans une mauvaise affaire; qu'il voyoit bien que ce beau jeune homme, qui s'appelloit Manon, étoit une Fille que j'enlevois de l'Hôpital, et qu'il n'étoit pas d'humeur à se perdre pour l'amour de moi.

La délicatesse de ce Coquin n'étoit qu'une envie de me faire payer la voiture plus cher. Nous étions trop près de l'Hôpital pour ne pas filer doux. "Tais-toi," lui dis-je; "il y a un Louis d'or à gagner pour toi;" il m'auroit aidé, après cela, à brûler l'Hôpital même.

Nous gagnâmes la maison où demeuroit Lescaut. Comme il étoit tard, M. de T...... nous quitta en chemin, avec promesse de nous revoir le lendemain; le Valet demeura seul avec nous.

Je tenois Manon si étroitement serrée entre mes bras que nous n'occupions qu'une place dans le Carosse. Elle pleuroit de joie, et je sentois ses larmes qui mouilloient mon visage. Mais, lorsqu'il fallut descendre pour entrer chez Lescaut, j'eus avec le Cocher un nouveau démêlé dont les suites furent funestes. Je me repentis de lui avoir promis un Louis, non-seulement parce que le présent étoit excessif, mais par une autre raison bien plus forte, qui étoit l'impuissance de le payer. Je fis appeler Lescaut. Il descendit de sa chambre pour venir à la porte. Je lui dis, à l'oreille, dans quel embarras je me trouvois. Comme il étoit d'une humeur brusque, et nullement accoutumé à ménager un Fiacre, il me répondit que je me mocquois. "Un Louis d'or!" ajouta-t-il. "Vingt coups de canne à ce Coquin-là." J'eus beau lui représenter doucement qu'il alloit nous perdre. Il m'arracha ma canne avec l'air d'en vouloir maltraiter le Cocher. Celui-ci, à qui il étoit peut-être arrivé de tomber quelquefois sous la main d'un Garde-du-Corps ou d'un Mousquetaire, s'enfuit de peur, avec son Carosse, en criant que je l'avois trompé, mais que j'aurois de ses nouvelles. Je lui répétai inutilement d'arrêter.

Sa fuite me causa une extrême inquiétude. Je ne doutai point qu'il n'avertît le Commissaire. "Vous me perdez," dis-je à Lescaut; "je ne serois pas en sûreté chez vous, il faut nous éloigner dans le moment." Je prêtai le bras à Manon pour marcher, et nous sortîmes promptement de cette dangereuse rue. Lescaut nous tint compagnie.

C'est quelque chose d'admirable que la manière dont la Providence enchaîne les événements. A peine avions-nous marché cinq ou six minutes qu'un homme, dont je ne découvris point le visage, reconnut Lescaut. Il

I

le cherchoit sans doute aux environs de chez lui, avec
le malheureux dessein qu'il éxécuta. "C'est Lescaut,"
dit-il en lui lâchant un coup de pistolet; "il ira souper
ce soir avec les Anges." Il se déroba aussitôt. Lescaut
tomba, sans le moindre mouvement de vie. Je pressai
Manon de fuir, car nos secours étoient inutiles à un
cadavre, et je craignois d'être arrêté par le Guet, qui
ne pouvoit tarder à paroître. J'enfilai, avec elle et le
Valet, la première petite rue qui croisoit. Elle étoit si
éperdue que j'avois de la peine à la soutenir. Enfin
j'apperçus un Fiacre au bout de la rue. Nous y mon-
tâmes. Mais, lorsque le Cocher me demanda où il falloit
nous conduire, je fus embarrassé à lui répondre. Je
n'avois point d'azile assuré, ni d'Ami de confiance à
qui j'osasse avoir recours. J'étois sans argent, n'ayant
guères plus d'une demie-pistole dans ma bourse. La
frayeur et la fatigue avoient tellement incommodé
Manon qu'elle étoit à demi pâmée près de moi. J'avois
d'ailleurs l'imagination remplie du meurtre de Lescaut,
et je n'étois pas encore sans appréhension de la part
du Guet. Quel parti prendre? Je me souvins heureusement de l'Auberge de Chaillot, où j'avois passé quelques jours avec Manon, lorsque nous étions allés dans
ce Village pour y demeurer. J'espérai non-seulement
d'y être en sûreté, mais d'y pouvoir vivre quelque
tems sans être pressé de payer. "Mène-nous à Chaillot,"
dis-je au Cocher. Il refusa d'y aller si tard à moins
d'une pistole; autre sujet d'embarras. Enfin nous convînmes de six francs: c'étoit toute la somme qui restoit
dans ma bourse.

Je consolois Manon en avançant; mais au fond,.

j'avois le désespoir dans le cœur. Je me serois donné mille fois la mort, si je n'eusse pas eu, dans mes bras, le seul bien qui m'attachoit à la vie. Cette seule pensée me remettoit. Je la tiens du moins, disois-je; elle m'aime, elle est à moi. Tiberge a beau dire; ce n'est pas là un fantôme de bonheur. Je verrois périr tout l'Univers sans y prendre intérêt; pourquoi? parce que je n'ai plus d'affection de reste.

Ce sentiment étoit vrai; cependant, dans le tems que je faisois si peu de cas des biens du Monde, je sentois que j'aurois eu besoin d'en avoir du moins une petite partie, pour mépriser encore plus souverainement tout le reste. L'Amour est plus fort que l'abondance, plus fort que les trésors et les richesses, mais il a besoin de leur secours; et rien n'est plus désespérant pour un amant délicat, que de se voir ramené par là, malgré lui, à la grossièreté des âmes les plus basses.

Il étoit onze heures quand nous arrivâmes à Chaillot. Nous fûmes reçus à l'Auberge comme des personnes de connoissance. On ne fut pas surpris de voir Manon en habit d'homme, parce qu'on est accoutumé, à Paris et aux Environs, de voir prendre aux femmes toutes sortes de formes. Je la fis servir aussi proprement que si j'eusse été dans la meilleure fortune. Elle ignoroit que je fusse mal en argent. Je me gardai bien de lui en rien apprendre, étant résolu de retourner seul à Paris le lendemain, pour chercher quelque remède à cette fâcheuse espèce de maladie.

Elle me parut pâle et maigrie, en soupant. Je ne m'en étois point aperçu à l'Hôpital, parce que la chambre où je l'avois vue n'étoit pas des plus claires.

Je lui demandai si ce n'étoit point encore un effet de la frayeur qu'elle avoit eue en voyant assassiner son Frère. Elle m'assura que, quelque touchée qu'elle fût de cet accident, sa pâleur ne venoit que d'avoir essuyé pendant trois mois mon absence. "Tu m'aimes donc extrêmement?" lui répondis-je. "Mille fois plus que je ne puis dire," reprit-elle. "Tu ne me quitteras donc plus jamais?" ajoutai-je. "Non, jamais," répliqua-t-elle, et cette assurance fut confirmée par tant de caresses et de serments qu'il me parut impossible, en effet, qu'elle pût jamais les oublier. J'ai toujours été persuadé qu'elle étoit sincère: quelle raison auroit-elle eue de se contrefaire jusqu'à ce point? Mais elle étoit encore plus volage; ou plutôt elle n'étoit plus rien, et elle ne se reconnoissoit pas elle-même, lorsqu'ayant devant les yeux des femmes qui vivoient dans l'abondance, elle se trouvoit dans la pauvreté et dans le besoin. J'étois à la veille d'en avoir une dernière preuve, qui a surpassé toutes les autres, et qui a produit la plus étrange avanture qui soit jamais arrivée à un homme de ma naissance et de ma fortune.

Comme je la connoissois de cette humeur, je me hâtai le lendemain d'aller à Paris. La mort de son Frère et la nécessité d'avoir du linge et des habits pour elle et pour moi étoient de si bonnes raisons que je n'eus pas besoin de prétextes. Je sortis de l'Auberge avec le dessein, dis-je à Manon et à mon Hôte, de prendre un Carosse de louage; mais c'étoit une Gasconnade. La nécessité m'obligeant d'aller à pied, je marchai fort vite jusqu'au Cours-la-Reine, où j'avois dessein de m'arrêter. Il falloit bien prendre un moment de solitude et de tranquillité pour m'arranger, et prévoir ce que j'allois faire à Paris.

Je m'assis sur l'herbe. J'entrai dans une mer de raisonnemens et de réflexions, qui se réduisirent peu à peu à trois principaux articles. J'avois besoin d'un secours présent, pour un nombre infini de nécessités présentes. J'avois à chercher quelque voie qui pût du moins m'ouvrir des espérances pour l'avenir; et, ce qui n'étoit pas de moindre importance, j'avois des informations et des mesures à prendre pour la sûreté de Manon et pour la mienne. Après m'être épuisé en projets et en combinaisons sur ces trois chefs, je jugeai encore à propos d'en retrancher les deux derniers. Nous n'étions pas mal à couvert dans une chambre de Chaillot; et, pour les besoins futurs, je crus qu'il seroit tems d'y penser lorsque j'aurois satisfait aux présens. Il étoit donc question de remplir actuellement ma bourse.

M. de T...... m'avoit offert généreusement la sienne; mais j'avois une extrême répugnance à le remettre moi-même sur cette matière. Quel personnage que d'aller exposer sa misère à un Etranger, et de le prier de nous faire part de son bien! Il n'y a qu'une âme lâche qui en soit capable, par une bassesse qui l'empêche d'en sentir l'indignité; ou un Chrétien humble, par un excès de générosité qui le rend supérieur à cette honte. Je n'étois ni un homme lâche, ni un bon Chrétien; j'aurois donné la moitié de mon sang pour éviter cette humiliation.

Tiberge, disois-je, le bon Tiberge me refusera-t-il ce qu'il aura le pouvoir de me donner? Non, il sera touché de ma misère; mais il m'assassinera par sa morale. Il faudra essuïer ses reproches, ses exhortations, ses menaces; il me fera acheter ses secours si cher que je donnerois encore une partie de mon sang plutôt que de m'exposer à cette scène fâcheuse qui me laissera du trouble et des remords.

Bon, reprenois-je, il faut donc renoncer à tout espoir, puisqu'il ne me reste point d'autre voie, et que je suis si éloigné de m'arrêter à ces deux-là, que je verserois plus volontiers la moitié de mon sang que d'en prendre une, c'est-à-dire, tout mon sang plutôt que de les prendre toutes deux. Oui, mon sang tout entier, ajoutai-je après une réflexion d'un moment; je le donnerois plus volontiers, sans doute, que de me réduire à de basses supplications.

Mais il s'agit bien ici de mon sang! Il s'agit de la vie et de l'entretien de Manon; il s'agit de son amour et de sa fidélité. Qu'ai-je à mettre en balance avec elle! Je n'y ai rien mis jusqu'à présent. Elle me tient lieu de gloire, de bonheur et de fortune. Il y a bien des choses, sans doute, que je donnerois ma vie pour obtenir ou pour éviter; mais estimer une chose plus que ma vie n'est pas une raison pour l'estimer autant que Manon. Je ne fus pas longtemps à me déterminer, après ce raisonnement. Je continuai mon chemin, résolu d'aller d'abord chez Tiberge, et de là chez M. de T......

En entrant à Paris, je pris un Fiacre, quoique je n'eusse pas de quoi le payer: je comptois sur les secours que j'allois solliciter. Je me fis conduire au Luxembourg, d'où j'envoyai avertir Tiberge que j'étois à l'attendre. Il satisfit mon impatience par sa promptitude. Je lui

appris l'extrémité de mes besoins sans nul détour. Il me
demanda si les cent pistoles que je lui avois rendues me
suffiroient; et, sans m'opposèr un seul mot de difficulté,
il me les alla chercher dans le moment, avec cet air
ouvert et ce plaisir à donner, qui n'est connu que de
l'Amour et de la véritable Amitié.

Quoique je n'eusse pas eu le moindre doute du succès
de ma demande, je fus surpris de l'avoir obtenue à si
bon marché, c'est-à-dire sans qu'il m'eût querellé sur
mon impénitence. Mais je me trompois en me croyant
tout à fait quitte de ses reproches ; car lorsqu'il eut
achevé de me compter son argent et que je me préparois à le quitter, il me pria de faire avec lui un tour
d'allée. Je ne lui avois point parlé de Manon. Il ignoroit qu'elle fût en liberté; ainsi sa morale ne tomba que
sur ma fuite téméraire de Saint-Lazare et sur la crainte
où il étoit, qu'au lieu de profiter des leçons de sagesse
que j'y avois reçues, je ne reprisse le train du désordre.

Il me dit qu'étant allé pour me visiter à Saint-Lazare,
le lendemain de mon évasion, il avoit été frappé au-
delà de toute expression, en apprenant la manière dont
j'en étois sorti; qu'il avoit eu là-dessus un entretien avec
le Supérieur; que ce bon Père n'étoit pas encore remis
de son effroi; qu'il avoit eu néanmoins la générosité de
déguiser à M. le Lieutenant Général de Police les circonstances de mon départ, et qu'il avoit empêché que
la mort du Portier ne fût connue au dehors ; que je
n'avois donc, de ce côté-là, nul sujet d'allarme ; mais
que, s'il me restoit le moindre sentiment de sagesse, je
profiterois de cet heureux tour que le Ciel donnoit à
mes affaires; que je devois commencer par écrire à mon

Père et me remettre bien avec lui; et que, si je voulois suivre une fois son conseil, il étoit d'avis que je quittasse Paris pour retourner dans le sein de ma Famille.

J'écoutai son discours jusqu'à la fin. Il y avoit là bien des choses satisfaisantes. Je fus ravi, premièrement, de n'avoir rien à craindre du côté de S. Lazare. Les rues de Paris me redevenoient un pays libre. En second lieu, je m'applaudis de ce que Tiberge n'avoit pas la moindre idée de la délivrance de Manon et de son retour avec moi. Je remarquois même qu'il avoit évité de me parler d'elle, dans l'opinion apparemment qu'elle me tenoit moins au cœur, puisque je paroissois si tranquille sur son sujet. Je résolus, sinon de retourner dans ma Famille, du moins d'écrire à mon Père, comme il me le conseilloit, et de lui témoigner que j'étois disposé à rentrer dans l'ordre de mes devoirs et de ses volontés. Mon espérance étoit de l'engager à m'envoyer de l'argent, sous prétexte de faire mes Exercices à l'Académie; car j'aurois eu peine à lui persuader que je fusse dans la disposition de retourner à l'Etat Ecclésiastique. Et, dans le fond, je n'avois nul éloignement pour ce que je voulois lui promettre. J'étois bien aise, au contraire, de m'appliquer à quelque chose d'honnête et de raisonnable, autant que ce dessein pourroit s'accorder avec mon amour. Je faisois mon compte de vivre avec ma Maîtresse et de faire en même temps mes Exercices. Cela étoit fort compatible.

Je fus si satisfait de toutes ces idées que je promis à Tiberge de faire partir, le jour même, une lettre pour mon Père. J'entrai effectivement dans un Bureau d'écriture, en le quittant, et j'écrivis d'une manière si tendre et si soumise qu'en relisant ma lettre je me flattai d obtenir quelque chose du cœur paternel.

Quoique je fusse en état de prendre et de payer un Fiacre après avoir quitté Tiberge, je me fis un plaisir de marcher fièrement à pied en allant chez M. de T......
Je trouvois de la joye dans cet exercice de ma liberté, pour laquelle mon Ami m'avoit assuré qu'il ne me restoit rien à craindre. Cependant, il me revint tout d'un coup à l'esprit que ces assurances ne regardoient que Saint-Lazare, et que j'avois outre cela l'affaire de l'Hôpital sur les bras, sans compter la mort de Lescaut, dans laquelle j'étois mêlé, du moins comme témoin. Ce souvenir m'effraya si vivement que je me retirai dans la première allée, d'où je fis appeler un Carosse.

J'allai droit chez M. de T......, que je fis rire de ma frayeur. Elle me parut risible à moi-même, lorsqu'il m'eut appris que je n'avois rien à craindre du côté de l'Hôpital, ni de celui de Lescaut. Il me dit que, dans la pensée qu'on pourroit le soupçonner d'avoir eu part à l'enlèvement de Manon, il étoit allé le matin à l'Hôpital et qu'il avoit demandé à la voir, en feignant d'ignorer ce qui étoit arrivé; qu'on étoit si éloigné de nous accuser, ou lui, ou moi, qu'on s'étoit empressé, au contraire, de lui apprendre cette aventure comme une étrange nouvelle, et qu'on admiroit qu'une Fille aussi jolie que Manon eût pris le parti de fuir avec un Valet; qu'il s'étoit contenté de répondre froidement qu'il n'en étoit pas surpris, et qu'on fait tout pour la liberté.

Il continua de me raconter qu'il étoit allé de là chez Lescaut, dans l'espérance de m'y trouver avec ma charmante Maîtresse; que l'Hôte de la maison, qui étoit un Carrossier, lui avoit protesté qu'il n'avoit vu ni elle, ni moi ; mais qu'il n'étoit pas étonnant que nous n'eussions point paru chez lui, si c'étoit pour Lescaut que nous devions y venir, parce que nous aurions sans doute appris qu'il venoit d'être tué à peu près dans le même tems. Sur quoi, il n'avoit pas refusé d'expliquer ce qu'il sçavoit de la cause et des circonstances de cette mort.

Environ deux heures auparavant, un Garde-du-Corps, des Amis de Lescaut, l'étoit venu voir et lui avoit proposé de jouer. Lescaut avoit gagné si rapidement que l'autre s'étoit trouvé cent écus de moins en une heure, c'est-à-dire tout son argent. Ce malheureux, qui se voyoit sans un sou, avoit prié Lescaut de lui prêter la moitié de la somme qu'il avoit perdue, et, sur quelques difficultés nées à cette occasion, ils s'étoient querellés avec une animosité extrême. Lescaut avoit refusé de sortir pour mettre l'épée à la main, et l'autre avoit juré, en le quittant, de lui casser la tête; ce qu'il avoit éxécuté le soir même.

M. de T...... eut l'honnêteté d'ajouter qu'il avoit été fort inquiet par rapport à nous, et qu'il continuoit de m'offrir ses services. Je ne balançai point à lui apprendre le lieu de notre retraite. Il me pria de trouver bon qu'il allât souper avec nous.

Comme il ne me restoit qu'à prendre du linge et des habits pour Manon, je lui dis que nous pouvions partir à l'heure même, s'il vouloit avoir la complaisance de s'arrêter un moment avec moi chez quelques Marchands. Je ne sais s'il crut que je lui faisois cette proposition dans la vue d'intéresser sa générosité, ou si ce fut par

le simple mouvement d'une belle Ame; mais, ayant consenti à partir aussi-tôt, il me mena chez les Marchands
qui fournissoient sa Maison: il me fit choisir plusieurs
étoffes, d'un prix plus considérable que je ne me l'étois
proposé; et, lorsque je me disposois à les payer, il dé-
fendit aux Marchands de recevoir un sou de moi. Cette
galanterie se fit de si bonne grâce que je crus pouvoir
en profiter sans honte. Nous prîmes ensemble le chemin de Chaillot, où j'arrivai avec moins d'inquiétude
que je n'en étois parti.

*Le Chevalier des Grieux ayant employé plus d'une
heure à ce récit, je le priai de prendre un peu de relâche
et de nous tenir compagnie à souper. Notre attention lui
fit juger que nous l'avions écouté avec plaisir. Il nous
assura que nous trouverions quelque chose encore de plus
intéressant dans la suite de son Histoire, et, lorsque nous
eûmes fini de souper, il continua dans ces termes.*

FIN DE LA PREMIÈRE PARTIE.

HISTOIRE

DE

MANON LESCAUT

SECONDE PARTIE

 A présence et les politesses de M. de T......
dissipèrent tout ce qui pouvoit rester de
chagrin à Manon. " Oublions nos terreurs
passées, ma chère Ame," lui dis-je en arrivant, " et recommençons à vivre plus heureux que
jamais. Après tout, l'Amour est un bon Maître. La
Fortune ne sçauroit nous causer autant de peines qu'il
nous fait goûter de plaisirs." Notre souper fut une
vraie scène de joie.

J'étois plus fier et plus content, avec Manon et mes
cent pistoles, que le plus riche Partisan de Paris avec
ses trésors entassés. Il faut compter ses richesses par
les moïens qu'on a de satisfaire ses desirs. Je n'en avois
pas un seul à remplir. L'avenir même me causoit peu
d'embarras. J'étois presque sûr que mon Père ne feroit
pas difficulté de me donner de quoi vivre honorablement à Paris, parce qu'étant dans ma vingtième année,
j'entrois en droit d'exiger ma part du bien de ma
Mère. Je ne cachai point à Manon que le fond de mes
richesses n'étoit que de cent pistoles. C'étoit assez
pour attendre tranquillement une meilleure fortune,

qui sembloit ne me pouvoir manquer, soit par mes droits naturels, ou par les ressources du Jeu.

Ainsi, pendant les premières semaines, je ne pensai qu'à jouir de ma situation; et la force de l'honneur, autant qu'un reste de ménagement pour la Police, me faisant remettre de jour en jour à renouer avec les Associés de l'Hôtel de T......, je me réduisis à jouer dans quelques Assemblées moins décriées, où la faveur du Sort m'épargna l'humiliation d'avoir recours à l'Industrie. J'allois passer à la Ville une partie de l'après-midi, et je revenois souper à Chaillot, accompagné fort souvent de M. de T......, dont l'amitié croissoit de jour en jour pour nous.

Manon trouva des ressources contre l'ennui. Elle se lia, dans le voisinage, avec quelques jeunes personnes que le Printems y avoit ramenées. La promenade et les petits exercices de leur sexe faisoient alternativement leur occupation. Une partie de jeu, dont elles avoient réglé les bornes, fournissoit aux frais de la voiture. Elles alloient prendre l'air au Bois de Boulogne; et le soir, à mon retour, je retrouvois Manon plus belle, plus contente et plus passionnée que jamais.

Il s'éleva néanmoins quelques nuages, qui semblèrent menacer l'édifice de mon bonheur. Mais ils furent nettement dissipés; et l'humeur folâtre de Manon rendit le dénouement si comique que je trouve encore de la douceur dans un souvenir, qui me représente sa tendresse et les agrémens de son esprit.

Le seul Valet qui composoit notre Domestique me prit un jour à l'écart pour me dire, avec beaucoup d'embarras, qu'il avoit un secret d'importance à me communiquer. Je l'encourageai à parler librement. Après quelques détours, il me fit entendre qu'un Seigneur Étranger sembloit avoir pris beaucoup d'amour pour Mademoiselle Manon. Le trouble de mon sang se fit sentir dans toutes mes veines. "En a-t-elle pour lui?" interrompis-je, plus brusquement que la prudence ne permettoit pour m'éclaircir.

Ma vivacité l'effraya. Il me répondit, d'un air inquiet, que sa pénétration n'avoit pas été si loin: mais qu'ayant observé, depuis plusieurs jours, que cet Étranger venoit assidûment au Bois de Boulogne, qu'il y descendoit de son Carosse et que, s'engageant seul dans les contre-allées, il paroissoit chercher l'occasion de voir ou de rencontrer Mademoiselle, il lui étoit venu à l'esprit de faire quelque liaison avec ses Gens pour apprendre le nom de leur Maître; qu'ils le traitoient de Prince Italien, et qu'ils le soupçonnoient eux-mêmes de quelque avanture galante; qu'il n'avoit pu se procurer d'autres lumières, ajouta-t-il en tremblant, parce que le Prince, étant alors sorti du Bois, s'étoit approché familièrement de lui et lui avoit demandé son nom; après quoi, comme s'il eût deviné qu'il étoit à notre service, il l'avoit félicité d'appartenir à la plus charmante Personne du monde.

J'attendois impatiemment la suite de ce récit. Il le finit par des excuses timides, que je n'attribuai qu'à mes imprudentes agitations. Je le pressai en vain de continuer sans déguisement. Il me protesta qu'il ne sçavoit rien de plus, et que, ce qu'il venoit de me raconter étant arrivé le jour précédent, il n'avoit pas revu les Gens du Prince. Je le rassurai non-seulement par des

éloges, mais par une honnête récompense ; et, sans lui
marquer la moindre défiance de Manon, je lui recommandai, d'un ton plus tranquille, de veiller sur toutes
les démarches de l'Etranger.

Au fond, sa frayeur me laissa de cruels doutes.
Elle pouvoit lui avoir fait supprimer une partie de la
vérité. Cependant, après quelques réflexions, je revins
de mes allarmes jusqu'à regretter d'avoir donné cette
marque de foiblesse. Je ne pouvois faire un crime à
Manon d'être aimée. Il y avoit beaucoup d'apparence
qu'elle ignoroit sa Conquête: et quelle vie allois-je
mener, si j'étois capable d'ouvrir si facilement l'entrée
de mon cœur à la jalousie?

Je retournai à Paris le jour suivant, sans avoir formé
d'autre dessein que de hâter le progrès de ma fortune
en jouant plus gros jeu, pour me mettre en état de
quitter Chaillot au premier sujet d'inquiétude. Le soir,
je n'appris rien de nuisible à mon repos. L'Etranger
avoit reparu au Bois de Boulogne; et, prenant droit de
ce qui s'y étoit passé la veille pour se rapprocher de
mon Confident, il lui avoit parlé de son amour, mais
dans des termes qui ne supposoient aucune intelligence
avec Manon. Il l'avoit interrogé sur mille détails.
Enfin il avoit tenté de le mettre dans ses intérêts par
des promesses considérables ; et, tirant une lettre, qu'il
tenoit prête, il lui avoit offert inutilement quelques Louis
d'or pour la rendre à sa Maîtresse.

Deux jours se passèrent sans aucun autre incident.
Le troisième fut plus orageux. J'appris, en arrivant de
la Ville assez tard, que Manon, pendant sa promenade,
s'étoit écartée un moment de ses Compagnes; et que

l'Etranger, qui la suivoit à peu de distance, s'étant approché d'elle au signe qu'elle lui en avoit fait, elle lui avoit remis une lettre, qu'il avoit reçue avec des transports de joie. Il n'avoit eu le temps de les exprimer qu'en baisant amoureusement les caractères, parce qu'elle s'étoit aussi-tôt dérobbée. Mais elle avoit paru d'une gaieté extraordinaire pendant le reste du jour, et, depuis qu'elle étoit rentrée au logis, cette humeur ne l'avoit pas abandonnée. Je frémis, sans doute, à chaque mot. " Es-tu bien sûr," dis-je tristement à mon Valet, " que tes yeux ne t'aient pas trompé?" Il prit le Ciel à témoin de sa bonne foi.

Je ne sais à quoi les tourments de mon cœur m'auroient porté, si Manon, qui m'avoit entendu rentrer, ne fût venue au-devant de moi, avec un air d'impatience et des plaintes de ma lenteur. Elle n'attendit point ma réponse pour m'accabler de caresses; et, lorsqu'elle se vit seule avec moi, elle me fit des reproches fort vifs de l'habitude que je prenois de revenir si tard. Mon silence lui laissant la liberté de continuer, elle me dit que, depuis trois semaines, je n'avois pas passé une journée entière avec elle; qu'elle ne pouvoit soutenir de si longues absences; qu'elle me demandoit du moins un jour par intervalles, et que, dès le lendemain, elle vouloit me voir près d'elle, du matin au soir.

" J'y serai, n'en doutez pas," lui répondis-je d'un ton assez brusque. Elle marqua peu d'attention pour mon chagrin; et dans le mouvement de sa joie, qui me parut en effet d'une vivacité singulière, elle me fit mille peintures plaisantes de la manière dont elle avoit passé le jour. Etrange Fille! me disois-je à moi-même:

que dois-je attendre de ce prélude? L'avanture de notre première séparation me revint à l'esprit. Cependant je croïois voir, dans le fond de sa joie et de ses caresses, un air de vérité qui s'accordoit avec les apparences.

Il ne me fut pas difficile de rejetter la tristesse, dont je ne pus me défendre pendant notre souper, sur une perte que je me plaignis d'avoir faite au Jeu. J'avois regardé comme un extrême avantage que l'idée de ne pas quitter Chaillot le jour suivant fût venue d'elle-même. C'étoit gagner du tems pour mes délibérations. Ma présence éloignoit toutes sortes de craintes pour le lendemain; et, si je ne remarquois rien qui m'obligeât de faire éclater mes découvertes, j'étois déjà résolu de transporter, le jour d'après, mon établissement à la Ville, dans un Quartier où je n'eusse rien à démêler avec les Princes. Cet arrangement me fit passer une nuit plus tranquille: mais il ne m'ôtoit pas la douleur d'avoir à trembler pour une nouvelle infidélité.

A mon réveil, Manon me déclara que, pour passer le jour dans notre appartement, elle ne prétendoit pas que j'en eusse l'air plus négligé, et qu'elle vouloit que mes cheveux fussent accommodés de ses propres mains. Je les avois fort beaux. C'étoit un amusement qu'elle s'étoit donné plusieurs fois. Mais elle y apporta plus de soins que je ne lui en avois jamais vu prendre. Je fus obligé, pour la satisfaire, de m'asseoir devant sa Toilette, et d'essuyer toutes les petites recherches qu'elle imagina pour ma parure. Dans le cours de son travail, elle me faisoit tourner souvent le visage vers elle, et, s'appuyant des deux mains sur mes épaules, elle me regardoit avec une curiosité avide. Ensuite, exprimant sa satisfaction par un ou deux baisers, elle me faisoit reprendre ma situation pour continuer son ouvrage.

Ce badinage nous occupa jusqu'à l'heure du dîner. Le goût qu'elle y avoit pris m'avoit paru si naturel, et sa gaieté sentoit si peu l'artifice que, ne pouvant concilier des apparences si constantes avec le projet d'une noire trahison, je fus tenté plusieurs fois de lui ouvrir mon cœur et de me décharger d'un fardeau qui commençoit à me peser. Mais je me flattois, à chaque instant, que l'ouverture viendroit d'elle; et je m'en faisois d'avance un délicieux triomphe.

Nous rentrâmes dans son cabinet. Elle se mit à rajuster mes cheveux, et ma complaisance me faisoit céder à toutes ses volontés, lorsqu'on vint l'avertir que le Prince de … demandoit à la voir. Ce nom m'échauffa jusqu'au transport. "Quoi donc?" m'écriai-je en la repoussant! "Qui? Quel Prince?" Elle ne répondit point à mes questions. "Faites-le monter," dit-elle froidement au Valet, et, se tournant vers moi: " Cher Amant! toi que j'adore," reprit-elle d'un ton enchanteur, "je te demande un moment de complaisance. Un moment. Un seul moment. Je t'en aimerai mille fois plus. Je t'en sçaurai gré toute ma vie."

L'indignation et la surprise me lièrent la langue. Elle répétoit ses instances, et je cherchois des expressions pour les rejetter avec mépris. Mais, entendant ouvrir la porte de l'anti-chambre, elle empoigna d'une main mes cheveux qui étoient flottans sur mes épaules, elle prit de l'autre son miroir de toilette ; elle employa toute sa force pour me traîner dans cet état jusqu'à la porte du cabinet; et l'ouvrant du genou, elle offrit à l'Etranger, que le bruit sembloit avoir arrêté au milieu de la chambre, un spectacle qui ne dut pas lui causer peu d'étonnement.

Je vis un homme fort bien mis, mais d'assez mauvaise mine. Dans l'embarras où le jettoit cette scène, il ne laissa pas de faire une profonde révérence. Manon ne lui donna pas le temps d'ouvrir la bouche. Elle lui présenta son miroir: "Voyez, Monsieur," lui dit-elle; "regardez-vous bien, et rendez-moi justice. Vous me demandez de l'amour. Voici l'homme que j'aime, et que j'ai juré d'aimer toute ma vie. Faites la comparaison vous-même. Si vous croyez lui pouvoir disputer mon cœur, apprenez-moi donc sur quel fondement, car je vous déclare qu'aux yeux de votre Servante très-humble, tous les Princes d'Italie ne valent pas un des cheveux que je tiens."

Pendant cette folle harangue, qu'elle avoit apparemment méditée, je faisois des efforts inutiles pour me dégager; et, prenant pitié d'un homme de considération, je me sentois porté à réparer ce petit outrage par mes politesses. Mais, s'étant remis assez facilement, sa réponse, que je trouvai un peu grossière, me fit perdre cette disposition. "Mademoiselle, Mademoiselle," lui dit-il avec un sourire forcé, "j'ouvre en effet les yeux, et je vous trouve bien moins Novice que je ne me l'étois figuré."

Il se retira aussitôt sans jeter les yeux sur elle, en ajoutant, d'une voix plus basse, que les Femmes de France ne valoient pas mieux que celles d'Italie. Rien ne m'invitoit, dans cette occasion, à lui faire prendre une meilleure idée du beau Sexe.

Manon quitta mes cheveux, se jetta dans un fauteuil, et fit retentir la chambre de longs éclats de rire. Je ne dissimulerai pas que je fus touché, jusqu'au fond du cœur, d'un sacrifice que je ne pouvois attribuer qu'à l'Amour. Cependant la plaisanterie me parut excessive. Je lui en fis des reproches. Elle me raconta que mon Rival, après l'avoir obsédée pendant plusieurs jours, au Bois de Boulogne, et lui avoir fait deviner ses sentimens par des grimaces, avoit pris le parti de lui en faire une déclaration ouverte, accompagnée de son nom et de tous ses titres, dans une Lettre qu'il lui avoit fait remettre par le Cocher qui la conduisoit avec ses Compagnes; qu'il lui promettoit, au delà des Monts, une brillante fortune et des adorations éternelles; qu'elle étoit revenue à Chaillot, dans la résolution de me communiquer cette avanture; mais, qu'ayant conçu que nous en pouvions tirer de l'amusement, elle n'avoit pu résister à son imagination; qu'elle avoit offert au Prince Italien, par une Réponse flatteuse, la liberté de la voir chez elle, et qu'elle s'étoit fait un second plaisir de me faire entrer dans son plan, sans m'en avoir fait naître le moindre soupçon. Je ne lui dis pas un mot des lumières qui m'étoient venues par une autre voie, et l'ivresse de l'Amour triomphant me fit tout approuver.

J'ai remarqué, dans toute ma vie, que le Ciel a toujours choisi, pour me frapper de ses plus rudes châtimens, le tems où ma fortune me sembloit le mieux établie. Je me croiois si heureux, avec l'amitié de M. de T...... et la tendresse de Manon, qu'on n'auroit pu me

faire comprendre que j'eusse à craindre quelque nouveau malheur. Cependant il s'en préparoit un si funeste
qu'il m'a réduit à l'état où vous m'avez vu à Passy, et
par degrés à des extrémités si déplorables que vous aurez
peine à croire mon récit fidèle.

Un jour, que nous avions M. de T...... à souper,
nous entendîmes le bruit d'un Carosse qui s'arrêtoit à
la porte de l'Hôtellerie. La curiosité nous fit desirer de
sçavoir qui pouvoit arriver à cette heure. On nous dit
que c'étoit le jeune G...... M......, c'est-à-dire le Fils
de notre plus cruel Ennemi, de ce vieux Débauché qui
m'avoit mis à S. Lazare, et Manon à l'Hôpital. Son
nom me fit monter la rougeur au visage. "C'est le Ciel
qui me l'amène," dis-je à M. de T......, "pour le punir
de la lâcheté de son Père. Il ne m'échappera pas que
nous n'ayons mesuré nos épées."

M. de T......, qui le connoissoit et qui étoit même
de ses meilleurs amis, s'efforça de me faire prendre
d'autres sentimens pour lui. Il m'assura que c'étoit un
jeune homme très-aimable, et si peu capable d'avoir eu
part à l'action de son Père que je ne le verrois pas moi-
même un moment sans lui accorder mon estime et sans
desirer la sienne. Après avoir ajouté mille choses à son
avantage, il me pria de consentir qu'il allât lui proposer
de venir prendre place avec nous, et de s'accommoder
du reste de notre souper. Il prévint l'objection du péril
où c'étoit exposer Manon que de découvrir sa demeure
au Fils de notre Ennemi, en protestant, sur son honneur et sur sa foi, que, lorsqu'il nous connoîtroit, nous
n'aurions point de plus zélé défenseur. Je ne fis difficulté
de rien après de telles assurances.

M. de T...... ne nous l'amena point sans avoir pris
un moment pour l'informer qui nous étions. Il entra
d'un air qui nous prévint effectivement en sa faveur. Il
m'embrassa. Nous nous assîmes. Il admira Manon,
moi, tout ce qui nous appartenoit, et il mangea d'un
appétit qui fit honneur à notre souper.

Lorsqu'on eut desservi, la conversation devint plus
sérieuse. Il baissa les yeux pour nous parler de l'excès
où son Père s'étoit porté contre nous. Il nous fit les
excuses les plus soumises. "Je les abrège," nous dit-il,
"pour ne pas renouveller un souvenir qui me cause
trop de honte." Si elles étoient sincères dès le commencement, elles le devinrent bien plus dans la suite ;
car il n'eut pas passé une demie-heure dans cet entretien, que je m'apperçus de l'impression que les charmes
de Manon faisoient sur lui. Ses regards et ses manières
s'attendrirent par degrés. Il ne laissa rien échapper
néanmoins dans ses discours; mais, sans être aidé de la
jalousie, j'avois trop d'expérience en Amour pour ne
pas discerner ce qui venoit de cette source.

Il nous tint compagnie pendant une partie de la nuit,
et il ne nous quitta qu'après s'être félicité de notre
connoissance, et nous avoir demandé la permission de
venir nous renouveller quelquefois l'offre de ses services. Il partit le matin avec M. de T......, qui se mit
avec lui dans son Carosse.

Je ne me sentois, comme j'ai dit, aucun penchant à
la jalousie. J'avois plus de crédulité que jamais pour
les sermens de Manon. Cette charmante Créature étoit
si absolument maîtresse de mon âme que je n'avois pas
un seul petit sentiment qui ne fût de l'estime et de

l'amour. Loin de lui faire un crime d'avoir plu au jeune
G...... M......, j'étois ravi de l'effet de ses charmes, et
je m'applaudissois d'être aimé d'une Fille que tout le
monde trouvoit aimable. Je ne jugeai pas même à
propos de lui communiquer mes soupçons. Nous fûmes
occupés, pendant quelques jours, du soin de faire ajuster
ses habits, et à délibérer si nous pouvions aller à la
Comédie sans appréhender d'être reconnus. M. de
T...... revint nous voir avant la fin de la semaine;
nous le consultâmes là-dessus. Il vit bien qu'il falloit
dire oui, pour faire plaisir à Manon. Nous résolûmes
d'y aller le soir même avec lui.

Cependant cette résolution ne put s'éxécuter; car
m'ayant tiré aussi-tôt en particulier : " Je suis," me
dit-il, " dans le dernier embarras depuis que je ne vous
ai vu, et la visite que je vous fais aujourd'hui en est
une suite. G...... M...... aime votre Maîtresse. Il m'en
a fait confidence. Je suis son intime Ami, et disposé
en tout à le servir; mais je ne suis pas moins le vôtre.
J'ai considéré que ses intentions sont injustes, et je
les ai condamnées. J'aurois gardé son secret, s'il n'avoit
dessein d'emploier, pour plaire, que les voies communes; mais il est bien informé de l'humeur de Manon.
Il a sçu, je ne sçais d'où, qu'elle aime l'abondance et
les plaisirs, et, comme il jouit déjà d'un bien considérable, il m'a déclaré qu'il veut la tenter d'abord par
un très-gros présent, et par l'offre de dix mille livres
de pension. Toutes choses égales, j'aurois peut-être eu
beaucoup plus de violence à me faire pour le trahir :
mais la justice s'est jointe en votre faveur à l'amitié ;
d'autant plus qu'ayant été la cause imprudente de sa

passion, en l'introduisant ici, je suis obligé de prévenir les effets du mal que j'ai causé."

Je remerciai M. de T...... d'un service de cette importance, et je lui avouai, avec un parfait retour de confiance, que le caractère de Manon étoit tel que G...... M...... se le figuroit; c'est-à-dire qu'elle ne pouvoit supporter le nom de la pauvreté. "Cependant," lui dis-je, "lorsqu'il n'est question que du plus ou du moins, je ne la crois pas capable de m'abandonner pour un autre. Je suis en état de ne la laisser manquer de rien, et je compte que ma fortune va croître de jour en jour. Je ne crains qu'une chose," ajoutai-je, "c'est que G...... M...... ne se serve de la connoissance qu'il a de notre demeure pour nous rendre quelque mauvais office."

M. de T...... m'assura que je devois être sans appréhension de ce côté-là ; que G...... M...... étoit capable d'une folie amoureuse, mais qu'il ne l'étoit pas d'une bassesse ; que, s'il avoit la lâcheté d'en commettre une, il seroit le premier, lui qui parloit, à l'en punir, et à réparer par là le malheur qu'il avoit eu d'y donner occasion. "Je vous suis obligé de ce sentiment," repris-je ; "mais le mal seroit fait, et le remède fort incertain. Ainsi le parti le plus sage est de le prévenir en quittant Chaillot pour prendre une autre demeure. — Oui," reprit M. de T......, "mais vous aurez peine à le faire aussi promptement qu'il faudroit ; car G...... M...... doit être ici à midi. Il me le dit hier, et c'est ce qui m'a porté à venir si matin pour vous informer de ses vûes. Il peut arriver à tout moment."

Un avis si pressant me fit regarder cette affaire d'un

œil plus sérieux. Comme il me sembloit impossible d'éviter la visite de G...... M......, et qu'il me le seroit aussi, sans doute, d'empêcher qu'il ne s'ouvrît à Manon, je pris le parti de la prévenir moi-même sur le dessein de ce nouveau Rival. Je m'imaginai que, me sçachant instruit des propositions qu'il lui feroit, et les recevant à mes yeux, elle auroit assez de force pour les rejetter. Je découvris ma pensée à M. de T......, qui me répondit que cela étoit extrêmement délicat. "Je l'avoue," lui dis-je; "mais toutes les raisons qu'on peut avoir d'être sûr d'une Maîtresse, je les ai de compter sur l'affection de la mienne. Il n'y auroit que la grandeur des offres qui pût l'éblouir; et je vous ai dit qu'elle ne connoît point l'intérêt. Elle aime ses aises, mais elle m'aime aussi; et, dans la situation où sont mes affaires, je ne sçaurois croire qu'elle me préfère le Fils d'un homme qui l'a mise à l'Hôpital." En un mot, je persistai dans mon dessein; et m'étant retiré à l'écart avec Manon, je lui déclarai naturellement tout ce que je venois d'apprendre.

Elle me remercia de la bonne opinion que j'avois d'elle, et elle promit de recevoir les offres de G...... M...... d'une manière qui lui ôteroit l'envie de les renouveller. "Non," lui dis-je, "il ne faut pas l'irriter par une brusquerie. Il peut nous nuire. Mais tu sçais assez, toi, friponne," ajoutai-je en riant, "comment te défaire d'un Amant désagréable ou incommode." Elle reprit, après avoir un peu rêvé: "Il me vient un dessein admirable, et je suis toute glorieuse de l'invention. G...... M...... est le Fils de notre plus cruel ennemi; il faut nous venger du Père, non pas sur le Fils, mais

sur sa bourse. Je veux l'écouter, accepter ses propositions, et me moquer de lui.

— Le projet est joli," lui dis-je, "mais tu ne songes
pas, mon pauvre Enfant, que c'est le chemin qui nous
a conduits droit à l'Hôpital." J'eus beau lui représenter
le péril de cette entreprise ; elle me dit qu'il ne s'agissoit que de bien prendre nos mesures, et elle répondit
à toutes mes objections. Donnez-moi un Amant qui
n'entre point aveuglément dans tous les caprices d'une
Maîtresse adorée, et je conviendrai que j'eus tort de
céder si facilement. La résolution fut prise de faire une
dupe de G...... M......, et, par un tour bizarre de mon
sort, il arriva que je devins la sienne.

Nous vîmes paroître son Carosse vers les onze heures.
Il nous fit des compliments fort recherchés sur la liberté
qu'il prenoit de venir dîner avec nous. Il ne fut pas surpris de trouver M. de T......, qui lui avoit promis la
veille de s'y rendre aussi, et qui avoit feint quelques
affaires pour se dispenser de venir dans la même voiture. Quoiqu'il n'y eût pas un seul de nous qui ne portât
la trahison dans le cœur, nous nous mîmes à table avec
un air de confiance et d'amitié. G...... M...... trouva
aisément l'occasion de déclarer ses sentimens à Manon.
Je ne dus pas lui paroître gênant ; car je m'absentai exprès pendant quelques minutes.

Je m'apperçus, à mon retour, qu'on ne l'avoit pas
désespéré par un excès de rigueur. Il étoit de la meilleure humeur du monde. J'affectai de le paroître aussi ;
il rioit intérieurement de ma simplicité, et moi de la
sienne. Pendant tout l'après-midi nous fûmes, l'un pour
l'autre, une scène fort agréable. Je lui ménageai encore,

avant son départ, un moment d'entretien particulier avec Manon; de sorte qu'il eut lieu de s'applaudir de ma complaisance autant que de la bonne chère.

Aussitôt qu'il fut monté en Carosse avec M. de T......, Manon accourut à moi les bras ouverts, et m'embrassa en éclatant de rire. Elle me répéta ses discours et ses propositions, sans y changer un mot. Ils se réduisoient à ceci: il l'adoroit. Il vouloit partager avec elle quarante mille livres de rente dont il jouissoit déjà, sans compter ce qu'il attendoit après la mort de son Père. Elle alloit être Maîtresse de son cœur et de sa fortune; et, pour gage de ses bienfaits, il étoit prêt à lui donner un Carosse, un Hôtel meublé, une Femme de Chambre, trois Laquais et un Cuisinier.

"Voici un Fils," dis-je à Manon, "bien autrement généreux que son Père. Parlons de bonne foi," ajoutai-je; "cette offre ne vous tente-t-elle point? — Moi?" répondit-elle, en ajustant à sa pensée deux vers de Racine:

> " Moi! vous me soupçonnez de cette perfidie?
> Moi! je pourrois souffrir un visage odieux,
> Qui rappelle toujours l'Hôpital à mes yeux?

— Non," repris-je en continuant la parodie:

> " J'aurois peine à penser que l'Hôpital, Madame,
> Fût un trait dont l'Amour l'eût gravé dans votre âme.

"Mais c'en est un bien séduisant qu'un Hôtel meublé, avec un Carosse et trois Laquais; et l'Amour en a peu d'aussi forts."

Elle me protesta que son cœur étoit à moi pour toujours, et qu'il ne recevroit jamais d'autres traits que les miens. "Les promesses qu'il m'a faites," me dit-elle, "sont un aiguillon de vengeance, plutôt qu'un trait d'amour." Je lui demandai si elle étoit dans le dessein d'accepter l'Hôtel et le Carosse. Elle me répondit qu'elle n'en vouloit·qu'à son argent.

La difficulté étoit d'obtenir l'un sans l'autre. Nous résolûmes d'attendre l'entière explication du projet de G...... M......, dans une Lettre qu'il avoit promis de lui écrire. Elle la reçut, en effet, le lendemain, par un Laquais sans livrée, qui se procura fort adroitement l'occasion de lui parler sans témoins. Elle lui dit d'attendre sa réponse, et elle vint m'apporter aussi-tôt sa Lettre. Nous l'ouvrîmes ensemble.

Outre les lieux communs de tendresse, elle contenoit le détail des promesses de mon Rival. Il ne bornoit point sa dépense. Il s'engageoit à lui compter dix mille francs, en prenant possession de l'Hôtel, et à réparer tellement les diminutions de cette somme, qu'elle l'eût toujours devant elle en argent comptant. Le jour de l'inauguration n'étoit pas reculé trop loin. Il ne lui en demandoit que deux pour les préparatifs, et il lui marquoit le nom de la rue et de l'Hôtel, où il lui promettoit de l'attendre, l'après-midi du second jour, si elle pouvoit se dérobber de mes mains. C'étoit l'unique point sur lequel il la·conjuroit de le tirer d'inquiétude: il paroissoit sûr de tout le reste; mais il ajoutoit que, si elle prévoyoit de la difficulté à m'échapper, il trouveroit le moyen de rendre sa fuite aisée.

G...... M...... étoit plus fin que son Père. Il vouloit tenir sa proie avant que de compter ses espèces. Nous délibérâmes sur la conduite que Manon avoit à tenir.

Je fis encore des efforts pour lui ôter cette entreprise de la tête, et je lui en représentai tous les dangers. Rien ne fut capable d'ébranler sa résolution.

Elle fit une courte réponse à G...... M......, pour l'assurer qu'elle ne trouveroit pas de difficulté à se rendre à Paris le jour marqué, et qu'il pouvoit l'attendre avec certitude.

Nous réglâmes ensuite que je partirois sur le champ pour aller louer un nouveau logement dans quelque Village, de l'autre côté de Paris, et que je transporterois avec moi notre petit équipage; que le lendemain après midi, qui étoit le temps de son assignation, elle se rendroit de bonne heure à Paris; qu'après avoir reçu les présens de G...... M......, elle le prieroit instamment de la conduire à la Comédie; qu'elle prendroit avec elle tout ce qu'elle pourroit porter de la somme, et qu'elle chargeroit du reste mon Valet, qu'elle vouloit mener avec elle. C'étoit toujours le même qui l'avoit délivrée de l'Hôpital, et qui nous étoit infiniment attaché. Je devois me trouver, avec un Fiacre, à l'entrée de la rue S. André-des-Arcs, et l'y laisser vers les sept heures, pour m'avancer, dans l'obscurité, à la porte de la Comédie. Manon me promettoit d'inventer des prétextes pour sortir un instant de sa Loge, et de l'employer à descendre pour me rejoindre. L'exécution du reste étoit facile. Nous aurions regagné mon Fiacre en un moment, et nous serions sortis de Paris par le Fauxbourg S. Antoine, qui étoit le chemin de notre nouvelle demeure.

Ce dessein, tout extravagant qu'il étoit, nous parut assez bien arrangé. Mais il y avoit, dans le fond, une

folle imprudence à s'imaginer que, quand il eût réussi
le plus heureusement du monde, nous eussions jamais
pu nous mettre à couvert des suites. Cependant,
nous nous exposâmes avec la plus téméraire confiance.

Manon partit avec Marcel; c'est ainsi que se nommoit notre Valet. Je la vis partir avec douleur. Je lui
dis, en l'embrassant: "Manon, ne me trompez-vous
point? Me serez-vous fidelle?" Elle se plaignit tendrement de ma défiance, et elle me renouvela tous ses sermens.

Son compte étoit d'arriver à Paris sur les trois
heures. Je partis après elle. J'allai me morfondre, le
reste de l'après-midi, dans le Caffé de Féré, au Pont
S. Michel. J'y demeurai jusqu'à la nuit. J'en sortis
alors pour prendre un Fiacre, que je postai, suivant
notre projet, à l'entrée de la rue S. André-des-Arcs;
ensuite je gagnai à pied la porte de la Comédie. Je fus
surpris de n'y pas trouver Marcel, qui devoit être à
m'attendre. Je pris patience pendant une heure, con-
fondu dans une foule de Laquais, et l'œil ouvert sur
tous les Passans. Enfin, sept heures étant sonnées, sans
que j'eusse rien apperçu qui eût rapport à nos desseins,
je pris un billet de Parterre pour aller voir si je décou-
vrirois Manon et G...... M...... dans les Loges. Ils n'y
étoient ni l'un ni l'autre.

Je retournai à la porte, où je passai encore un
quart d'heure, transporté d'impatience et d'inquiétude.
N'ayant rien vu paroître, je rejoignis mon Fiacre, sans
pouvoir m'arrêter à la moindre résolution. Le Cocher,
m'ayant apperçu, vint quelques pas au devant de moi

pour me dire, d'un air mistérieux, qu'une jolie Demoiselle m'attendoit depuis une heure dans le Carosse; qu'elle m'avoit demandé, à des signes qu'il avoit bien reconnus, et, qu'ayant appris que je devois revenir, elle avoit dit qu'elle ne s'impatienteroit point à m'attendre.

Je me figurai aussitôt que c'étoit Manon. J'approchai. Mais je vis un joli petit visage qui n'étoit pas le sien. C'étoit une Etrangère, qui me demanda d'abord si elle n'avoit pas l'honneur de parler à M. le Chevalier des Grieux? Je lui dis que c'étoit mon nom. "J'ai une Lettre à vous rendre," reprit-elle, "qui vous instruira du sujet qui m'amène, et par quel rapport j'ai l'avantage de connoître votre nom." Je la priai de me donner le tems de la lire dans un Cabaret voisin. Elle voulut me suivre, et elle me conseilla de demander une chambre à part. "De qui vient cette Lettre?" lui dis-je en montant: elle me remit à la lecture.

Je reconnus la main de Manon. Voici à peu près ce qu'elle me marquoit :

"G...... M...... l'avoit reçue avec une politesse et une magnificence au delà de toutes ses idées. Il l'avoit comblée de présents. Il lui faisoit envisager un sort de Reine. Elle m'assuroit, néanmoins, qu'elle ne m'oublioit pas dans cette nouvelle splendeur; mais que, n'ayant pu faire consentir G...... M...... à la mener ce soir à la Comédie, elle remettoit à un autre jour le plaisir de me voir, et que, pour me consoler un peu de la peine qu'elle prévoyoit que cette nouvelle pouvoit me causer, elle avoit trouvé le moyen de me procurer une des plus jolies Filles de Paris, qui seroit la porteuse de son Billet."

Signé: "Votre fidelle Amante,

"MANON LESCAUT."

Il y avoit quelque chose de si cruel et de si insultant pour moi dans cette Lettre que, demeurant suspendu quelque temps entre la colère et la douleur, j'entrepris de faire un effort pour oublier éternellement mon ingrate et parjure Maîtresse. Je jettai les yeux sur la Fille qui étoit devant moi. Elle étoit extrêmement jolie; et j'aurois souhaité qu'elle l'eût été assez pour me rendre parjure et infidèle à mon tour. Mais je n'y trouvai point ces yeux fins et languissans, ce port divin, ce teint, de la composition de l'Amour, enfin ce fond inépuisable de charmes que la Nature avoit prodigués à la perfide Manon.

"Non, non," lui dis-je en cessant de la regarder, "l'Ingrate qui vous envoie sçavoit fort bien qu'elle vous faisoit faire une démarche inutile. Retournez à elle et dites-lui de ma part qu'elle jouisse de son crime, et qu'elle en jouisse, s'il se peut, sans remords. Je l'abandonne sans retour, et je renonce en même tems à toutes les Femmes, qui ne sçauroient être aussi aimables qu'elle, et qui sont sans doute aussi lâches et d'aussi mauvaise foi."

Je fus alors sur le point de descendre et de me retirer sans prétendre davantage à Manon; et la jalousie mortelle qui me déchiroit le cœur, se déguisant en une morne et sombre tranquillité, je me crus d'autant plus proche de ma guérison que je ne sentois nul de ces mouvements violens dont j'avois été agité dans les mêmes occasions. Hélas! j'étois la duppe de l'Amour, autant que je croyois l'être de G...... M...... et de Manon.

Cette Fille, qui m'avoit apporté la Lettre, me voyant prêt à descendre l'escalier, me demanda ce que je voulois donc qu'elle rapportât à M. de G...... M...... et à la Dame qui étoit avec lui ? Je rentrai dans la chambre à cette question ; et, par un changement incroïable à ceux qui n'ont jamais senti de passions violentes, je me trouvai tout d'un coup, de la tranquillité où je croyois être, dans un transport terrible de fureur.

"Vas," lui dis-je, "rapporte au traître G...... M...... et à sa perfide Maîtresse le désespoir où ta maudite Lettre m'a jeté ; mais apprends-leur qu'ils n'en riront pas long-tems, et que je les poignarderai tous deux de ma propre main." Je me jettai sur une chaise. Mon chapeau tomba d'un côté, et ma canne de l'autre. Deux ruisseaux de larmes amères commencèrent à couler de mes yeux. L'accès de rage que je venois de sentir se changea dans une profonde douleur. Je ne fis plus que pleurer en poussant des gémissemens et des soupirs.

"Approche, mon enfant, approche," m'écriai-je en parlant à la jeune fille ; "approche, puisque c'est toi qu'on envoie pour me consoler. Dis-moi si tu sçais des consolations contre la rage et le désespoir, contre l'envie de se donner la mort à soi-même, après avoir tué deux perfides qui ne méritent pas de vivre. Oui, approche," continuai-je, en voyant qu'elle faisoit vers moi quelques pas timides et incertains. "Viens essuyer mes larmes; viens rendre la paix à mon cœur, viens me dire que tu m'aimes, afin que je m'accoutume à l'être d'une autre que de mon Infidelle. Tu es jolie, je pourrai peut-être t'aimer à mon tour."

Cette pauvre enfant qui n'avoit pas seize ou dix-sept ans, et qui paroissoit avoir plus de pudeur que ses pareilles, étoit extraordinairement surprise d'une si étrange scène. Elle s'approcha néanmoins, pour me faire quelques caresses; mais je l'écartai aussitôt en la repoussant de mes mains. "Que veux-tu de moi?" lui dis-je. "Ha! tu es une Femme, tu es d'un Sexe que je déteste et que je ne puis plus souffrir. La douceur de ton visage me menace encore de quelque trahison. Vas-t'en et laisse-moi seul ici." Elle me fit une révérence, sans oser rien dire, et elle se tourna pour sortir. Je lui criai de s'arrêter. "Mais apprens-moi du moins," repris-je, "pourquoi, comment, à quel dessein tu as été envoyée ici? Comment as-tu découvert mon nom et le lieu où tu pouvois me trouver?"

Elle me dit qu'elle connoissoit de longue main M. de G...... M......; qu'il l'avoit envoyé chercher à cinq heures, et qu'ayant suivi le Laquais qui l'avoit avertie, elle étoit allée dans une grande Maison où elle l'avoit trouvé qui jouoit au Piquet avec une jolie Dame, et qu'ils l'avoient chargée tous deux de me rendre la Lettre qu'elle m'avoit apportée, après lui avoir appris qu'elle me trouveroit dans un Carosse au bout de la rue S. André. Je lui demandai s'ils ne lui avoient rien dit de plus. Elle me répondit, en rougissant, qu'ils

lui avoient fait espérer que je la prendrois pour me
tenir compagnie. "On t'a trompée," lui dis-je. "Ma
pauvre Fille, on t'a trompée. Tu es une Femme. Il te
faut un Homme. Mais il t'en faut un qui soit riche et
heureux, et ce n'est pas ici que tu le peux trouver.
Retourne, retourne à M. G...... M...... Il a tout ce
qu'il faut pour être aimé des Belles. Il a des. Hôtels
meublés et des Equipages à donner. Pour moi qui
n'ai que de l'Amour et de la constance à offrir, les
Femmes méprisent ma misère, et font leur jouet de ma
simplicité."

' J'ajoutai mille choses, ou tristes, ou violentes, suivant que les passions, qui m'agitoient tour à tour, cé-
doient ou emportoient le dessus. Cependant, à force de
me tourmenter, mes transports diminuèrent assez pour
faire place à quelques réflexions. Je comparai cette
dernière infortune à celles que j'avois déjà essuyées
dans le même genre, et je ne trouvai pas qu'il y eût
plus à désespérer que dans les premières. Je connoissois
Manon: pourquoi m'affliger tant d'un malheur que
j'avois dû prévoir? Pourquoi ne pas m'employer plutôt
à chercher du remède? Il étoit encore temps. Je devois
du moins n'y pas épargner mes soins, si je ne voulois
avoir à me reprocher d'avoir contribué, par ma négli-
gence, à mes propres peines. Je me mis là-dessus à
considérer tous les moyens qui pouvoient m'ouvrir un
chemin à l'espérance.

Entreprendre de l'arracher avec violence des mains
de G...... M......, c'étoit un parti désespéré qui n'étoit
propre qu'à me perdre, et qui n'avoit pas la moindre
apparence de succès. Mais il me sembloit que, si j'eusse

pu me procurer le moindre entretien avec elle, j'aurois
gagné infailliblement quelque chose sur son cœur. J'en
connoissois si bien tous les endroits sensibles! J'étois si
sûr d'être aimé d'elle! Cette bizarerie même de m'avoir
envoyé une jolie Fille pour me consoler, j'aurois parié
qu'elle venoit de son invention, et que c'étoit un effet
de sa compassion pour mes peines.

Je résolus d'employer toute mon industrie pour la
voir. Parmi quantité de voies, que j'examinai l'une
après l'autre, je m'arrêtai à celle-ci: M. de T...... avoit
commencé à me rendre service avec trop d'affection
pour me laisser le moindre doute de sa sincérité et de
son zèle. Je me proposai d'aller chez lui sur-le-champ
et de l'engager à faire appeler G...... M...... sous le
prétexte d'une affaire importante. Il ne me falloit qu'une
demie heure pour parler à Manon. Mon dessein étoit
de me faire introduire dans sa chambre même, et je
crus que cela me seroit aisé dans l'absence de G......
M......

Cette résolution m'ayant rendu plus tranquille, je
payai libéralement la jeune Fille, qui étoit encore
avec moi; et, pour lui ôter l'envie de retourner chez
ceux qui me l'avoient envoyée, je pris son adresse, en
lui faisant espérer que j'irois passer la nuit avec elle.
Je montai dans mon Fiacre et je me fis conduire à
grand train chez M. de T...... Je fus assez heureux
pour l'y trouver. J'avois eu, là-dessus, de l'inquiétude
en chemin. Un mot le mit au fait de mes peines et du
service que je venois lui demander.

Il fut si étonné d'apprendre que G...... M...... avoit
pu séduire Manon, qu'ignorant que j'avois eu part moi-

même à mon malheur, il m'offrit généreusement de rassembler tous ses Amis pour employer leurs bras et leurs épées à la délivrance de ma Maîtresse. Je lui fis comprendre que cet éclat pouvoit être pernicieux à Manon et à moi. "Réservons notre sang," lui dis-je, "pour l'extrémité. Je médite une voie plus douce et dont je n'espère pas moins de succès." Il s'engagea, sans exception, à faire tout ce que je demanderois de lui; et, lui ayant répété qu'il ne s'agissoit que de faire avertir G...... M...... qu'il avoit à lui parler, et de le tenir dehors une heure ou deux, il partit aussi-tôt avec moi pour me satisfaire.

Nous cherchâmes de quel expédient il pourroit se servir pour l'arrêter si long-temps. Je lui conseillai de lui écrire d'abord un Billet simple, daté d'un Cabaret, par lequel il le prieroit de s'y rendre aussi-tôt pour une affaire si importante qu'elle ne pouvoit souffrir de délai. "J'observerai," ajoutai-je, "le moment de sa sortie, et je m'introduirai sans peine dans la Maison, n'y étant connu que de Manon, et de Marcel, qui est mon Valet. Pour vous, qui serez pendant ce tems-là avec G...... M......, vous pourrez lui dire que cette affaire si importante, pour laquelle vous souhaitez de lui parler, est un besoin d'argent; que vous venez de perdre le vôtre au jeu, et que vous avez joué beaucoup plus sur votre parole, avec le même malheur. Il lui faudra du tems pour vous mener à son coffre fort, et j'en aurai suffisamment pour éxécuter mon dessein."

M. de T...... suivit cet arrangement de point en point. Je le laissai dans un Cabaret où il écrivit promptement sa Lettre. J'allai me placer à quelques pas de la

Maison de Manon. Je vis arriver le Porteur du message, et G...... M...... sortir à pied, un moment après, suivi d'un Laquais. Lui ayant laissé le tems de s'éloigner de la rue, je m'avançai à la porte de mon Infidelle; et, malgré toute ma colère, je frappai avec le respect qu'on a pour un Temple. Heureusement ce fut Marcel qui vint m'ouvrir. Je lui fis signe de se taire. Quoique je n'eusse rien à craindre des autres Domestiques, je lui demandai tout bas s'il pouvoit me conduire dans la chambre où étoit Manon, sans que je fusse apperçu. Il me dit que cela étoit aisé, en montant doucement par le grand escalier. " Allons donc promptement," lui dis-je, " et tâche d'empêcher, pendant que j'y serai, qu'il n'y monte personne." Je pénétrai sans obstacle jusqu'à l'appartement.

Manon étoit occupée à lire. Ce fut là que j'eus lieu d'admirer le caractère de cette étrange Fille. Loin d'être effraïée, et de paroître timide en m'appercevant, elle ne donna que ces marques légères de surprise, dont on n'est pas le maître à la vue d'une personne qu'on croit éloignée: " Ha! c'est vous, mon Amour," me dit-elle en venant m'embrasser avec sa tendresse ordinaire. "Bon Dieu! que vous êtes hardi! Qui vous auroit attendu aujourd'hui dans ce lieu?" Je me dégageai de ses bras, et, loin de répondre à ses caresses, je la repoussai avec dédain, et je fis deux ou trois pas en arrière pour m'éloigner d'elle. Ce mouvement ne laissa pas de la déconcerter. Elle demeura dans la situation où elle étoit, et elle jetta les yeux sur moi, en changeant de couleur.

J'étois dans le fond si charmé de la revoir, qu'avec

tant de justes sujets de colère, j'avois à peine la force d'ouvrir la bouche pour la quereller. Cependant mon cœur saignoit, du cruel outrage qu'elle m'avoit fait. Je le rappellois vivement à ma mémoire, pour exciter mon dépit; et je tâchois de faire briller dans mes yeux un autre feu que celui de l'Amour. Comme je demeurai quelque tems en silence, et qu'elle remarqua mon agitation, je la vis trembler, apparemment par un effet de sa crainte.

Je ne pus soutenir ce spectacle. "Ah! Manon," lui dis-je d'un ton tendre, "infidelle et parjure Manon! par où commencerai-je à me plaindre? Je vous vois pâle et tremblante; et je suis encore si sensible à vos moindres peines, que je crains de vous affliger trop par mes reproches. Mais, Manon, je vous le dis; j'ai le cœur percé de la douleur de votre trahison. Ce sont là des coups qu'on ne porte point à un Amant, quand on n'a pas résolu sa mort. Voici la troisième fois, Manon; je les ai bien comptés; il est impossible que cela s'oublie. C'est à vous de considérer, à l'heure même, quel parti vous voulez prendre; car mon triste cœur n'est plus à l'épreuve d'un si cruel traitement. Je sens qu'il succombe, et qu'il est prêt à se fendre de douleur. Je n'en puis plus," ajoutai-je, en m'asseïant sur une chaise; "j'ai à peine la force de parler et de me soutenir."

Elle ne me répondit point; mais, lorsque je fus assis, elle se laissa tomber à genoux et elle appuya sa tête sur les miens, en cachant son visage de mes mains. Je sentis, en un instant, qu'elle les mouilloit de ses larmes. Dieux! de quels mouvements n'étois-je point agité! "Ah! Manon, Manon," repris-je avec un soupir, "il est bien tard de me donner des larmes, lorsque vous avez causé ma mort. Vous affectez une tristesse que vous ne sçauriez sentir. Le plus grand de vos maux est sans doute ma présence, qui a toujours été importune à vos plaisirs. Ouvrez les yeux, voyez qui je suis; on ne verse pas des pleurs si tendres pour un Malheureux qu'on a trahi et qu'on abandonne cruellement."

Elle baisoit mes mains sans changer de posture. "Inconstante Manon," repris-je encore; "Fille ingrate et sans foi, où sont vos promesses et vos sermens? Amante mille fois volage et cruelle, qu'as-tu fait de cet Amour que tu me jurois encore aujourd'hui? Juste Ciel!" ajoutai-je, "est-ce ainsi qu'une Infidelle se rit de vous après vous avoir attesté si saintement? C'est donc le parjure qui est récompensé! Le désespoir et l'abandon sont pour la constance et la fidélité."

Ces paroles furent accompagnées d'une réflexion si amère que j'en laissai échapper malgré moi quelques larmes. Manon s'en apperçut, au changement de ma voix. Elle rompit enfin le silence. "Il faut bien que je sois coupable," me dit-elle tristement, "puisque j'ai pu vous causer tant de douleur et d'émotion; mais que le Ciel me punisse si j'ai cru l'être, ou si j'ai eu la pensée de le devenir."

Ce discours me parut si dépourvu de sens et de bonne foi, que je ne pus me défendre d'un vif mouvement de colère. "Horrible dissimulation!" m'écriai-je. "Je vois mieux que jamais que tu n'es qu'une Coquine et une Perfide. C'est à présent que je connois ton misérable caractère. Adieu, lâche Créature," continuai-je en me levant; "j'aime mieux mourir mille fois que d'avoir désormais le moindre commerce avec toi. Que le Ciel me punisse moi-même si je t'honore jamais du moindre regard! Demeure avec ton nouvel Amant, aime-le, déteste-moi, renonce à l'honneur, au bon sens; je m'en ris, tout m'est égal."

Elle fut si épouvantée de ce transport que, demeurant à genoux près de la chaise d'où je m'étois levé, elle me regardoit en tremblant et sans oser respirer. Je fis encore quelques pas vers la porte en tournant la tête, et tenant les yeux fixés sur elle. Mais il auroit fallu que j'eusse perdu tous sentimens d'humanité pour m'endurcir contre tant de charmes.

J'étois si éloigné d'avoir cette force barbare que, passant tout d'un coup à l'extrémité opposée, je retournai vers elle, ou plutôt je m'y précipitai sans réflexion. Je la pris entre mes bras. Je lui donnai mille tendres baisers. Je lui demandai pardon de mon emportement. Je confessai que j'étois un Brutal, et que je ne méritois pas le bonheur d'être aimé d'une Fille comme elle.

Je la fis asseoir, et, m'étant mis à genoux à mon tour, je la conjurai de m'écouter en cet état. Là, tout ce qu'un Amant soumis et passionné peut imaginer de plus respectueux et de plus tendre, je le renfermai en peu de mots dans mes excuses. Je lui demandai en grâce de prononcer qu'elle me pardonnoit. Elle laissa tomber ses bras sur mon cou, en disant que c'étoit elle-même qui avoit besoin de ma bonté, pour me faire oublier les chagrins qu'elle me causoit, et qu'elle commençoit à craindre avec raison que je ne goûtasse point ce qu'elle avoit à me dire pour se justifier. "Moi!" interrompis-je aussitôt; "ah! je ne vous demande point de jus-

tification. J'approuve tout ce que vous avez fait. Ce
n'est point à moi d'exiger des raisons de votre conduite.
Trop content, trop heureux, si ma chère Manon ne
m'ôte point la tendresse de son cœur! Mais," continuai-
je, en réfléchissant sur l'état de mon sort, "toute-puis-
sante Manon! vous qui faites à votre gré mes joyes et
mes douleurs! après vous avoir satisfait par mes humi-
liations et par les marques de mon repentir, ne me sera-
t-il point permis de vous parler de ma tristesse et de
mes peines? Apprendrai-je de vous ce qu'il faut que je
devienne aujourd'hui, et si c'est sans retour que vous
allez signer ma mort en passant la nuit avec mon
Rival?"

Elle fut quelque temps à méditer sa réponse. "Mon
Chevalier," me dit-elle en reprenant un air tranquile,
"si vous vous étiez d'abord expliqué si nettement, vous
vous seriez épargné bien du trouble, et à moi une scène
bien affligeante. Puisque votre peine ne vient que de
votre jalousie, je l'aurois guérie en m'offrant à vous
suivre sur le champ au bout du Monde. Mais je me
suis figuré que c'étoit la Lettre que je vous ai écrite
sous les yeux de M. de G...... M......, et la Fille que
nous vous avons envoyée, qui causoient votre chagrin.
J'ai cru que vous auriez pu regarder ma Lettre comme
une raillerie, et cette Fille, en vous imaginant qu'elle
étoit allée vous trouver de ma part, comme une déclaration que je renonçois à vous pour m'attacher à G......
M...... C'est cette pensée qui m'a jetée tout d'un coup
dans la consternation; car, quelque innocente que je
fusse, je trouvois en y pensant que les apparences ne
m'étoient pas favorables. Cependant," continua-t-elle,

" je veux que vous soyez mon juge, après que je vous aurai expliqué la vérité du fait."

Elle m'apprit alors tout ce qui lui étoit arrivé, depuis qu'elle avoit trouvé G...... M......, qui l'attendoit dans le lieu où nous étions. Il l'avoit reçue effectivement comme la première Princesse du monde. Il lui avoit montré tous les appartemens, qui étoient d'un goût et d'une propreté admirable. Il lui avoit compté dix mille livres dans son cabinet, et il y avoit ajouté quelques bijoux, parmi lesquels étoient le collier et les bracelets de perles, qu'elle avoit déjà eus de son Père. Il l'avoit menée de là dans un sallon qu'elle n'avoit pas encore vu, où elle avoit trouvé une collation exquise. Il l'avoit fait servir par les nouveaux Domestiques qu'il avoit pris pour elle, en leur ordonnant de la regarder désormais comme leur Maîtresse; enfin, il lui avoit fait voir le Carosse, les chevaux et tout le reste de ses présens; après quoi il lui avoit proposé une partie de jeu, pour attendre le souper.

" Je vous avoue," continua-t-elle, " que j'ai été frappée de cette magnificence. J'ai fait réflexion que ce seroit dommage de nous priver tout d'un coup de tant de biens, en me contentant d'emporter les dix mille francs et les bijoux; que c'étoit une fortune toute faite pour vous et pour moi, et que nous pourrions vivre agréablement aux dépens de G...... M......

" Au lieu de lui proposer la Comédie, je me suis mis dans la tête de le sonder sur votre sujet, pour pressentir quelles facilités nous aurions à nous voir, en supposant l'exécution de mon sistème. Je l'ai trouvé d'un caractère fort traitable. Il m'a demandé ce que je pensois de vous, et si je n'avois pas eu quelque regret à vous quitter. Je lui ai dit que vous étiez si aimable, et que vous en aviez toujours usé si honnêtement avec moi, qu'il n'étoit pas naturel que je pusse vous haïr. Il a confessé que vous aviez du mérite, et qu'il s'étoit senti porté à desirer votre amitié.

" Il a voulu sçavoir de quelle manière je croyois que vous prendriez mon départ, surtout lorsque vous viendriez à sçavoir que j'étois entre ses mains. Je lui ai répondu que la datte de notre Amour étoit déjà si ancienne, qu'il avoit eu le temps de se refroidir un peu; que vous n'étiez pas d'ailleurs fort à votre aise, et que vous ne regarderiez peut-être pas ma perte comme un grand malheur, parce qu'elle vous déchargeroit d'un fardeau qui vous pesoit sur les bras. J'ai ajouté qu'étant tout à fait convaincue que vous agiriez pacifiquement, je n'avois pas fait difficulté de vous dire que je venois à Paris pour quelques affaires ; que vous y aviez consenti, et qu'y étant venu vous-même, vous n'aviez pas paru extrêmement inquiet lorsque je vous avois quitté.

" Si je croyois," m'a-t-il dit, " qu'il fût d'humeur à bien vivre avec moi, je serois le premier à lui offrir mes services et mes civilités. Je l'ai assuré que, du caractère dont je vous connoissois, je ne doutois point que vous n'y répondissiez honnêtement; surtout," lui ai-je dit, "s'il pouvoit vous servir dans vos affaires, qui étoient fort dérangées depuis que vous étiez mal avec votre Famille. Il m'a interrompue pour me protester qu'il vous rendroit tous les services qui dépendroient de lui; et que, si vous vouliez même vous embarquer dans un autre Amour, il vous procureroit une jolie Maîtresse qu'il avoit quittée pour s'attacher à moi.

"J'ai applaudi à son idée," ajouta-t-elle, "pour prévenir plus parfaitement tous ses soupçons; et, me confirmant de plus en plus dans mon projet, je ne souhaitois que de pouvoir trouver le moyen de vous en informer, de peur que vous ne fussiez trop allarmé lorsque vous me verriez manquer à notre assignation. C'est dans cette vue que je lui ai proposé de vous envoyer cette nouvelle Maîtresse dès le soir même, afin d'avoir une occasion de vous écrire; j'étois obligée d'avoir recours à cette adresse, parce que je ne pouvois espérer qu'il me laissât libre un moment.

"Il a ri de ma proposition. Il a appellé son Laquais, et, lui ayant demandé s'il pourroit retrouver sur le champ son ancienne Maîtresse, il l'a envoyé de côté et d'autre pour la chercher. Il s'imaginoit que c'étoit à Chaillot qu'il falloit qu'elle allât vous trouver; mais je lui ai appris qu'en vous quittant je vous avois promis de vous rejoindre à la Comédie, ou que, si quelque raison m'empêchoit d'y aller, vous vous étiez engagé à m'attendre dans un Carosse, au bout de la rue S. André; qu'il valoit mieux, par conséquent, vous envoyer là votre nouvelle Amante, ne fût-ce que pour vous empêcher de vous y morfondre pendant toute la nuit. Je lui ai dit encore qu'il étoit à propos de vous écrire un mot pour vous avertir de cet échange, que vous auriez peine à comprendre sans cela. Il y a consenti; mais j'ai été obligée d'écrire en sa présence, et je me suis bien gardée de m'expliquer trop ouvertement dans ma Lettre.

"Voilà," ajouta Manon, "de quelle manière les choses se sont passées. Je ne vous déguise rien, ni de ma conduite, ni de mes desseins. La jeune Fille est venue, je l'ai trouvée jolie ; et, comme je ne doutois point que mon absence ne vous causât de la peine, c'étoit sincèrement que je souhaitois qu'elle pût servir à vous désennuier quelques momens ; car la fidélité que je souhaite de vous est celle du cœur. J'aurois été ravie de pouvoir vous envoyer Marcel ; mais je n'ai pu me procurer un moment pour l'instruire de ce que j'avois à vous faire sçavoir." Elle conclut enfin son récit, en m'apprenant l'embarras où G...... M...... s'étoit trouvé en recevant le Billet de M. de T...... "Il a balancé," me dit-elle, "s'il devoit me quitter, et il m'a assuré que son retour ne tarderoit point. C'est ce qui fait que je ne vous vois point ici sans inquiétude, et que j'ai marqué de la surprise à votre arrivée."

J'écoutai ce discours avec beaucoup de patience. J'y trouvois assurément quantité de traits cruels et mortifians pour moi ; car le dessein de son infidélité étoit si clair qu'elle n'avoit pas même eu le soin de me le déguiser. Elle ne pouvoit espérer que G...... M...... la laissât, toute la nuit, comme une Vestale. C'étoit donc avec lui qu'elle comptoit de la passer. Quel aveu pour un Amant ! Cependant je considérai que j'étois cause, en partie, de sa faute, par la connoissance que je lui avois donnée d'abord des sentimens que G...... M...... avoit pour elle, et par la complaisance que j'avois eue d'entrer aveuglément dans le plan téméraire de son avanture. D'ailleurs, par un tour naturel de génie qui m'est particulier, je fus touché de l'ingénuité de son

M

récit, et de cette manière bonne et ouverte avec laquelle elle me racontoit jusqu'aux circonstances dont j'étois le plus offensé. Elle pèche sans malice, disois-je en moi-même. Elle est légère et imprudente, mais elle est droite et sincère. Ajoutez que l'Amour suffisoit seul pour me fermer les yeux sur toutes ses fautes. J'étois trop satisfait de l'espérance de l'enlever le soir même à mon Rival. Je lui dis néanmoins: "Et la nuit, avec qui l'auriez-vous passée?" Cette question, que je lui fis tristement, l'embarrassa. Elle ne me répondit que par des *mais* et des *si* interrompus.

J'eus pitié de sa peine; et, rompant ce discours, je lui déclarai nettement que j'attendois d'elle qu'elle me suivît à l'heure même. " Je le veux bien," me dit-elle; " mais vous n'approuvez donc pas mon projet? — Ha! n'est-ce pas assez," repartis-je, " que j'approuve tout ce que vous avez fait jusqu'à présent? — Quoi? nous n'emporterons pas même les dix mille francs?" répliqua-t-elle. " Il me les a donnés. Ils sont à moi." Je lui conseillai d'abandonner tout, et de ne penser qu'à nous éloigner promptement; car, quoiqu'il y eût à peine une demie heure que j'étois avec elle, je craignois le retour de G...... M...... Cependant elle me fit de si pressantes instances, pour me faire consentir à ne pas sortir les mains vides, que je crus lui devoir accorder quelque chose, après avoir tant obtenu d'elle.

Dans le .tems que nous nous préparions au départ, j'entendis frapper à la porte de la rue. Je ne doutai nullement que ce ne fût G...... M......; et dans le trouble où cette pensée me jetta, je dis à Manon que c'étoit un homme mort s'il paroissoit. Effectivement, je n'étois pas assez revenu de mes transports pour me modérer à sa vue. Marcel finit ma peine en m'apportant un Billet qu'il avoit reçu pour moi à la porte. Il étoit de M. de T......

Il me marquoit que, G...... M...... étant allé lui chercher de l'argent à sa Maison, il profitoit de son absence pour me communiquer une pensée fort plaisante: qu'il lui sembloit que je ne pouvois me venger plus agréablement de mon Rival, qu'en mangeant son souper, et en couchant cette nuit même dans le lit qu'il espéroit d'occuper avec ma Maîtresse; que cela lui paroissoit assez facile, si je pouvois m'assurer de trois ou quatre hommes qui eussent assez de résolution pour l'arrêter dans la rue, et de fidélité pour le garder à vue jusqu'au lendemain; que pour lui, il promettoit de l'amuser encore une heure pour le moins, par des raisons qu'il tenoit prêtes pour son retour.

Je montrai ce billet à Manon, et je lui appris de quelle ruse je m'étois servi pour m'introduire librement chez elle. Mon invention et celle de M. de T...... lui parurent admirables. Nous en rîmes à notre aise pendant quelques momens. Mais, lorsque je lui parlai de la dernière comme d'un badinage, je fus surpris qu'elle insistât sérieusement à me la proposer comme une chose dont l'idée la ravissoit. En vain lui demandai-je où elle vouloit que je trouvasse, tout d'un coup, des gens propres à arrêter G...... M...... et à le garder fidèlement. Elle me dit qu'il falloit du moins tenter, puisque M. de T...... nous garantissoit encore une heure; et pour réponse à mes autres objections, elle me dit que je faisois le Tyran, et que je n'avois pas de complaisance pour elle. Elle ne trouvoit rien de si joli que ce projet. "Vous aurez son couvert à souper," me répétoit-elle; "vous coucherez dans ses draps; et demain, de grand matin, vous enlèverez sa Maîtresse et son argent. Vous serez bien vengé du Père et du Fils."

Je cédai à ses instances, malgré les mouvemens secrets de mon cœur, qui sembloient me présager une catastrophe malheureuse. Je sortis dans le dessein de prier deux ou trois Gardes du Corps, avec lesquels Lescaut m'avoit mis en liaison, de se charger du soin d'arrêter G...... M...... Je n'en trouvai qu'un au logis; mais c'étoit un homme entreprenant, qui n'eut pas plus tôt sçu de quoi il étoit question qu'il m'assura du succès: il me demanda seulement dix pistoles, pour récompenser trois Soldats aux Gardes, qu'il prit la résolution d'employer, en se mettant à leur tête. Je le priai de ne pas perdre de tems. Il les assembla en moins d'un quart d'heure. Je l'attendois à sa Maison; et, lorsqu'il fut de retour avec ses Associés, je le conduisis moi-même au coin d'une rue par laquelle G...... M...... devoit nécessairement rentrer dans celle de Manon. Je lui recommandai de ne le pas maltraiter, mais de le garder si étroitement jusqu'à sept heures du matin, que je pusse être assuré qu'il ne lui échapperoit pas. Il me dit que son dessein étoit de le conduire à sa chambre, et de l'obliger à se déshabiller ou même à se coucher dans son lit, tandis que lui et ses trois Braves passeroient la nuit à boire et à jouer.

Je demeurai avec eux jusqu'au moment où je vis paroître G...... M......; et je me retirai alors quelques pas au-dessous, dans un endroit obscur, pour être témoin d'une scène si extraordinaire. Le Garde du Corps l'aborda, le pistolet au poing, et lui expliqua civilement qu'il n'en vouloit ni à sa vie, ni à son argent; mais que, s'il faisoit la moindre difficulté de le suivre, ou s'il jettoit le moindre cri, il alloit lui brûler la cervelle. G...... M...... le voyant soutenu par trois Soldats, et craignant sans doute la bourre du pistolet, ne fit pas de résistance. Je le vis emmener comme un mouton.

Je retournai aussi-tôt chez Manon; et, pour ôter tout soupçon aux Domestiques, je lui dis qu'il ne falloit pas attendre M. de G...... M...... pour souper; qu'il lui étoit survenu des affaires qui le retenoient malgré lui, et qu'il m'avoit prié de venir lui en faire ses excuses et souper avec elle; ce que je regardois comme une grande faveur auprès d'une si belle Dame. Elle seconda fort adroitement mon dessein. Nous nous mîmes à table. Nous y prîmes un air grave pendant que les Laquais demeurèrent à nous servir. Enfin, les ayant congédiés, nous passâmes une des plus charmantes soirées de notre vie. J'ordonnai en secret à Marcel de chercher un Fiacre, et de l'avertir de se trouver le lendemain à la porte avant six heures du matin. Je feignis de quitter Manon vers minuit; mais étant rentré doucement par le secours de Marcel, je me préparai à occuper le lit de G...... M...... comme j'avois rempli sa place à table.

Pendant ce temps-là, notre mauvais Génie travailloit à nous perdre. Nous étions dans le délire du plaisir, et le glaive étoit suspendu sur nos têtes. Le fil qui le soutenoit alloit se rompre. Mais, pour mieux faire

entendre toutes les circonstances de notre ruine, il faut
en éclaircir la cause.

G...... M...... étoit suivi d'un Laquais lorsqu'il avoit
été arrêté par le Garde du Corps. Ce Garçon, effrayé
de l'avanture de son Maître, retourna en fuyant sur ses
pas; et la première démarche qu'il fit pour le secourir
fut d'aller avertir le vieux G...... M...... de ce qui
venoit d'arriver.

Une si fâcheuse nouvelle ne pouvoit manquer de
l'allarmer beaucoup. Il n'avoit que ce Fils, et sa
vivacité étoit extrême pour son âge. Il voulut sçavoir
d'abord du Laquais tout ce que son Fils avoit fait
l'après-midi; s'il s'étoit querellé avec quelqu'un, s'il
avoit pris part au démêlé d'un autre, s'il s'étoit trouvé
dans quelque Maison suspecte. Celui-ci, qui croyoit
son Maître dans le dernier danger, et qui s'imaginoit
ne devoir plus rien ménager pour lui procurer du
secours, découvrit tout ce qu'il sçavoit de son amour
pour Manon, et de la dépense qu'il avoit faite pour
elle; la manière dont il avoit passé l'après-midi dans
sa maison jusqu'aux environs de neuf heures, sa sortie,
et le malheur de son retour. C'en fut assez pour faire
soupçonner au Vieillard que l'affaire de son Fils étoit
une querelle d'amour. Quoiqu'il fût au moins dix
heures et demie du soir, il ne balança point à se rendre
aussitôt chez M. le Lieutenant de Police. Il le pria de
faire donner des ordres particuliers à toutes les Escou-
ades du Guet; et lui, en ayant demandé une pour se
faire accompagner, il courut lui-même vers la rue où
son Fils avoit été arrêté: il visita tous les endroits de
la Ville où il espéroit de le pouvoir trouver; et n'ayant

pu découvrir ses traces, il se fit conduire enfin à la Maison de sa Maîtresse où il se figura qu'il pouvoit être retourné.

J'allois me mettre au lit lorsqu'il arriva. La porte de la chambre étant fermée, je n'entendis point fraper à celle de la rue; mais il entra, suivi de deux Archers, et s'étant informé inutilement de ce qu'étoit devenu son Fils, il lui prit envie de voir sa Maîtresse pour tirer d'elle quelque lumière. Il monte à l'appartement, toujours accompagné de ses Archers. Nous étions prêts à nous mettre au lit; il ouvre la porte, et il nous glace le sang par sa vue. "O Dieu! c'est le vieux G...... M......," dis-je à Manon. Je saute sur mon épée. Elle étoit malheureusement embarrassée dans mon ceinturon. Les Archers, qui virent mon mouvement, s'approchèrent aussitôt pour me la saisir. Un homme en chemise est sans résistance. Ils m'ôtèrent tous les moyens de me défendre.

G...... M......, quoique troublé par ce spectacle, ne tarda point à me reconnoître. Il remit encore plus aisément Manon. "Est-ce une illusion?" nous dit-il gravement; "ne vois-je point le Chevalier des Grieux et Manon Lescaut?" J'étois si enragé de honte et de douleur, que je ne lui fis pas de réponse. Il parut rouler, pendant quelque temps, diverses pensées dans sa tête; et, comme si elles eussent allumé tout d'un coup sa colère, il s'écria en s'adressant à moi: "Ah! Malheureux, je suis sûr que tu as tué mon Fils!" Cette injure me piqua vivement. "Vieux Scélérat," lui répondis-je avec fierté, "si j'avois eu à tuer quelqu'un de ta Famille, c'est par toi que j'aurois commencé. — Tenez-le bien," dit-il aux Archers. "Il faut qu'il me dise des nouvelles de mon Fils; je le ferai pendre demain, s'il ne m'apprend tout à l'heure ce qu'il en a fait. — Tu me feras pendre?" repris-je. "Infâme! ce sont tes pareils qu'il faut chercher au gibet. Apprends que je suis d'un sang plus noble et plus pur que le tien. Oui," ajoutai-je, "je sais ce qui est arrivé à ton Fils, et, si tu m'irrites davantage, je le ferai étrangler avant qu'il soit demain, et te promets le même sort après lui."

Je commis une imprudence en lui confessant que je sçavois où étoit son Fils; mais l'excès de ma colère me fit faire cette indiscrétion. Il appela aussitôt cinq ou six autres Archers qui l'attendoient à la porte, et il leur ordonna de s'assurer de tous les Domestiques de la Maison. "Ha! Monsieur le Chevalier," reprit-il d'un ton railleur, " vous sçavez où est mon Fils et vous le ferez étrangler, dites-vous? Comptez que nous y mettrons bon ordre." Je sentis aussi-tôt la faute que j'avois commise.

Il s'approcha de Manon qui étoit assise sur le lit en pleurant; il lui dit quelques galanteries ironiques sur l'empire qu'elle avoit sur le Père et sur le Fils, et sur le bon usage qu'elle en faisoit. Ce vieux Monstre d'incontinence voulut prendre quelques familiarités avec elle. " Garde-toi de la toucher!" m'écriai-je; "il n'y auroit rien de sacré qui te pût sauver de mes mains." Il sortit en laissant trois Archers dans la chambre, auxquels il ordonna de nous faire prendre promptement nos habits.

Je ne sais quels étoient alors ses desseins sur nous.

Peut-être eussions-nous obtenu la liberté en lui apprenant où étoit son fils. Je méditois, en m'habillant, si ce n'étoit pas le meilleur parti. Mais, s'il étoit dans cette disposition en quittant notre chambre, elle étoit bien changée lorsqu'il y revint. Il étoit allé interroger les Domestiques de Manon, que les Archers avoient arrêtés. Il ne put rien apprendre de ceux qu'elle avoit reçus de son Fils; mais, lorsqu'il sçut que Marcel nous avoit servis auparavant, il résolut de le faire parler, en l'intimidant par des menaces.

C'étoit un garçon fidèle, mais simple et grossier. Le souvenir de ce qu'il avoit fait à l'Hôpital pour délivrer Manon, joint à la terreur que G...... M...... lui inspiroit, fit tant d'impression sur son esprit foible qu'il s'imagina qu'on alloit le conduire à la potence ou sur la roue. Il promit de découvrir tout ce qui étoit venu à sa connoissance, si l'on vouloit lui sauver la vie. G...... M...... se persuada là-dessus qu'il y avoit quelque chose, dans nos affaires, de plus sérieux et de plus criminel qu'il n'avoit eu lieu jusques-là de se le figurer. Il offrit à Marcel, non-seulement la vie, mais des récompenses pour sa confession.

Ce Malheureux lui apprit une partie de notre dessein, sur lequel nous n'avions pas fait difficulté de nous entretenir devant lui, parce qu'il devoit y entrer pour quelque chose. Il est vrai qu'il ignoroit entièrement les changemens que nous y avions faits à Paris; mais il avoit été informé, en partant de Chaillot, du plan de l'entreprise et du rôle qu'il y devoit jouer. Il lui déclara donc que notre vue étoit de duper son Fils, et que Manon devoit recevoir, ou avoit déjà reçu dix mille francs qui, selon notre projet, ne retourneroient jamais aux héritiers de la Maison de G...... M......

Après cette découverte, le Vieillard emporté remonta brusquement dans notre chambre. Il passa, sans parler, dans le cabinet, où il n'eut pas de peine à trouver la somme et les bijoux. Il revint à nous avec un visage enflammé; et, nous montrant ce qu'il lui plut de nommer notre larcin, il nous accabla de reproches outrageans. Il fit voir de près à Manon le collier de perles et les bracelets: "Les reconnoissez-vous?" lui dit-il avec un souris mocqueur. " Ce n'étoit pas la première fois que vous les eussiez vus. Les mêmes, sur ma foi! Ils étoient de votre goût, ma Belle; je me le persuade aisément. Les pauvres Enfans!" ajouta-t-il. " Ils sont bien aimables en effet l'un et l'autre; mais ils sont un peu fripons."

Mon cœur crevoit de rage à ce discours insultant. J'aurois donné, pour être libre un moment... juste Ciel! que n'aurois-je pas donné! Enfin, je me fis violence pour lui dire avec une modération, qui n'étoit qu'un rafinement de fureur: "Finissons, Monsieur, ces insolentes railleries. De quoi est-il question? Voyons, que prétendez-vous faire de nous? — Il est question, Monsieur le Chevalier," me répondit-il, " d'aller de ce pas au Châtelet. Il fera jour demain; nous verrons plus clair dans nos affaires, et j'espère que vous me ferez la grâce, à la fin, de m'apprendre où est mon Fils."

Je compris, sans beaucoup de réflexions, que c'étoit une chose d'une terrible conséquence pour nous d'être une fois renfermés au Châtelet. J'en prévis, en tremblant, tous les dangers. Malgré toute ma fierté, je reconnus qu'il falloit plier sous le poids de ma fortune, et flatter mon plus cruel Ennemi, pour en obtenir quelque chose par la soumission. Je le priai, d'un ton honnête, de m'écouter un moment. "Je me rends justice, Monsieur," lui dis-je. "Je confesse que la jeunesse m'a fait commettre de grandes fautes, et que vous en êtes assez blessé pour vous en plaindre. Mais si vous connoissez la force de l'Amour; si vous pouvez jugez de ce que souffre un pauvre malheureux jeune homme à qui l'on enlève tout ce qu'il aime, vous me trouverez peut-être pardonnable d'avoir cherché le plaisir d'une petite vengeance, ou du moins vous me croirez assez puni par l'affront que je viens de recevoir. Il n'est besoin ni de prison ni de supplice pour me forcer de vous découvrir où est Monsieur votre Fils. Il est en sûreté. Mon dessein n'a pas été de lui nuire, ni de vous offenser. Je suis prêt à vous nommer le lieu où il passe tranquillement la nuit, si vous me faites la grâce de nous accorder la liberté."

Ce vieux Tigre, loin d'être touché de ma prière, me tourna le dos en riant. Il lâcha seulement quelques mots pour me faire comprendre qu'il sçavoit notre dessein jusqu'à l'origine. Pour ce qui regardoit son Fils, il ajouta brutalement qu'il se retrouveroit assez, puisque je ne l'avois pas assassiné. "Conduisez-les au petit Châtelet," dit-il aux Archers, "et prenez garde que le Chevalier ne vous échappe. C'est un Rusé, qui s'est déjà sauvé de S. Lazare."

Il sortit et me laissa dans l'état que vous pouvez vous imaginer. "O Ciel!" m'écriai-je, "je recevrai avec soumission tous les coups qui viennent de ta main; mais qu'un malheureux Coquin ait le pouvoir de me traiter avec cette tyrannie, c'est ce qui me réduit au dernier désespoir!" Les Archers nous prièrent de ne pas les faire attendre plus long-tems. Ils avoient un Carosse à la porte. Je tendis la main à Manon pour descendre. "Venez, ma chère Reine," lui dis-je, "venez vous soumettre à toute la rigueur de notre sort. Il plaira peut-être au Ciel de nous rendre quelque jour plus heureux."

Nous partîmes dans le même Carosse. Elle se mit dans mes bras. Je ne lui avois pas entendu prononcer un mot depuis l'arrivée de G...... M......; mais se trouvant seule alors avec moi, elle me dit mille tendresses, en se reprochant d'être la cause de mon malheur. Je l'assurai que je ne me plaindrois jamais de mon sort, tant qu'elle ne cesseroit pas de m'aimer. "Ce n'est pas moi qui suis à plaindre," continuai-je. " Quelques mois de prison ne m'effraient nullement, et je préférerai toujours le Châtelet à S. Lazare. Mais c'est pour toi, ma chère Ame, que mon cœur s'intéresse. Quel sort pour une Créature si charmante! Ciel! comment traitez-vous avec tant de rigueur le plus parfait de vos ouvrages! Pourquoi ne sommes-nous pas nés l'un et l'autre avec des qualités conformes à notre misère? Nous avons reçu de l'esprit, du goût, des sentimens. Hélas! quel triste usage en faisons-nous? tandis que tant d'âmes basses, et dignes de notre sort, jouissent de toutes les faveurs de la Fortune!"

Ces réflexions me pénétroient de douleur. Mais ce n'étoit rien en comparaison de celles qui regardoient l'avenir ; car je séchois de crainte pour Manon. Elle avoit déjà été à l'Hôpital ; et, quand elle en fût sortie par la bonne porte, je sçavois que les rechutes en ce genre étoient d'une conséquence extrêmement dangereuse. J'aurois voulu lui exprimer mes fraïeurs. J'appréhendois de lui en causer trop. Je tremblois pour elle sans oser l'avertir du danger, et je l'embrassois en soupirant, pour l'assurer du moins de mon amour, qui étoit presque le seul sentiment que j'osasse exprimer.

"Manon," lui dis-je, "parlez sincèrement, m'aimerez-vous toujours?" Elle me répondit qu'elle étoit bien malheureuse que j'en pusse douter. "Hé bien," repris-je, "je n'en doute point, et je veux braver tous nos Ennemis avec cette assurance. J'emploierai ma Famille pour sortir du Châtelet; et tout mon sang ne sera utile à rien si je ne vous en tire pas aussi-tôt que je serai libre."

Nous arrivâmes à la Prison. On nous mit chacun dans un lieu séparé. Ce coup me fut moins rude, parce que je l'avois prévu. Je recommandai Manon au Concierge, en lui apprenant que j'étois un homme de quelque distinction, et lui promettant une récompense considérable. J'embrassai ma chère Maîtresse, avant que de la quitter. Je la conjurai de ne pas s'affliger excessivement, et de ne rien craindre tant que je serois au monde. Je n'étois pas sans argent. Je lui en donnai une partie; et je payai au Concierge, sur ce qui me restoit, un mois de grosse pension d'avance pour elle et pour moi. Mon argent eut un fort bon effet. On me mit dans une chambre proprement meublée, et l'on m'assura que Manon en avoit une pareille.

Je m'occupai aussi-tôt des moyens de hâter ma liberté. Il étoit clair qu'il n'y avoit rien d'absolument criminel dans mon affaire; et, supposant même que le dessein de notre vol fût prouvé par la déposition de Marcel, je sçavois fort bien qu'on ne punit point les simples volontés. Je résolus d'écrire promptement à mon Père pour le prier de venir en personne à Paris. J'avois bien moins de honte, comme je l'ai déjà dit, d'être au Châtelet qu'à S. Lazare. D'ailleurs, quoique je conservasse tout le respect dû à l'autorité paternelle, l'âge et l'expérience avoient diminué beaucoup ma timidité. J'écrivis donc, et l'on ne fit pas difficulté, au Châtelet, de laisser sortir ma Lettre. Mais c'étoit une peine que j'aurois pu m'épargner si j'avois sçu que mon Père devoit arriver le lendemain à Paris.

Il avoit reçu celle que je lui avois écrite huit jours auparavant. Il en avoit ressenti une joye extrême; mais de quelque espérance que je l'eusse flatté au sujet de ma conversion, il n'avoit pas cru devoir s'arrêter tout-à-fait à mes promesses. Il avoit pris le parti de venir s'assurer de mon changement par ses yeux, et de régler sa conduite sur la sincérité de mon repentir. Il arriva le lendemain de mon emprisonnement.

Sa première visite fut celle qu'il rendit à Tiberge, à qui je l'avois prié d'adresser sa réponse. Il ne put sçavoir de lui ni ma demeure, ni ma condition présente. Il en apprit seulement mes principales avantures, depuis que je m'étois échappé de Saint-Sulpice. Tiberge lui parla fort avantageusement des dispositions que je lui avois marquées pour le bien dans notre dernière entrevue. Il ajouta qu'il me croyoit entièrement dégagé de

Manon; mais qu'il étoit surpris néanmoins que je ne lui eusse pas donné de mes nouvelles depuis huit jours. Mon Père n'étoit pas dupe. Il comprit qu'il y avoit quelque chose qui échappoit à la pénétration de Tiberge, dans le silence dont il se plaignoit, et il employa tant de soins pour decouvrir mes traces que, deux jours après son arrivée, il apprit que j'étois au Châtelet.

Avant de recevoir sa visite à laquelle j'étois fort éloigné de m'attendre si tôt, je reçus celle de M. le Lieutenant Général de Police ; ou, pour expliquer les choses par leur nom, je subis l'interrogatoire. Il me fit quelques reproches ; mais ils n'étoient ni durs, ni désobligeans. Il me dit avec douceur qu'il plaignoit ma mauvaise conduite; que j'avois manqué de sagesse en me faisant un ennemi tel que M. de G...... M......; qu'à la vérité il étoit aisé de remarquer qu'il y avoit dans mon affaire plus d'imprudence et de légèreté que de malice; mais que c'étoit néanmoins la seconde fois que je me trouvois sujet à son Tribunal, et qu'il avoit espéré que je fusse devenu plus sage, après avoir pris deux ou trois mois de leçons à S. Lazare.

Charmé d'avoir affaire à un Juge raisonnable, je m'expliquai avec lui d'une manière si respectueuse et si modérée qu'il parut extrêmement satisfait de mes réponses. Il me dit que je ne devois pas me livrer trop au chagrin, et qu'il se sentoit disposé à me rendre service, en faveur de ma naissance et de ma jeunesse. Je me hazardai à lui recommander Manon, et à lui faire l'éloge de sa douceur et de son bon naturel. Il me répondit, en riant, qu'il ne l'avoit point encore vue, mais qu'on la représentoit comme une dangereuse personne.

Ce mot excita tellement ma tendresse que je lui dis mille choses passionnées pour la défense de ma pauvre Maîtresse; et je ne pus m'empêcher même de répandre quelques larmes. Il ordonna qu'on me reconduisît à ma chambre. "Amour, Amour," s'écria ce grave Magistrat en me voyant sortir, "ne te réconcilieras-tu jamais avec la Sagesse ? "

J'étois à m'entretenir tristement de mes idées, et à réfléchir sur la conversation que j'avois eue avec M. le Lieutenant Général de Police, lorsque j'entendis ouvrir la porte de ma chambre: c'étoit mon Père. Quoique je dusse être à demi préparé à cette vue, puisque je m'y attendois quelques jours plus tard, je ne laissai pas d'en être frappé si vivement que je me serois précipité au fond de la terre, si elle s'étoit entr'ouverte à mes pieds. J'allai l'embrasser avec toutes les marques d'une extrême confusion. Il s'assit, sans que ni lui, ni moi, eussions encore ouvert la bouche.

Comme je demeurois debout, les yeux baissés et la tête découverte : " Asseïez-vous, Monsieur," me dit-il gravement, " asseïez-vous. Grâces au scandale de votre libertinage et de vos friponneries, j'ai découvert le lieu de votre demeure. C'est l'avantage d'un mérite tel que le vôtre de ne pouvoir demeurer caché. Vous allez à la Renommée par un chemin infaillible. J'espère que le terme en sera bientôt la Grève, et que vous aurez effectivement la gloire d'y être exposé à l'admiration de tout le Monde."

Je ne répondis rien. Il continua: "Qu'un Père est malheureux, lorsque après avoir aimé tendrement un Fils, et n'avoir rien épargné pour en faire un honnête

homme, il n'y trouve à la fin qu'un fripon qui le déshonore ! On se console d'un malheur de fortune : le
temps l'efface et le chagrin diminue : mais quel remède
contre un mal qui augmente tous les jours, tel que les
désordres d'un Fils vicieux, qui a perdu tous sentimens
d'honneur ! Tu ne dis rien, Malheureux," ajouta-il;
" voyez cette modestie contrefaite et cet air de douceur
hypocrite; ne le prendroit-on pas pour le plus honnête
homme de sa race ? "

Quoique je fusse obligé de reconnoître que je méritois une partie de ces outrages, il me parut néanmoins
que c'étoit les porter à l'excès. Je crus qu'il m'étoit
permis d'expliquer naturellement ma pensée.

. " Je vous assure, Monsieur," lui dis-je, " que la
modestie où vous me voyez devant vous n'est nullement
affectée: c'est la situation naturelle d'un Fils bien né,
qui respecte infiniment son Père, et surtout un Père
irrité. Je ne prétends pas non plus passer pour l'homme
le plus réglé de notre race. Je me connois digne de vos
reproches; mais je vous conjure d'y mettre un peu plus
de bonté et de ne pas me traiter comme le plus infâme
de tous les hommes. Je ne mérite pas des noms si durs.
C'est l'Amour, vous le sçavez, qui a causé toutes mes
fautes. Fatale passion ! Hélas ! n'en connoissez-vous pas
la force, et se peut-il que votre sang, qui est la source du
mien, n'ait jamais ressenti les mêmes ardeurs ? L'Amour
m'a rendu trop tendre, trop passionné, trop fidèle, et
peut-être trop complaisant pour les desirs d'une Maîtresse toute charmante; voilà mes crimes. En voyez-
vous quelqu'un qui vous déshonore ? Allons, mon cher
père," ajoutai-je tendrement, " un peu de pitié pour un

N

Fils, qui a toujours été plein de respect et d'affection pour vous, qui n'a pas renoncé comme vous pensez à l'honneur et au devoir, et qui est mille fois plus à plaindre que vous ne sauriez vous l'imaginer." Je laissai tomber quelques larmes en finissant ces paroles.

Un cœur de Père est le chef-d'œuvre de la Nature; elle y règne, pour ainsi parler, avec complaisance, et elle en règle elle-même tous les ressorts. Le mien, qui étoit avec cela homme d'esprit et de goût, fut si touché du tour que j'avois donné à mes excuses, qu'il ne fut pas le maître de me cacher ce changement. "Viens, mon pauvre Chevalier," me dit-il, "viens m'embrasser; tu me fais pitié." Je l'embrassai. Il me serra d'une manière qui me fit juger de ce qui se passoit dans son cœur. "Mais quel moyen prendrons-nous donc," reprit-il, "pour te tirer d'ici? Explique-moi toutes tes affaires sans déguisement."

Comme il n'y avoit rien, après tout, dans le gros de ma conduite, qui pût me déshonorer absolument, du moins en la mesurant sur celle des jeunes gens d'un certain monde, et qu'une Maîtresse ne passe point pour une infamie dans le siècle où nous sommes, non plus qu'un peu d'adresse à s'attirer la fortune du Jeu, je fis sincèrement à mon Père le détail de la vie que j'avois menée. A chaque faute dont je lui faisois l'aveu, j'avois soin de joindre des exemples célèbres, pour en diminuer la honte.

"Je vis avec une Maîtresse," lui disois-je, "sans être lié par les cérémonies du mariage: M. le Duc de... en entretient deux, aux yeux de tout Paris; M. D... en a une depuis dix ans, qu'il aime avec une fidélité qu'il n'a jamais eue pour sa femme. Les deux tiers des honnêtes gens de France se font honneur d'en avoir. J'ai usé de quelque supercherie au Jeu: M. le Marquis de..., et le Comte de... n'ont point d'aures revenus; M. le Prince de... et M. le Duc de... sont les Chefs d'une bande de Chevaliers du même Ordre. Pour ce qui regardoit mes desseins sur la bourse des deux G...... M......, j'aurois pu prouver aussi facilement que je n'étois pas sans modèles; mais il me restoit trop d'honneur pour ne pas me condamner moi-même, avec tous ceux dont j'aurois pu me proposer l'exemple; de sorte que je priai mon Père de pardonner cette foiblesse aux deux violentes passions qui m'avoient agité, la vengeance et l'amour.

Il me demanda si je pouvois lui donner quelques ouvertures sur les plus courts moyens d'obtenir ma liberté, et d'une manière qui pût lui faire éviter l'éclat. Je lui appris les sentimens de bonté que le Lieutenant Général de Police avoit pour moi "Si vous trouvez quelques difficultés," lui dis-je, "elles ne peuvent venir que de la part des G...... M......; ainsi je crois qu'il seroit à propos que vous prissiez la peine de les voir." Il me le promit.

Je n'osai le prier de solliciter pour Manon. Ce ne fut point un défaut de hardiesse, mais un effet de la crainte où j'étois de le révolter par cette proposition, et de lui faire naître quelque dessein funeste à elle et à moi. Je suis encore à sçavoir si cette crainte n'a pas causé mes plus grandes infortunes, en m'empêchant de tenter les dispositions de mon Père, et de faire des efforts pour lui en inspirer de favorables à ma malheureuse Maî-

tresse. J'aurois peut-être excité encore une fois sa pitié.
Je l'aurois mis en garde contre les impressions qu'il
alloit recevoir trop facilement du vieux G...... M......
Que sçais-je ? Ma mauvaise Destinée l'auroit peut-être
emporté sur tous mes efforts; mais je n'aurois eu qu'elle,
du moins, et la cruauté de mes Ennemis, à accuser de
mon malheur.

En me quittant, mon Père alla faire une visite à M.
de G...... M...... Il le trouva avec son Fils, à qui le
Garde du Corps avoit honnêtement rendu la liberté.
Je n'ai jamais sçu les particularités de leur conversation;
mais il ne m'a été que trop facile d'en juger par ses
mortels effets. Ils allèrent ensemble, je dis les deux
Pères, chez M. le Lieutenant Général de Police, auquel
ils demandèrent deux grâces: l'une de me faire sortir
sur-le-champ du Châtelet; l'autre, d'enfermer Manon
pour le reste de ses jours, ou de l'envoyer en Amérique.
On commençoit, dans le même temps, à embarquer
quantité de gens sans aveu pour le Mississipi. M. le
Lieutenant Général de Police leur donna sa parole de
faire partir Manon par le premier vaisseau.

M. de G...... M...... et mon Père vinrent aussitôt
m'apporter ensemble la nouvelle de ma liberté. M. de
G...... M...... me fit un compliment civil sur le passé,
et, m'ayant félicité sur le bonheur que j'avois d'avoir un
tel Père, il m'exhorta à profiter désormais de ses leçons
et de ses exemples. Mon Père m'ordonna de lui faire
des excuses de l'injure prétendue que j'avois faite à sa
famille, et de le remercier de s'être employé avec lui
pour mon élargissement.

Nous sortîmes ensemble sans avoir dit un mot de ma

Maîtresse. Je n'osai même parler d'elle aux Guichetiers en leur présence. Hélas! mes tristes recommandations eussent été bien inutiles! L'Ordre cruel étoit venu en même tems que celui de ma délivrance. Cette Fille infortunée fut conduite, une heure après, à l'Hôpital, pour y être associée à quelques Malheureuses qui étoient condamnées à subir le même sort.

Mon Père m'ayant obligé de le suivre à la Maison où il avoit pris sa demeure, il étoit presque six heures du soir lorsque je trouvai le moment de me dérobber de ses yeux pour retourner au Châtelet. Je n'avois dessein que de faire tenir quelques rafraîchissemens à Manon, et de la recommander au Concierge; car je ne me promettois pas que la liberté de la voir me fût accordée. Je n'avois point encore eu le tems, non plus, de réfléchir aux moyens de la délivrer.

Je demandai à parler au Concierge. Il avoit été content de ma libéralité et de ma douceur; de sorte qu'ayant quelque disposition à me rendre service, il me parla du sort de Manon comme d'un malheur dont il avoit beaucoup de regret, parce qu'il pouvoit m'affliger. Je ne compris point ce langage. Nous nous entretînmes quelques momens sans nous entendre. A la fin s'apercevant que j'avois besoin d'une explication, il me la donna, telle que j'ai déjà eu horreur de vous la dire, et que j'ai encore de la répéter.

Jamais apoplexie violente ne causa d'effet plus subit et plus terrible. Je tombai, avec une palpitation de cœur si douloureuse, qu'à l'instant que je perdis la connoissance, je me crus délivré de la vie pour toujours. Il me resta même quelque chose de cette pensée, lorsque je revins à moi. Je tournai mes regards vers toutes les parties de la chambre et sur moi-même, pour m'assurer si je portois encore la malheureuse qualité d'homme vivant.

Il est certain qu'en ne suivant que le mouvement naturel qui fait chercher à se délivrer de ses peines, rien ne pouvoit me paroître plus doux que la mort, dans ce moment de désespoir et de consternation. La Religion même ne pouvoit me faire envisager rien de plus insupportable, après la vie, que les convulsions cruelles dont j'étois tourmenté. Cependant, par un miracle propre à l'Amour, je retrouvai bientôt assez de force pour remercier le Ciel de m'avoir rendu la connoissance et la raison. Ma mort n'eût été utile qu'à moi. Manon avoit besoin de ma vie pour la délivrer, pour la secourir, pour la venger. Je jurai de m'y employer sans ménagement.

Le Concierge me donna toute l'assistance que j'eusse pu attendre du meilleur de mes Amis. Je reçus ses services avec une vive reconnoissance. "Hélas!" lui dis-je, "vous êtes donc touché de mes peines! Tout le monde m'abandonne. Mon Père même est sans doute un de mes plus cruels persécuteurs. Personne n'a pitié de moi. Vous seul, dans le séjour de la dureté et de la barbarie, vous marquez de la compassion pour le plus misérable de tous les hommes!" Il me conseilloit de ne point paroître dans la rue sans être un peu remis du trouble où j'étois. "Laissez, laissez," répondis-je en sortant; "je vous reverrai plus tôt que vous ne pensez. Préparez le plus noir de vos cachots; je vais travailler à le mériter."

En effet, mes premières résolutions n'alloient à rien moins qu'à me défaire des deux G...... M...... et du Lieutenant Général de Police, et fondre ensuite à main armée sur l'Hôpital, avec tous ceux que je pourrois engager dans ma querelle. Mon Père lui-même eût à peine été respecté dans une vengeance qui me parois-soit si juste ; car le Concierge ne m'avoit pas caché que lui et G...... M...... étoient les auteurs de ma perte.

Mais, lorsque j'eus fait quelques pas dans les rues et que l'air eut un peu rafraîchi mon sang et mes hu-meurs, ma fureur fit place peu à peu à des sentimens plus raisonnables. La mort de nos Ennemis eût été d'une foible utilité pour Manon, et elle m'eût exposé sans doute à me voir ôter tous les moyens de la se-courir. D'ailleurs aurois-je eu recours à un lâche as-sassinat? Quelle autre voye pouvois-je m'ouvrir à la vengeance? Je recueillis toutes mes forces et tous mes esprits pour travailler d'abord à la délivrance de Manon, remettant tout le reste après le succès de cette impor-tante entreprise.

Il me restoit peu d'argent. C'étoit néanmoins un fondement nécessaire par lequel il falloit commencer. Je ne voyois que trois personnes de qui j'en pusse at-tendre ; M. de T......, mon Père et Tiberge. Il y avoit peu d'apparence d'obtenir quelque chose des deux der-niers, et j'avois honte de fatiguer l'autre par mes im-portunités. Mais ce n'est point dans le désespoir qu'on garde des ménagemens. J'allai sur-le-champ au Sémi-naire de S. Sulpice, sans m'embarrasser si j'y serois reconnu. Je fis appeler Tiberge. Ses premières paroles me firent comprendre qu'il ignoroit encore mes der-

nières avantures. Cette idée me fit changer le dessein
que j'avois de l'attendrir par la compassion. Je lui parlai, en général, du plaisir que j'avois eu de revoir mon
Père ; et je le priai ensuite de me prêter quelque argent,
sous prétexte de payer, avant mon départ de Paris,
quelques dettes que je souhaitois de tenir inconnues.
Il me présenta aussi-tôt sa bourse. Je pris cinq cens
francs sur six cens que j'y trouvai. Je lui offris mon
billet ; il étoit trop généreux pour l'accepter.

Je tournai de là chez M. de T...... Je n'eus point de
réserve avec lui. Je lui fis l'exposition de mes malheurs
et de mes peines ; il en sçavoit déjà jusqu'aux moindres circonstances, par le soin qu'il avoit eu de suivre
l'avanture du jeune G...... M...... Il m'écouta néanmoins, et il me plaignit beaucoup. Lorsque je lui demandai ses conseils sur les moyens de délivrer Manon,
il me répondit tristement qu'il y voyoit si peu de jour,
qu'à moins d'un secours extraordinaire du Ciel, il falloit renoncer à l'espérance ; qu'il avoit passé exprès à
l'Hôpital, depuis qu'elle y étoit renfermée ; qu'il n'avoit
pu obtenir lui-même la liberté de la voir ; que les ordres
du Lieutenant Général de Police étoient de la dernière
rigueur, et que, pour comble d'infortune, la malheureuse
Bande où elle devoit entrer devoit partir le sur-lende-
main du jour où nous étions.

J'étois si consterné de son discours qu'il eût pu parler
une heure sans que j'eusse pensé à l'interrompre. Il
continua de me dire qu'il ne m'étoit point allé voir au
Châtelet, pour se donner plus de facilité à me servir,
lorsqu'on le croiroit sans liaison avec moi ; que, depuis
quelques heures que j'en étois sorti, il avoit eu le cha-

grin d'ignorer où je m'étois retiré, et qu'il avoit souhaité de me voir promptement, pour me donner le seul
conseil dont il sembloit que je pusse espérer du changement dans le sort de Manon ; mais un conseil dangereux, auquel il me prioit de cacher éternellement qu'il
eût part : c'étoit de choisir quelques Braves, qui eussent
le courage d'attaquer les Gardes de Manon, lorsqu'ils
seroient sortis de Paris avec elle. Il n'attendit point
que je lui parlasse de mon indigence. "Voilà cent pistoles," me dit-il en me présentant une bourse, "qui
pourront vous être de quelque usage. Vous me les re-
mettrez lorsque la Fortune aura rétabli vos affaires."
Il ajouta que, si le soin de sa réputation lui eût permis
d'entreprendre lui-même la délivrance de ma Maîtresse,
il m'eût offert son bras et son épée.

Cette excessive générosité me toucha jusqu'aux
larmes. J'employai, pour lui marquer ma reconnoissance, toute la vivacité que mon affliction me laissoit
de reste. Je lui demandai s'il n'y avoit rien à espérer
par la voye des intercessions auprès du Lieutenant Général de Police. Il me dit qu'il y avoit pensé ; mais
qu'il croyoit cette ressource inutile, parce qu'une grâce
de cette nature ne pouvoit se demander sans motif, et
qu'il ne voyoit pas bien quel motif on pouvoit employer
pour se faire un intercesseur d'une personne grave et
puissante ; que, si l'on pouvoit se flatter de quelque
chose de ce côté-là, ce ne pouvoit être qu'en faisant
changer de sentiment à M. de G...... M...... et à mon
Père, et en les engageant à prier eux-mêmes M. le Lieutenant de Police de révoquer sa Sentence. Il m'offrit
de faire tous ses efforts pour gagner le jeune G......

M......, quoiqu'il le crût un peu refroidi à son égard, par quelques soupçons qu'il avoit conçus de lui à l'occasion de notre affaire, et il m'exhorta à ne rien omettre de mon côté pour fléchir l'esprit de mon Père.

Ce n'étoit pas une légère entreprise pour moi ; je ne dis pas seulement par la difficulté que je devois naturellement trouver à le vaincre, mais par une autre raison, qui me faisoit même redouter ses approches ; je m'étois dérobbé de son Logement contre ses ordres, et j'étois fort résolu de n'y pas retourner, depuis que j'avois appris la triste destinée de Manon. J'appréhendois avec sujet qu'il ne me fît retenir malgré moi, et qu'il ne me reconduisît de même en Province. Mon Frère aîné avoit usé autrefois de cette méthode. Il est vrai que j'étois devenu plus âgé, mais l'âge étoit une foible raison contre la force. Cependant je trouvois une voie qui me sauvoit du danger, c'étoit de le faire appeler dans un endroit public, et de m'annoncer à lui sous un autre nom.

Je pris aussitôt ce parti. M. de T...... s'en alla chez G...... M......, et moi au Luxembourg, d'où j'envoyai avertir mon Père qu'un Gentilhomme de ses serviteurs étoit à l'attendre. Je craignois qu'il n'eût quelque peine à venir, parce que la nuit approchoit. Il parut néanmoins peu après, suivi de son Laquais. Je le priai de prendre une allée où nous puissions être seuls. Nous fîmes cent pas, pour le moins, sans parler. Il s'imaginoit bien, sans doute, que tant de préparations ne s'étoient pas faites sans un dessein d'importance. Il attendoit ma harangue, et je la méditois.

Enfin j'ouvris la bouche. "Monsieur," lui dis-je en

tremblant, "vous êtes un bon Père. Vous m'avez comblé de grâces et vous m'avez pardonné un nombre infini de fautes. Aussi le Ciel m'est-il témoin que j'ai pour vous tous les sentimens du Fils le plus tendre et le plus respectueux. Mais il me semble... que votre rigueur...
— Hé bien ! ma rigueur," interrompit mon Père, qui trouvoit sans doute que je parlois lentement pour son impatience. "Ah ! Monsieur," repris-je, "il me semble que votre rigueur est extrême dans le traitement que vous avez fait à la malheureuse Manon. Vous vous en êtes rapporté à M. de G...... M...... Sa haine vous l'a représentée sous les plus noires couleurs. Vous vous êtes formé d'elle une affreuse idée. Cependant c'est la plus douce et la plus aimable créature qui fût jamais. Que n'a-t-il plu au Ciel de vous inspirer l'envie de la voir un moment ! Je ne suis pas plus sûr qu'elle est charmante que je le suis qu'elle vous l'auroit paru. Vous auriez pris parti pour elle. Vous auriez détesté les noirs artifices de G...... M...... Vous auriez eu compassion d'elle et de moi. Hélas ! j'en suis sûr. Votre cœur n'est pas insensible. Vous vous seriez laissé attendrir."

Il m'interrompit encore, voyant que je parlois avec une ardeur qui ne m'auroit pas permis de finir si tôt. Il voulut savoir à quoi j'avois dessein d'en venir par un discours si passionné. "A vous demander la vie," répondis-je, "que je ne puis conserver un moment si Manon part une fois pour l'Amérique.

— Non, non," me dit-il d'un ton sévère, "j'aime mieux te voir sans vie, que sans sagesse et sans honneur. — N'allons donc pas plus loin," m'écriai-je en l'arrêtant par le bras; "ôtez-la moi, cette vie odieuse et insupportable; car, dans le désespoir où vous me jettez, la mort sera une faveur pour moi. C'est un présent digne de la main d'un Père.

— Je ne te donnerois que ce que tu mérites," répliqua-t-il. "Je connois bien des Pères qui n'auroient pas attendu si long-tems pour être eux-mêmes tes bourreaux; mais c'est ma bonté excessive qui t'a perdu."

Je me jettai à ses genoux: "Ah! s'il vous en reste encore," lui dis-je en les embrassant, "ne vous endurcissez donc pas contre mes pleurs. Songez que je suis votre Fils... Hélas! souvenez-vous de ma Mère. Vous l'aimiez si tendrement! Auriez-vous souffert qu'on l'eût arrachée de vos bras? Vous l'auriez défendue jusqu'à la mort. Les autres n'ont-ils pas un cœur comme vous? Peut-on être Barbare après avoir une fois éprouvé ce que c'est que la tendresse et la douleur?

— Ne me parle pas davantage de ta Mère," reprit-il d'une voix irritée; "ce souvenir échauffe mon indignation. Tes désordres la feroient mourir de douleur, si elle eût assez vécu pour les voir. Finissons cet entretien," ajouta-t-il; "il m'importune, et ne me fera point changer de résolution. Je retourne au Logis. Je t'ordonne de me suivre."

Le ton sec et dur, avec lequel il m'intima cet ordre, me fit trop comprendre que son cœur étoit inflexible. Je m'éloignai de quelques pas, dans la crainte qu'il ne lui prît envie de m'arrêter de ses propres mains. "N'augmentez pas mon désespoir," lui dis-je, "en me forçant de vous désobéir. Il est impossible que je vous suive. Il ne l'est pas moins que je vive, après la dureté avec laquelle vous me traitez. Ainsi je vous dis un éternel adieu. Ma mort que vous apprendrez bientôt," ajoutai-je tristement, "vous fera peut-être reprendre pour moi des sentimens de Père." Comme je me tournois pour le quitter: "Tu refuses donc de me suivre?" s'écria-t-il avec une vive colère. "Vas, cours à ta perte. Adieu, Fils ingrat et rebelle! — Adieu," lui dis-je dans mon transport, "adieu, Père barbare et dénaturé!"

Je sortis aussi-tôt du Luxembourg. Je marchai, dans les rues, comme un Furieux jusqu'à la Maison de M. de T...... Je levois, en marchant, les yeux et les mains pour invoquer toutes les Puissances Célestes. O Ciel? disois-je, serez vous aussi impitoyable que les Hommes? Je n'ai plus de secours à attendre que de vous.

M. de T...... n'étoit point encore retourné chez lui; mais il revint après que je l'y eus attendu quelques moments. Sa négociation n'avoit pas réussi mieux que la mienne. Il me le dit d'un visage abbatu. Le jeune G...... M......, quoique moins irrité que son Père contre Manon et contre moi, n'avoit pas voulu entreprendre de le solliciter en notre faveur. Il s'en étoit défendu par la crainte qu'il avoit lui-même de ce Vieillard vindicatif, qui s'étoit déjà fort emporté contre lui, en lui reprochant ses desseins de commerce avec Manon.

Il ne me restoit donc que la voye de la violence, telle que M. de T...... m'en avoit tracé le plan; j'y réduisis toutes mes espérances. "Elles sont bien incertaines," lui dis-je; "mais la plus solide et la plus consolante pour moi est celle de périr du moins dans l'entreprise." Je le quittai, en le priant de me secourir par ses vœux; et je ne pensai plus qu'à m'associer dès

Camarades à qui je pusse communiquer une étincelle de mon courage et de ma résolution.

Le premier qui s'offrit à mon esprit fut le même Garde du Corps que j'avois employé pour arrêter G......M...... J'avois dessein aussi d'aller passer la nuit dans sa chambre, n'ayant pas eu l'esprit assez libre, pendant l'après-midi, pour me procurer un logement. Je le trouvai seul. Il eut de la joye de me voir sorti du Châtelet. Il m'offrit affectueusement ses services. Je lui expliquai ceux qu'il pouvoit me rendre. Il avoit assez de bon sens pour en apercevoir toutes les difficultés; mais il fut assez généreux pour entreprendre de les surmonter.

Nous employâmes une partie de la nuit à raisonner sur mon dessein. Il me parla des trois Soldats aux Gardes, dont il s'étoit servi dans la dernière occasion, comme de trois Braves à l'épreuve. M. de T...... m'avoit informé exactement du nombre des Archers qui devoient conduire Manon; ils n'étoient que six. Cinq hommes hardis et résolus suffisoient pour donner l'épouvante à ces Misérables, qui ne sont point capables de se défendre honorablement, lorsqu'ils peuvent éviter le péril du combat par une lâcheté.

Comme je ne manquois point d'argent, le Garde du Corps me conseilla de ne rien épargner pour assurer le succès de notre attaque. "Il nous faut des chevaux," me dit-il, "avec des pistolets, et chacun notre mousqueton. Je me charge de prendre demain le soin de ces préparatifs. Il faudra aussi trois habits communs pour nos soldats, qui n'oseroient paraître dans une affaire de cette nature avec l'Uniforme du Régiment." Je lui mis

entre les mains les cent pistoles que j'avois reçues de
M. de T...... Elles furent employées le lendemain jusqu'au dernier sol. Les trois Soldats passèrent en revue
devant moi. Je les animai par de grandes promesses;
et, pour leur ôter toute défiance, je commençai par
leur faire un présent, à chacun, de dix pistoles.

Le jour de l'exécution étant venu, j'en envoyai un
de grand matin à l'Hôpital, pour s'instruire, par ses
propres yeux, du moment auquel les Archers parti-
roient avec leur proye. Quoique je n'eusse pris cette
précaution que par un excès d'inquiétude et de pré-
voyance, il se trouva qu'elle avoit été absolument nécessaire. J'avois compté sur quelques fausses informations qu'on m'avoit données de leur route, et, m'étant
persuadé que c'étoit à La Rochelle que cette déplorable
Troupe devoit être embarquée, j'aurois perdu mes
peines à l'attendre sur le chemin d'Orléans. Cependant
je fus informé, par le rapport du Soldat aux Gardes,
qu'elle prenoit le chemin de Normandie, et que c'étoit
du Havre de Grâce qu'elle devoit partir pour l'Amérique.

Nous nous rendîmes aussitôt à la Porte S. Honoré,
observant de marcher par des rues différentes. Nous
nous réunîmes au bout du Fauxbourg. Nos chevaux
étoient frais. Nous ne tardâmes point à découvrir les
six Gardes et les deux misérables Voitures que vous
vîtes à Passy, il y a deux ans. Ce spectacle faillit de
m'ôter la force et la connoissance. "O Fortune," m'é-
criai-je, "Fortune cruelle! accorde-moi ici du moins la
mort ou la victoire."

Nous tînmes conseil un moment sur la manière dont

nous ferions notre attaque. Les Archers n'étoient guères plus de quatre cens pas devant nous, et nous pouvions les couper en passant au travers d'un petit champ, autour duquel le grand chemin tournoit. Le Garde du Corps fut d'avis de prendre cette voye, pour les surprendre en fondant tout d'un coup sur eux. J'approuvai sa pensée, et je fus le premier à piquer mon cheval. Mais la Fortune avoit rejeté impitoyablement mes vœux.

Les Archers, voyant cinq Cavaliers accourir vers eux, ne doutèrent point que ce ne fût pour les attaquer. Ils se mirent en défense, en préparant leurs bayonnettes et leurs fusils, d'un air assez résolu.

Cette vue, qui ne fit que nous animer, le Garde du Corps et moi, ôta tout d'un coup le courage à nos trois lâches Compagnons. Ils s'arrêtèrent comme de concert; et, s'étant dit entre eux quelques mots que je n'entendis point, ils tournèrent la tête de leurs chevaux pour reprendre le chemin de Paris à bride abattue.

" Dieux ! " me dit le Garde du Corps, qui paroissoit aussi éperdu que moi de cette infâme désertion, " qu'allons-nous faire ? Nous ne sommes que deux." J'avois perdu la voix, de fureur et d'étonnement. Je m'arrêtai, incertain si ma première vengeance ne devoit pas s'employer à la poursuite et au chatiment des Lâches qui m'abandonnoient. Je les regardois fuir, et je jettois les yeux de l'autre côté sur les Archers. S'il m'eût été possible de me partager, j'aurois fondu tout à la fois sur ces deux objets de ma rage, je les dévorois tous ensemble.

Le Garde du Corps, qui jugeoit de mon incertitude

par le mouvement égaré de mes yeux, me pria d'écouter son conseil. "N'étant que deux," me dit-il, "il y auroit de la folie à attaquer six hommes aussi bien armés que nous, et qui paroissent nous attendre de pied ferme. Il faut retourner à Paris, et tâcher de réussir mieux dans le choix de nos Braves. Les Archers ne sçauroient faire de grandes journées avec deux pesantes voitures; nous les rejoindrons demain sans peine."

Je fis un moment de réflexion sur ce parti; mais, ne voyant de tous côtés que des sujets de désespoir, je pris une résolution véritablement désespérée. Ce fut de re- mercier mon Compagnon de ses services; et, loin d'at- taquer les Archers, je résolus d'aller, avec soumission, les prier de me recevoir dans leur Troupe, pour ac- compagner Manon avec eux jusqu'au Havre de Grâce, et passer ensuite au delà des Mers avec elle. "Tout le monde me persécute ou me trahit," dis-je au Garde du Corps. "Je n'ai plus de fond à faire sur personne. Je n'attens plus rien, ni de la Fortune, ni du secours des hommes. Mes malheurs sont au comble; il ne me reste plus que de m'y soumettre. Ainsi je ferme les yeux à toute espérance. Puisse le Ciel récompenser votre gé- nérosité! Adieu; je vais aider mon mauvais sort à con- sommer ma ruine, en y courant moi-même volontaire- ment." Il fit inutilement ses efforts pour m'engager à retourner à Paris. Je le priai de me laisser suivre mes résolutions, et de me quitter sur-le-champ, de peur que les Archers ne continuassent de croire que notre dessein étoit de les attaquer.

J'allai seul vers eux, d'un pas lent, et le visage si consterné qu'ils ne durent rien trouver d'effrayant dans

mes approches. Ils se tenoient néanmoins en défense.
"Rassurez-vous, Messieurs," leur dis-je en les abor-
dant; "je ne vous apporte point la guerre, je viens
vous demander des grâces." Je les priai de continuer
leur chemin sans défiance, et je leur appris, en marchant, les faveurs que j'attendois d'eux.

Ils consultèrent ensemble de quelle manière ils devoient recevoir cette ouverture. Le Chef de la Bande
prit la parole pour les autres. Il me répondit que les
ordres qu'ils avoient, de veiller sur leurs Captives,
étoient d'une extrême rigueur; que je lui paroissois
néanmoins si joli homme que lui et ses Compagnons se
relâcheroient un peu de leur devoir; mais que je devois
comprendre qu'il falloit qu'il m'en coûtât quelque chose.
Il me restoit environ quinze pistoles; je leur dis naturellement en quoi consistoit le fond de ma bourse. "Hé
bien," me dit l'Archer, "nous en userons généreusement. Il ne vous coûtera qu'un écu par heure pour
entretentir celle de nos Filles qui vous plaira le plus;
c'est le prix courant de Paris."

Je ne leur avois pas parlé de Manon en particulier,
parce que je n'avois pas dessein qu'ils connussent ma
passion. Ils s'imaginèrent d'abord que ce n'étoit qu'une
fantaisie de jeune homme, qui me faisoit chercher un
peu de passe-tems avec ces Créatures; mais, lorsqu'ils
crurent s'être apperçus que j'étois amoureux, ils augmentèrent tellement le tribut que ma bourse se trouva
épuisée en partant de Mante, où nous avions couché,
le jour que nous arrivâmes à Passy.

Vous dirai-je quel fut le déplorable sujet de mes en-
tretiens avec Manon, pendant cette route, ou quelle

impression sa vue fit sur moi, lorsque j'eus obtenu des Gardes la liberté d'approcher de son chariot? Ah! les expressions ne rendent jamais qu'à demi les sentimens du cœur: mais figurez-vous ma pauvre Maîtresse enchaînée par le milieu du corps, assise sur quelques poignées de paille, la tête appuyée languissamment sur un côté de la voiture, le visage pâle et mouillé d'un ruisseau de larmes, qui se faisoient un passage au travers de ses paupières quoiqu'elle eût continuellement les yeux fermés. Elle n'avoit pas même eu la curiosité de les ouvrir lorsqu'elle avoit entendu le bruit de ses Gardes qui craignoient d'être attaqués. Son linge étoit sale et dérangé, ses mains délicates exposées à l'injure de l'air; enfin, tout ce composé charmant, cette figure capable de ramener l'Univers à l'Idolâtrie, paroissoit dans un désordre et un abbattement inexprimable.

J'employai quelque tems à la considérer, en allant à cheval à côté du chariot. J'étois si peu à moi-même que je fus sur le point, plusieurs fois, de tomber dangereusement. Mes soupirs et mes exclamations fréquentes m'attirèrent d'elle quelques regards. Elle me reconnut, et je remarquai que, dans le premier mouvement, elle tenta de se précipiter hors de la voiture pour venir à moi; mais, étant retenue par sa chaîne, elle retomba dans sa première attitude.

Je priai les Archers d'arrêter un moment, par compassion; ils y consentirent par avarice. Je quittai mon cheval pour m'asseoir auprès d'elle. Elle étoit si languissante et si affoiblie qu'elle fut longtemps sans pouvoir se servir de sa langue ni remuer ses mains. Je les mouillois pendant ce tems-là de mes pleurs; et, ne pouvant

proférer moi-même une seule parole, nous étions l'un
et l'autre dans une des plus tristes situations dont il y
ait jamais eu d'exemple. Nos expressions ne le furent pas
moins, lorsque nous eûmes retrouvé la liberté de parler.
Manon parla peu; il sembloit que la honte et la douleur
eussent altéré les organes de sa voix; le son en étoit
foible et tremblant.

Elle me remercia de ne l'avoir pas oubliée, et de la
satisfaction que je lui accordois, dit-elle en soupirant,
de me voir du moins encore une fois, et de me dire le
dernier adieu. Mais lorsque je l'eus assurée que rien
n'étoit capable de me séparer d'elle, et que j'étois disposé à la suivre jusqu'à l'extrémité du Monde, pour
prendre soin d'elle, pour la servir, pour l'aimer et pour
attacher inséparablement ma misérable destinée à la
sienne, cette pauvre Fille se livra à des sentiments si
tendres et si douloureux que j'appréhendai quelque
chose pour sa vie d'une si violente émotion. Tous les
mouvemens de son âme sembloient se réunir dans ses
yeux. Elle les tenoit fixés sur moi. Quelquefois elle
ouvroit la bouche, sans avoir la force d'achever quelques mots qu'elle commençoit. Il lui en échappoit
néanmoins quelques-uns. C'étoit des marques d'admiration sur mon Amour, de tendres plaintes de son
excès, des doutes qu'elle pût être assez heureuse pour
m'avoir inspiré une passion si parfaite, des instances
pour me faire renoncer au dessein de la suivre, et chercher ailleurs un bonheur digne de moi, qu'elle me disoit
que je ne pouvois espérer avec elle.

En dépit du plus cruel de tous les sorts, je trouvois
ma félicité dans ses regards et dans la certitude que

j'avois de son affection. J'avois perdu, à la vérité, tout
ce que le reste des hommes estime, mais j'étois maître
du cœur de Manon, le seul bien que j'estimois. Vivre
en Europe, vivre en Amérique, que m'importoit-il en
quel endroit vivre, si j'étois sûr d'y vivre, si j'étois sûr
d'y être heureux en y vivant avec ma Maîtresse? Tout
l'Univers n'est-il pas la patrie de deux Amans fidèles?
Ne trouvent-ils pas, l'un dans l'autre, Père, Mère, Parens, Amis, richesses et félicité?

Si quelque chose me causoit de l'inquiétude, c'étoit
la crainte de voir Manon exposée aux besoins de l'indigence. Je me supposois déjà, avec elle, dans une ré-
gion inculte et habitée par des Sauvages. Je suis bien
sûr, disois-je, qu'il ne sçauroit y en avoir d'aussi cruels
que G...... M...... et mon Père. Ils nous laisseront du
moins vivre en paix. Si les relations qu'on en fait sont
fidèles, ils suivent les loix de la Nature. Ils ne connoissent ni les fureurs de l'avarice, qui possèdent G......
M......, ni les idées fantastiques de l'honneur, qui
m'ont fait un Ennemi de mon Père. Ils ne troubleront
point deux Amans qu'ils verront vivre avec autant de
simplicité qu'eux. J'étois donc tranquille de ce côté-là.

Mais je ne me formois point des idées romanesques
par rapport aux besoins communs de la vie. J'avois
éprouvé trop souvent qu'il y a des nécessités insup-
portables, surtout pour une Fille délicate, qui est ac-
coutumée à une vie commode et abondante. J'étois au
désespoir d'avoir épuisé inutilement ma bourse, et que
le peu d'argent, qui me restoit, fût encore sur le point
de m'être ravi par la friponnerie des Archers. Je con-
cevois qu'avec une petite somme j'aurois pu espérer,

non-seulement de me soutenir quelque tems contre la misère, en Amérique, où l'argent étoit rare, mais d'y former même quelque entreprise pour un Etablissement durable.

Cette considération me fit naître la pensée d'écrire à Tiberge, que j'avois toujours trouvé si prompt à m'offrir les secours de l'amitié. J'écrivis, dès la première Ville où nous passâmes. Je ne lui apportai point d'autre motif que le pressant besoin dans lequel je prévoyois que je me trouverois au Havre de Grâce, où je lui confessois que j'étois allé conduire Manon. Je lui demandois cent pistoles. "Faites-les-moi tenir au Havre," lui disois-je, " par le Maître de la Poste. Vous voyez bien que c'est la dernière fois que j'importune votre affection et que, ma malheureuse Maîtresse m'étant enlevée pour toujours, je ne puis la laisser partir sans quelques soulagemens, qui adoucissent son sort et mes mortels regrets."

Les Archers devinrent si intraitables, lorsqu'ils eurent découvert la violence de ma passion, que, redoublant continuellement le prix de leurs moindres faveurs, ils me réduisirent bien-tôt à la dernière indigence. L'Amour, d'ailleurs, ne me permettoit guères de ménager ma bourse. Je m'oubliois du matin au soir près de Manon; et ce n'étoit plus par heure que le temps m'étoit mesuré; c'étoit par la longueur entière des jours. Enfin, ma bourse étant tout à fait vuide, je me trouvai exposé aux caprices et à la brutalité de six Misérables qui me traitoient avec une hauteur insupportable. Vous en fûtes témoin à Passy. Votre rencontre fut un heureux moment de relâche, qui me fut accordé par la Fortune. Votre pitié, à la vue de mes peines, fut ma seule recommandation auprès de votre cœur généreux. Le secours que vous m'accordâtes libéralement servit à me faire gagner le Havre, et les Archers tinrent leur promesse avec plus de fidélité que je ne l'espérois.

Nous arrivâmes au Havre. J'allai d'abord à la Poste. Tiberge n'avoit point encore eu le tems de me répondre. Je m'informai exactement quel jour je pouvois attendre sa Lettre? Elle ne pouvoit arriver que deux jours après; et, par une étrange disposition de mon mauvais sort, il se trouva que notre Vaisseau devoit partir le matin de celui auquel j'attendois l'Ordinaire. .

Je ne puis vous représenter mon désespoir. "Quoi?" m'écriai-je! "Dans le malheur même il faudra toujours que je sois distingué par des excès!" Manon répondit: "Hélas, une vie si malheureuse mérite-t-elle le soin que nous en prenons? Mourons au Havre, mon cher Chevalier. Que la mort finisse tout d'un coup nos misères. Irons-nous les traîner dans un Pays inconnu, où nous devons nous attendre sans doute à d'horribles extrémités, puisqu'on a voulu m'en faire un supplice? Mourons," me répéta-t-elle; ou du moins donne-moi la mort, et vas chercher un autre sort dans les bras d'une Amante plus heureuse. — Non, non," lui dis-je; "c'est pour moi un sort digne d'envie que d'être malheureux avec vous."

Son discours me fit trembler. Je jugeai qu'elle étoit accablée de ses maux. Je m'efforçai de prendre un air plus tranquille, pour lui ôter ces funestes pensées de mort et de désespoir. Je résolus de tenir la même conduite à l'avenir, et j'ai éprouvé, dans la suite, que rien

n'est plus capable d'inspirer du courage à une femme
que l'intrépidité d'un homme qu'elle aime.

Lorsque j'eus perdu l'espérance de recevoir du secours de Tiberge, je vendis mon cheval. L'argent que
j'en tirai, joint à celui qui me restoit encore de vos
libéralités, me composa la petite somme de dix-sept
pistoles. J'en employai sept à l'achat de quelques soulagemens nécessaires à Manon; et je serrai les dix autres
avec soin, comme le fondement de notre fortune et de
nos espérances en Amérique. Je n'eus point de peine à
me faire recevoir dans le Vaisseau. On cherchoit alors
de jeunes gens qui fussent disposés à se joindre volontairement à la Colonie. Le passage et la nourriture me
furent accordés gratis. La Poste de Paris devant partir
le lendemain, j'y laissai une lettre pour Tiberge. Elle
étoit touchante et capable de l'attendrir sans doute au
dernier point, puisqu'elle lui fit prendre une résolution
qui ne pouvoit venir que d'un fonds infini de tendresse
et de générosité pour un Ami malheureux.

Nous mîmes à la voile. Le vent ne cessa point de
nous être favorable. J'obtins du Capitaine un lieu à
part, pour Manon et pour moi. Il eut la bonté de nous
regarder d'un autre œil que le commun de nos misérables Associés. Je l'avois pris en particulier dès le premier jour; et, pour m'attirer de lui quelque considération, je lui avois découvert une partie de mes infortunes. Je ne crus pas me rendre coupable d'un men-
songe honteux en lui disant que j'étois marié à Manon.
Il feignit de le croire, et il m'accorda sa protection.
Nous en reçûmes des marques pendant toute la navigation. Il eut soin de nous faire nourrir honnêtement;

et les égards qu'il eut pour nous servirent à nous faire respecter des Compagnons de notre misère. J'avois une attention continuelle à ne pas laisser souffrir la moindre incommodité à Manon. Elle le remarquoit bien; et cette vue, jointe au vif ressentiment de l'étrange extrémité où je m'étois réduit pour elle, la rendoit si tendre et si passionnée, si attentive aussi à mes plus légers besoins, que c'étoit entre elle et moi une perpétuelle émulation de services et d'amour. Je ne regrettois point l'Europe. Au contraire, plus nous avancions vers l'Amérique, plus je sentois mon cœur s'élargir et devenir tranquille. Si j'eusse pu m'assurer de n'y pas manquer des nécessités absolues de la vie, j'aurois remercié la Fortune d'avoir donné un tour si favorable à nos malheurs.

Après une navigation de deux mois, nous abordâmes enfin au rivage desiré. Le Pays ne nous offrit rien d'agréable à la première vue. C'étoient des campagnes stériles et inhabitées, où l'on voyoit à peine quelques roseaux et quelques arbres dépouillés par le vent. Nulle trace d'Hommes ni d'Animaux. Cependant, le Capitaine ayant fait tirer quelques pièces de notre artillerie, nous ne fûmes pas long-tems sans appercevoir une troupe de Citoyens du Nouvel Orléans, qui s'approchèrent de nous avec de vives marques de joye. Nous n'avions pas découvert la Ville. Elle est cachée, de ce côté-là, par une petite colline. Nous fûmes reçus comme des gens descendus du Ciel.

Ces pauvres Habitans s'empressoient pour nous faire mille questions sur l'état de la France et sur les différentes Provinces où ils étoient nés. Ils nous embrassoient comme leurs Frères, et comme de chers Compagnons qui venoient partager leur misère et leur solitude. Nous prîmes le chemin de la Ville avec eux ; mais nous fûmes surpris de découvrir, en avançant, que ce qu'on nous avoit vanté jusqu'alors comme une bonne Ville, n'étoit qu'un assemblage de quelques pauvres Cabanes. Elles étoient habitées par cinq ou six cens personnes. La Maison du Gouverneur nous parut un peu distinguée par sa hauteur et par sa situation. Elle est défendue par quelques ouvrages de terre, autour desquels règne un large fossé.

Nous fûmes d'abord présentés à lui. Il s'entretint long-tems en secret avec le Capitaine ; et revenant ensuite à nous, il considéra l'une après l'autre toutes les Filles qui étoient arrivées par le Vaisseau. Elles étoient au nombre de trente ; car nous en avions trouvé au Havre une autre Bande, qui s'étoit jointe à la nôtre. Le Gouverneur, les ayant long-tems examinées, fit appeler divers jeunes gens de la Ville, qui languissoient dans l'attente d'une épouse. Il donna les plus jolies aux Principaux, et le reste fut tiré au sort. Il n'avoit point encore parlé à Manon ; mais, lorsqu'il eut ordonné aux autres de se retirer, il nous fit demeurer elle et moi. "J'apprens du Capitaine," nous dit-il, "que vous êtes mariés, et qu'il vous a reconnus sur la route pour deux personnes d'esprit et de mérite. Je n'entre point dans les raisons qui ont causé votre malheur ; mais, s'il est vrai que vous ayez autant de sçavoir-vivre que votre figure me le promet, je n'épargnerai rien pour adoucir votre sort, et vous contribuerez vous-mêmes à me faire trouver quelque agrément dans ce lieu sauvage et désert."

Je lui répondis de la manière que je crus la plus propre à confirmer l'idée qu'il avoit de nous. Il donna quelques ordres pour nous faire préparer un Logement dans la Ville, et il nous retint à souper avec lui. Je lui trouvai beaucoup de politesse pour un Chef de malheureux Bannis. Il ne nous fit point de questions en public sur le fond de nos avantures. La conversation fut générale; et malgré notre tristesse nous nous efforçâmes, Manon et moi, de contribuer à la rendre agréable.

Le soir, il nous fit conduire au Logement qu'on nous avoit préparé. Nous trouvâmes une misérable Cabane, composée de planches et de boue, qui consistoit en deux ou trois chambres de plein-pied, avec un grenier au-dessus. Il y avoit fait mettre cinq ou six chaises, et quelques commodités nécessaires à la vie.

Manon parut effrayée, à la vue d'une si triste demeure. C'étoit pour moi qu'elle s'affligeoit beaucoup plus que pour elle-même. Elle s'assit lorsque nous fûmes seuls, et elle se mit à pleurer amèrement. J'entrepris d'abord de la consoler. Mais, lorsqu'elle m'eut fait entendre que c'étoit moi seul qu'elle plaignoit et qu'elle ne considéroit dans nos malheurs communs que ce que j'avois à souffrir, j'affectai de montrer assez de courage, et même assez de joye, pour lui en inspirer. "De quoi me plaindrois-je?" lui dis-je. "Je possède tout ce que je desire. Vous m'aimez, n'est-ce pas? Quel autre bonheur me suis-je jamais proposé? Laissons au Ciel le soin de notre fortune. Je ne la trouve pas si désespérée. Le Gouverneur est un homme civil: il nous a marqué de la considération; il ne permettra pas que nous manquions du nécessaire. Pour ce qui regarde la pauvreté de notre Cabane, et la grossièreté de nos meubles, vous avez pu remarquer qu'il y a peu de personnes ici qui paroissent mieux logées et mieux meublées que nous: et puis tu es une Chimiste admirable," ajoutai-je en l'embrassant; " tu transformes tout en or.

— Vous serez donc la plus riche personne de l'Univers," me répondit-elle; " car, s'il n'y eut jamais d'amour tel que le vôtre, il est impossible d'être aimé plus tendrement que vous l'êtes. Je me rens justice," continua-t-elle. " Je sens bien que je n'ai jamais mérité ce prodigieux attachement que vous avez pour moi. Je vous ai causé des chagrins que vous n'avez pu me pardonner sans une bonté extrême. J'ai été légère et volage; et même en vous aimant éperdument, comme j'ai toujours fait, je n'étois qu'une ingrate. Mais vous ne sçauriez croire combien je suis changée. Mes larmes, que vous avez vues couler si souvent depuis notre départ de France, n'ont pas eu une seule fois mes malheurs pour objet. J'ai cessé de les sentir, aussitôt que vous avez commencé à les partager. Je n'ai pleuré que de tendresse et de compassion pour vous. Je ne me console point d'avoir pu vous chagriner un moment dans ma vie. Je ne cesse point de me reprocher mes inconstances, et de m'attendrir, en admirant de quoi l'Amour vous a rendu capable pour une Malheureuse qui n'en étoit pas digne, et qui ne paieroit pas bien de tout son sang," ajouta-t-elle avec une abondance de larmes, "la moitié des peines qu'elle vous a causées."

Ses pleurs, son discours, et le ton dont elle le prononça, firent sur moi une impression si étonnante que je crus sentir une espèce de division dans mon âme. "Prens garde," lui dis-je, "prens garde, ma chère Manon. Je n'ai point assez de force pour supporter des marques si vives de ton affection; je ne suis point accoutumé à ces excès de joie. O Dieu!" m'écriai-je, "je ne vous demande plus rien. Je suis assuré du cœur de Manon; il est tel que je l'ai soûhaité pour être heureux; je ne puis plus cesser de l'être à présent. Voilà ma félicité bien établie. — Elle l'est," reprit-elle, "si vous la faites dépendre de moi, et je sçais bien où je puis compter aussi de trouver toujours la mienne."

Je me couchai avec ces charmantes idées, qui changèrent ma Cabane en un Palais digne du premier Roi du Monde. L'Amérique me parut un lieu de délices après cela. "C'est au Nouvel Orléans qu'il faut venir," disois-je souvent à Manon, " quand on veut goûter les vraies douceurs de l'Amour. C'est ici qu'on s'aime sans intérêt, sans jalousie, sans inconstance. Nos Compatriotes y viennent chercher de l'or; ils ne s'imaginent pas que nous y avons trouvé des trésors bien plus estimables."

Nous cultivâmes soigneusement l'amitié du Gouverneur. Il eut la bonté, quelques semaines après notre arrivée, de me donner un petit Emploi qui vint à vaquer dans le Fort. Quoiqu'il ne fût pas bien distingué, je l'acceptai comme une faveur du Ciel. Il me mettoit en état de vivre, sans être à charge à personne. Je pris un Valet pour moi, et une Servante pour Manon. Notre petite fortune s'arrangea. J'étois réglé dans ma conduite. Manon ne l'étoit pas moins; nous ne laissions point échapper l'occasion de rendre service et de faire du bien à nos Voisins. Cette disposition officieuse, et la douceur de nos manières, nous attirèrent la confiance et l'affection de toute la Colonie. Nous fûmes en peu de tems si considérés que nous passions pour les premières personnes de la Ville, après le Gouverneur.

L'innocence de nos occupations, et la tranquillité où nous étions continuellement, servirent à nous faire rappeler insensiblement des idées de religion. Manon n'avoit jamais été une Fille impie. Je n'étois pas non plus de ces Libertins outrés qui font gloire d'ajouter l'irréligion à la dépravation des mœurs. L'Amour et la jeunesse avoient causé tous nos désordres. L'expérience commençoit à nous tenir lieu d'âge ; elle fit sur nous le même effet que les années. Nos conversations, qui étoient toujours réfléchies, nous mirent insensiblement dans le goût d'un Amour vertueux. Je fus le premier qui proposai ce changement à Manon. Je connoissois les principes de son cœur. Elle étoit droite et naturelle dans tous ses sentimens, qualité qui dispose toujours à la vertu. Je lui fis comprendre qu'il manquoit une chose à notre bonheur : " C'est," lui dis-je, " de le faire approuver du Ciel. Nous avons l'âme trop belle, et le cœur trop bien fait l'un et l'autre, pour vivre volontairement dans l'oubli du devoir. Passe d'y avoir vécu en France, où il nous étoit également impossible de cesser de nous aimer et de nous satisfaire par une voie légitime : mais en Amérique, où nous ne dépendons que de nous-mêmes, où nous n'avons plus à ménager les loix arbitraires du rang et de la bienséance, où l'on nous croit même mariés, qui empêche que nous ne le soyons bientôt effectivement, et que nous n'annoblissions notre Amour par des sermens que la Religion autorise? Pour moi," ajoutai-je, "je ne vous offre rien de nouveau en vous offrant mon cœur et ma main; mais je suis prêt à vous en renouveler le don au pied d'un Autel."

Il me parut que ce discours la pénétroit de joie. "Croiriez-vous," me répondit-elle, "que j'y ai pensé mille fois depuis que nous sommes en Amérique? La crainte de vous déplaire m'a fait renfermer ce desir dans mon cœur. Je n'ai point la présomption d'aspirer à la qualité de votre épouse. —Ah! Manon," répliquai-je, "tu serois bientôt celle d'un Roi, si le Ciel m'avoit fait naître avec une couronne. Ne balançons plus. Nous n'avons nul obstacle à redouter. J'en veux parler dès aujourd'hui au Gouverneur, et lui avouer que nous l'avons trompé jusqu'à ce jour. Laissons craindre aux Amans vulgaires," ajoutai-je, "les chaînes indissolubles du Mariage. Ils ne les craindroient pas, s'il étoient sûrs, comme nous, de porter toujours celles de l'Amour." Je laissai Manon au comble de la joie, après cette résolution.

Je suis persuadé qu'il n'y a point d'honnête homme au monde qui n'eût approuvé mes vues dans les circonstances où j'étois, c'est-à-dire, asservi fatalement à une passion que je ne pouvois vaincre, et combattu par des remords que je ne devois point étouffer. Mais se trouvera-t-il quelqu'un qui accuse mes plaintes d'injustice, si je gémis de la rigueur du Ciel à rejeter un dessein que je n'avois formé que pour lui plaire? Hélas! que dis-je, à le rejeter? Il l'a puni comme un crime. Il m'avoit souffert avec patience tandis que je marchois aveuglément dans la route du Vice; et ses plus rudes châtiments m'étoient réservés lorsque je commençois à retourner à la Vertu. Je crains de manquer de force, pour achever le récit du plus funeste événement qui fut jamais.

J'allai chez le Gouverneur, comme j'en étois convenu avec Manon, pour le prier de consentir à la cérémonie de notre mariage. Je me serois bien gardé d'en parler, à lui, ni à personne, si j'eusse pu me promettre que son aumônier, qui étoit alors le seul Prêtre de la Ville, m'eût rendu ce service sans sa participation; mais, n'osant espérer qu'il voulût s'engager au silence, j'avois pris le parti d'agir ouvertement.

Le Gouverneur avoit un Neveu, nommé Synnelet, qui lui étoit extrêmement cher. C'étoit un homme de trente ans, brave, mais emporté et violent. Il n'étoit point marié. La beauté de Manon l'avoit touché, dès le jour de notre arrivée; et les occasions sans nombre qu'il avoit eues de la voir, pendant neuf ou dix mois, avoient tellement enflammé sa passion qu'il se consumoit en secret pour elle. Cependant, comme il étoit persuadé, avec son Oncle et toute la Ville, que j'étois réellement marié, il s'étoit rendu maître de son amour, jusqu'au point de n'en laisser rien éclater; et son zèle s'étoit même déclaré pour moi dans plusieurs occasions de me rendre service.

Je le trouvai avec son Oncle, lorsque j'arrivai au Fort. Je n'avois nulle raison qui m'obligeât de lui faire un secret de mon dessein; de sorte que je ne fis point difficulté de m'expliquer en sa présence. Le Gouverneur m'écouta avec sa bonté ordinaire. Je lui racontai une partie de mon histoire, qu'il entendit avec plaisir, et, lorsque je le priai d'assister à la cérémonie que je méditois, il eut la générosité de s'engager à faire toute la dépense de la Fête. Je me retirai fort content.

Une heure après, je vis entrer l'Aumônier chez moi. Je m'imaginois qu'il venoit me donner quelques instructions sur mon mariage; mais, après m'avoir salué froidement, il me déclara, en deux mots, que M. le Gouverneur me défendoit d'y penser, et qu'il avoit d'autres vues sur Manon. "D'autres vues sur Manon!" lui dis-je avec un mortel saisissement de cœur: "et quelles vues donc, Monsieur l'Aumônier?" Il me répondit que je n'ignorois pas que M. le Gouverneur étoit le maître; que Manon ayant été envoyée de France pour la Colonie, c'étoit à lui à disposer d'elle; qu'il ne l'avoit pas fait jusqu'alors, parce qu'il la croyoit mariée; mais qu'ayant appris de moi-même qu'elle ne l'étoit point, il jugeoit à propos de la donner à M. Synnelet, qui en étoit amoureux.

Ma vivacité l'emporta sur ma prudence. J'ordonnai fièrement à l'Aumônier de sortir de ma Maison, en jurant que le Gouverneur, Synnelet et toute la Ville ensemble, n'oseroient porter la main sur ma Femme, ou ma Maîtresse, comme ils voudroient l'appeller.

Je fis part aussitôt à Manon du funeste message que je venois de recevoir. Nous jugeâmes que Synnelet avoit séduit l'esprit de son Oncle, depuis mon retour, et que c'étoit l'effet de quelque dessein médité depuis long-tems. Ils étoient les plus forts. Nous nous trouvions dans le Nouvel Orléans comme au milieu de la mer; c'est-à-dire séparés du reste du monde par des espaces immenses. Où fuir! dans un Pays inconnu, désert, ou habité par des bêtes féroces et par des Sauvages aussi barbares qu'elles? J'étois estimé dans la Ville; mais je ne pouvois espérer d'émouvoir assez le Peuple en ma faveur, pour en obtenir un secours proportionné au mal. Il eût fallu de l'argent; j'étois pauvre. D'ailleurs le succès d'une émotion populaire étoit incertain; et si la fortune nous eût manqué, notre malheur seroit devenu sans remède.

Je roulois toutes ces pensées dans ma tête. J'en communiquois une partie à Manon. J'en formois de nouvelles sans écouter sa réponse. Je prenois un parti; je le rejettois pour en prendre un autre. Je parlois seul, je répondois tout haut à mes pensées; enfin j'étois dans une agitation que je ne sçaurois comparer à rien, parce qu'il n'y en eut jamais d'égale. Manon avoit les yeux sur moi. Elle jugeoit, par mon trouble, de la grandeur du péril; et, tremblant pour moi, plus que pour elle-même, cette tendre Fille n'osoit pas même ouvrir la bouche pour m'exprimer ses craintes.

Après une infinité de réflexions, je m'arrêtai à la résolution d'aller trouver le Gouverneur, pour m'efforcer de le toucher par des considérations d'honneur, et par le souvenir de mon respect et de son affection. Manon voulut s'opposer à ma sortie. Elle me disoit, les larmes aux yeux: "Vous allez à la mort. Ils vont vous tuer. Je ne vous reverrai plus. Je veux mourir avant vous." Il fallut beaucoup d'efforts pour la persuader de la nécessité où j'étois de sortir, et de celle qu'il y avoit pour elle de demeurer au Logis. Je lui promis qu'elle me reverroit dans un instant. Elle ignoroit, et moi aussi,

que c'étoit sur elle-même que devoit tomber toute la
colère du Ciel, et la rage de nos Ennemis.

Je me rendis au Fort. Le Gouverneur étoit avec son
Aumônier. Je m'abaissai, pour le toucher, à des sou-
missions qui m'auroient fait mourir de honte si je les
eusse faites pour toute autre cause. Je le pris par tous
les motifs qui doivent faire une impression certaine
sur un cœur qui n'est pas celui d'un Tigre féroce et
cruel.

Ce Barbare ne fit à mes plaintes que deux réponses,
qu'il répéta cent fois : "Manon," me dit-il, dépendoit
de lui. Il avoit donné sa parole à son Neveu." J'étois
résolu de me modérer jusqu'à l'extrémité. Je me con-
tentai de lui dire que je le croyois trop de mes Amis
pour vouloir ma mort, à laquelle je consentirois plutôt
qu'à la perte de ma Maîtresse.

Je fus trop persuadé, en sortant, que je n'avois rien
à espérer de cet opiniâtre Vieillard, qui se seroit damné
mille fois pour son Neveu. Cependant je persistai dans
le dessein de conserver jusqu'à la fin un air de modération ; résolu, si l'on en venoit aux excès d'injustice,
de donner à l'Amérique une des plus sanglantes et des
plus horribles scènes que l'Amour ait jamais produites.

Je retournois chez moi, en méditant sur ce projet,
lorsque le Sort, qui vouloit hâter ma ruine, me fit rencontrer Synnelet. Il lut dans mes yeux une partie de
mes pensées. J'ai dit qu'il étoit brave ; il vint à moi.
"Ne me cherchez-vous pas?" me dit-il. "Je connois
que mes desseins vous offensent, et j'ai bien prévu qu'il
faudroit se couper la gorge avec vous. Allons voir qui
sera le plus heureux." Je lui répondis qu'il avoit rai-

son, et qu'il n'y avoit que ma mort qui pût finir nos différends.

Nous nous écartâmes d'une centaine de pas hors de la Ville. Nos épées se croisèrent. Je le blessai, et je le désarmai presque en même tems. Il fut si enragé de son malheur qu'il refusa de me demander la vie et de renoncer à Manon. J'avois peut-être droit de lui ôter tout d'un coup l'une et l'autre; mais un sang généreux ne se dément jamais. Je lui jettai son épée. " Recommençons," lui dis-je, "et songez que c'est sans quartier." Il m'attaqua avec une furie inexprimable. Je dois confesser que je n'étois pas fort dans les armes, n'ayant eu que trois mois de salle à Paris. L'Amour conduisoit mon épée. Synnelet ne laissa pas de me percer le bras d'outre en outre; mais je le pris sur le tems, et je lui fournis un coup si vigoureux qu'il tomba à mes pieds sans mouvement.

Malgré la joye que donne la victoire après un combat mortel, je réfléchis aussitôt sur les conséquences de cette mort. Il n'y avoit pour moi ni grâce, ni délai de supplice à espérer. Connoissant, comme je faisois, la passion du Gouverneur pour son Neveu, j'étois certain que ma mort ne seroit pas différée d'une heure, après la connoissance de la sienne. Quelque pressante que fût cette crainte, elle n'étoit pas la plus forte cause de mon inquiétude. Manon, l'intérêt de Manon, son péril et la nécessité de la perdre, me troubloient jusqu'à répandre de l'obscurité sur mes yeux, et à m'empêcher de reconnoître le lieu où j'étois. Je regrettai le sort de Synnelet; une prompte mort me sembloit le seul remède de mes peines.

Cependant ce fut cette pensée même qui me fit rappeler vivement mes esprits, et qui me rendit capable de prendre une résolution. Quoi! je veux mourir, m'écriai-je, pour finir mes peines? Il y en a donc que j'appréhende plus que la perte de ce que j'aime? Ah! souffrons jusqu'aux plus cruelles extrémités pour secourir ma Maîtresse; et remettons à mourir, après les avoir souffertes inutilement.

Je repris le chemin de la Ville. J'entrai chez moi. J'y trouvai Manon à demi morte, de frayeur et d'inquiétude. Ma présence la ranima. Je ne pouvois lui déguiser le terrible accident qui venoit de m'arriver. Elle tomba sans connoissance entre mes bras, au récit de la mort de Synnelet et de ma blessure. J'employai plus d'un quart d'heure à lui faire retrouver le sentiment.

J'étois à demi mort moi-même. Je ne voyois pas le moindre jour à sa sûreté, ni à la mienne. "Manon, que ferons-nous!" lui dis-je lorsqu'elle eut repris un peu de force. "Hélas, qu'allons-nous faire? Il faut nécessairement que je m'éloigne. Voulez-vous demeurer dans la Ville? Oui, demeurez-y. Vous pouvez encore y être heureuse; et moi je vais, loin de vous, chercher la mort parmi les Sauvages, ou entre les griffes des Bêtes féroces."

Elle se leva malgré sa foiblesse. Elle me prit par la main, pour me conduire vers la porte. "Fuyons ensemble," me dit-elle; "ne perdons pas un instant. Le corps de Synnelet peut avoir été trouvé par hasard, et nous n'aurions pas le tems de nous éloigner. — Mais, chère Manon!" repris-je tout éperdu, "dites-moi donc où nous pouvons aller. Voyez-vous quelque ressource? Ne vaut-il pas mieux que vous tâchiez de vivre ici sans moi, et que je porte volontairement ma tête au Gouverneur?"

Cette proposition ne fit qu'augmenter son ardeur à partir. Il fallut la suivre. J'eus encore assez de présence d'esprit, en sortant, pour prendre quelques liqueurs fortes que j'avois dans ma chambre, et toutes les provisions que je pus faire entrer dans mes poches. Nous dîmes à nos Domestiques, qui étoient dans la chambre voisine, que nous partions pour la promenade du soir; nous avions cette coutume tous les jours; et nous nous éloignâmes de la Ville, plus promptement que la délicatesse de Manon ne sembloit le permettre.

Quoique je ne fusse pas sorti de mon irrésolution sur le lieu de notre retraite, je ne laissois pas d'avoir deux espérances, sans lesquelles j'aurois préféré la mort à l'incertitude de ce qui pouvoit arriver à Manon.

J'avois acquis assez de connoissance du Pays, depuis près de dix mois que j'étois en Amérique, pour ne pas ignorer de quelle manière on apprivoisoit les Sauvages. On pouvoit se mettre entre leurs mains sans courir à une mort certaine. J'avois même appris quelques mots de leur langue, et quelques-unes de leurs coutumes, dans les diverses occasions que j'avois eues de les voir.

Avec cette triste ressource, j'en avois une autre du côté des Anglois, qui ont comme nous des Etablissemens dans cette partie du Nouveau Monde. Mais j'étois effrayé de l'éloignement. Nous avions à traverser, jusqu'à leurs Colonies, de stériles campagnes de plusieurs journées de largeur, et quelques montagnes, si hautes et si escarpées que le chemin en paroissoit difficile aux hommes les plus grossiers et les plus vigoureux.

Je me flattois, néanmoins, que nous pourrions tirer parti de ces deux ressources, des Sauvages pour aider à nous conduire, et des Anglois pour nous recevoir dans leurs Habitations.

Nous marchâmes aussi long-tems que le courage de Manon put la soutenir, c'est-à-dire, environ deux lieues ; car cette amante incomparable refusa constamment de s'arrêter plus tôt. Accablée enfin de lassitude, elle me confessa qu'il lui étoit impossible d'avancer d'avantage.

Il étoit déjà nuit. Nous nous assîmes au milieu d'une vaste Plaine, sans avoir pu trouver un arbre pour nous mettre à couvert. Son premier soin fut de changer le linge de ma blessure, qu'elle avoit pansée elle-même avant notre départ. Je m'opposai en vain à ses volontés. J'aurois achevé de l'accabler mortellement, si je lui eusse refusé la satisfaction de me croire à mon aise et sans danger, avant que de penser à sa propre conservation. Je me soumis durant quelques momens à ses desirs. Je reçus ses soins en silence et avec honte.

Mais, lorsqu'elle eut satisfait sa tendresse, avec quelle ardeur la mienne ne prit-elle pas son tour ! Je me dépouillai de tous mes habits pour lui faire trouver la terre moins dure, en les étendant sous elle. Je la fis consentir, malgré elle, à me voir employer à son usage tout ce que je pus imaginer de moins incommode. J'échauffai ses mains par mes baisers ardents, et par la chaleur de mes soupirs. Je passai la nuit entière à veiller près d'elle, et à prier le Ciel de lui accorder un sommeil doux et paisible. O Dieu! que mes vœux étoient vifs et sincères! et par quel rigoureux jugement aviez-vous résolu de ne les pas exaucer?

Pardonnez, si j'achève en peu de mots un récit qui me tue. Je vous raconte un malheur qui n'eut jamais d'exemple. Toute ma vie est destinée à le pleurer. Mais, quoique je le porte sans cesse dans ma mémoire, mon âme semble reculer d'horreur chaque fois que j'entreprens de l'exprimer.

Nous avions passé tranquillement une partie de la nuit. Je croyois ma chère Maîtresse endormie, et je n'osois pousser le moindre soufle, dans la crainte de troubler son sommeil. Je m'apperçus dès le point du jour, en touchant ses mains, qu'elle les avoit froides et tremblantes. Je les approchai de mon sein pour les échauffer. Elle sentit ce mouvement, et, faisant un effort pour saisir les miennes, elle me dit, d'une voix foible, qu'elle se croyoit à sa dernière heure.

Je ne pris d'abord ce discours que pour un langage ordinaire dans l'infortune, et je n'y répondis que par les tendres consolations de l'Amour. Mais ses soupirs fréquens, son silence à mes interrogations, le serrement de ses mains, dans lesquelles elle continuoit de tenir les miennes, me firent connoître que la fin de ses malheurs approchoit.

N'exigez point de moi que je vous décrive mes sentimens, ni que je vous rapporte ses dernières expressions. Je la perdis; je reçus d'elle des marques d'Amour au moment même qu'elle expiroit. C'est tout ce que j'ai la force de vous apprendre de ce fatal et déplorable événement.

Mon âme ne suivit pas la sienne. Le Ciel ne me trouva sans doute point assez rigoureusement puni. Il a voulu que j'aie traîné, depuis, une vie languissante et misérable. Je renonce volontairement à la mener jamais plus heureuse.

Je demeurai, plus de vingt-quatre heures, la bouche attachée sur le visage et sur les mains de ma chère Manon. Mon dessein étoit d'y mourir, mais je fis réflexion, au commencement du second jour, que son corps seroit exposé, après mon trépas, à devenir la pâture des Bêtes sauvages. Je formai la résolution de l'enterrer et d'attendre la mort sur sa fosse. J'étois déjà si proche de ma fin, par l'affoiblissement que le jeûne et la douleur m'avoient causé, que j'eus besoin de quantité d'efforts pour me tenir debout. Je fus obligé de recourir aux liqueurs fortes que j'avois apportées. Elles me rendirent autant de force qu'il en falloit pour le triste office que j'allois exécuter. Il ne m'étoit pas difficile d'ouvrir la terre, dans le lieu où je me trouvois. C'étoit une Campagne couverte de sable. Je rompis mon épée, pour m'en servir à creuser; mais j'en tirai moins de secours que de mes mains. J'ouvris une large fosse. J'y plaçai l'Idole de mon cœur, après avoir pris soin de l'envelopper de tous mes habits, pour empêcher le sable de la toucher. Je ne la mis dans cet état qu'après l'avoir embrassée mille fois, avec toute l'ardeur du plus parfait amour. Je m'assis encore près d'elle. Je la considérai long-tems. Je ne pouvois me résoudre à fermer sa fosse. Enfin, mes forces recommençant à s'affoiblir, et craignant d'en manquer tout à fait avant la fin de mon entreprise, j'ensevelis pour toujours, dans le sein de la Terre, ce qu'elle avoit porté de plus parfait et de plus aimable. Je me couchai ensuite sur la fosse, le visage tourné vers le sable ; et, fermant les yeux avec le dessein de ne les ouvrir jamais, j'invoquai le secours du Ciel, et j'attendis la mort avec impatience.

Ce qui vous paroîtra difficile à croire, c'est que, pendant tout l'exercice de ce lugubre ministère, il ne sortit point une larme de mes yeux ni un soupir de ma bouche. La consternation profonde où j'étois, et le dessein déterminé de mourir, avoient coupé le cours à toutes les expressions du désespoir et de la douleur. Aussi ne demeurai-je pas long-tems dans la posture où j'étois sur la fosse, sans perdre le peu de connoissance et de sentiment qui me restoit.

Après ce que vous venez d'entendre, la conclusion de mon Histoire est de si peu d'importance qu'elle ne mérite pas la peine que vous voulez bien prendre à l'écouter.

Le corps de Synnelet ayant été rapporté à la Ville, et ses plaies visitées avec soin, il se trouva, non-seulement qu'il n'étoit pas mort, mais qu'il n'avoit pas même reçu de blessure dangereuse. Il apprit à son Oncle de quelle manière les choses s'étoient passées entre nous, et sa générosité le porta sur-le-champ à publier les effets de la mienne. On me fit chercher, et mon absence avec Manon me fit soupçonner d'avoir pris le parti de la fuite. Il étoit trop tard pour envoyer sur mes traces; mais le lendemain et le jour suivant furent employés à me poursuivre.

On me trouva, sans apparence de vie, sur la fosse de Manon; et ceux qui me découvrirent en cet état, me voyant presque nud, et sanglant de ma blessure, ne doutèrent point que je n'eusse été volé et assassiné. Ils me portèrent à la ville. Le mouvement du transport réveilla mes sens. Les soupirs que je poussai, en ouvrant les yeux, et en gémissant de me retrouver parmi les Vivans, firent connoître que j'étois encore en état de recevoir du secours. On m'en donna de trop heureux.

Je ne laissai pas d'être renfermé dans une étroite prison. Mon procès fut instruit ; et, comme Manon ne paroissoit point, on m'accusa de m'être défait d'elle par un mouvement de rage et de jalousie. Je racontai naturellement ma pitoyable aventure. Synnelet, malgré les transports de douleur où ce récit le jeta, eut la générosité de solliciter ma grâce. Il l'obtint.

J'étois si foible qu'on fut obligé de me transporter de la prison dans mon lit, où je fus retenu pendant trois mois par une violente maladie. Ma haine pour la vie ne diminuoit point. J'invoquois continuellement la Mort, et je m'obstinai long-tems à rejetter tous les remèdes. Mais le Ciel, après m'avoir puni avec tant de rigueur, avoit dessein de me rendre utiles mes malheurs et ses châtimens. Il m'éclaira de ses lumières, qui me firent rappeler des idées dignes de ma naissance et de mon éducation.

La tranquillité ayant commencé à renaître un peu dans mon âme, ce changement fut suivi de près par ma guérison. Je me livrai entièrement aux inspirations de l'Honneur, et je continuai de remplir mon petit Emploi, en attendant les Vaisseaux de France, qui vont une fois chaque année dans cette partie de l'Amérique. J'étois résolu de retourner dans ma Patrie, pour y réparer, par une vie sage et réglée, le scandale de ma conduite. Synnelet avoit pris soin de faire transporter le corps de ma chère Maîtresse dans un lieu honorable.

Ce fut environ six semaines après mon rétablissement, que, me promenant seul un jour sur le rivage, je vis arriver un Vaisseau que des affaires de commerce amenoient au Nouvel Orléans. J'étois attentif au débarquement de l'équipage. Je fus frappé d'une surprise extrême, en reconnoissant Tiberge parmi ceux qui s'avançoient vers la Ville. Ce fidèle Ami me remit de loin, malgré les changemens que la tristesse avoit faits sur mon visage.

Il m'apprit que l'unique motif de son voyage avoit été le désir de me voir, et de m'engager à retourner en France ; qu'ayant reçu la Lettre que je lui avois écrite du Havre, il s'y étoit rendu en personne, pour me porter les secours que je lui demandois ; qu'il avoit ressenti la plus vive douleur en apprenant mon départ, et qu'il seroit parti sur-le-champ pour me suivre, s'il eût trouvé un Vaisseau prêt à faire voile : qu'il en avoit cherché pendant plusieurs mois dans divers Ports, et qu'en ayant enfin rencontré un à S. Malo, qui levoit l'ancre pour la Martinique, il s'y étoit embarqué dans l'espérance de se procurer de là un passage facile au Nouvel Orléans ; que le Vaisseau Malouin ayant été pris en chemin par des Corsaires Espagnols, et conduit dans une de leurs Iles, il s'étoit échappé par adresse ; et qu'après diverses courses, il avoit trouvé l'occasion du petit Bâtiment qui venoit d'arriver pour se rendre heureusement près de moi.

Je ne pouvois marquer trop de reconnoissance pour un Ami si généreux et si constant. Je le conduisis chez moi. Je le rendis le maître de tout ce que je possédois. Je lui appris tout ce qui m'étoit arrivé depuis mon départ de France : et, pour lui causer une joye à laquelle il ne s'attendoit pas, je lui déclarai que les semences de vertu, qu'il avoit jettées autrefois dans mon cœur, commençoient à produire des fruits dont il alloit être satisfait. Il me protesta qu'une si douce assurance le dédommageoit de toutes les fatigues de son voyage.

Nous avons passé deux mois ensemble au Nouvel Orléans, pour attendre l'arrivée des Vaisseaux de France ; et nous étant enfin mis en mer, nous prîmes terre, il y a quinze jours, au Havre-de-Grâce. J'écrivis à ma Famille en arrivant. J'ai appris, par la réponse de mon Frère aîné, la triste nouvelle de la mort de mon Père, à laquelle je tremble, avec trop de raison, que mes égarements n'ayent contribué. Le vent étant favorable pour Calais, je me suis embarqué aussitôt, dans le dessein de me rendre, à quelques lieues de cette ville, chez un Gentilhomme de mes Parens, où mon Frère m'écrit qu'il doit attendre mon arrivée.

FIN DE LA SECONDE PARTIE.

TABLE.

ACHEVÉ D'IMPRIMER

Le premier Juin, Mil huit cent soixante dix-huit

PAR

CHARLES WHITTINGHAM

𝕮𝖍𝖎𝖘𝖜𝖎𝖈𝖐 𝕻𝖗𝖊𝖘𝖘

21, TOOKS COURT, CHANCERY LANE

A LONDRES

POUR

LOUYS GLADY

ÉDITEUR

www.ingramcontent.com/pod-product-compliance
Lightning Source LLC
Chambersburg PA
CBHW070513030726
47503CB00004B/1255

* 9 7 8 2 0 1 2 5 5 1 9 5 4 *